NUNCA MINTA

Obras da autora publicadas pela Editora Record

A contadora
A professora
Nunca minta

FREIDA
McFADDEN

NUNCA MINTA

Tradução de
Irinêo Baptista Netto

6ª edição

EDITORA RECORD
RIO DE JANEIRO • SÃO PAULO
2025

CIP-BRASIL. CATALOGAÇÃO NA PUBLICAÇÃO
SINDICATO NACIONAL DOS EDITORES DE LIVROS, RJ

M126n McFadden, Freida
6. ed. Nunca minta / Freida McFadden ; tradução Irinêo Baptista Netto. - 6. ed. - Rio de Janeiro : Record, 2025.

Tradução de: Never lie
ISBN 978-85-01-92328-8

1. Ficção americana. I. Baptista Netto, Irinêo. II. Título.

24-95000 CDD: 813
CDU: 82-3(73)

Meri Gleice Rodrigues de Souza - Bibliotecária - CRB-7/6439

Título original:
Never Lie

Texto revisado segundo o Acordo Ortográfico da Língua Portuguesa de 1990.

Impresso no Brasil

ISBN 978-85-01-92328-8

À minha família

PRÓLOGO

ADRIENNE

Todo mundo mente.

Há alguns anos, pesquisadores fizeram um experimento na área de psicologia para avaliar a predominância do comportamento desonesto. Eles usaram uma máquina de venda automática que não funcionava direito.

As cobaias foram informadas de que a máquina estava com problema. Se inserissem o dinheiro, a máquina liberaria o chocolate mas também devolveria o dinheiro. As cobaias que usaram a máquina descobriram que isso era verdade mesmo. Elas compraram um, dois, três e até quatro chocolates sem pagar nada, porque a máquina sempre devolvia o dinheiro.

Tinha um aviso na máquina que dizia "Em caso de defeito, favor entrar em contato", seguido de um número de telefone. O que as cobaias não sabiam era que o número fornecido pertencia a um dos pesquisadores responsáveis pelo estudo.

Sabe quantas cobaias entraram em contato para avisar que a máquina estava com defeito?

Zero.

É isso mesmo. Entre dezenas de cobaias, não houve uma honesta o suficiente para usar o telefone e avisar que a máquina estava com defeito. Todas pegaram o chocolate grátis e foram embora.

Como eu disse, todo mundo mente.

Há muitos sinais fáceis de identificar quando uma pessoa está mentindo, ainda mais se ela não for boa nisso. Como psiquiatra, conheço bem esses sinais. Pode ser até fácil demais identificá-los:

Mentirosos ficam agitados.

Eles mudam o tom de voz ou a maneira de se expressar.

Mentirosos tagarelam demais, exagerando nos detalhes para convencer a si mesmos ou aos outros daquilo que estão falando.

Há máquinas criadas para reconhecer esses padrões e identificá-los. Porém, mesmo o melhor detector de mentiras ainda tem uma margem de erro de vinte e cinco por cento. Eu acerto muito mais que isso.

Se você ouvir as fitas em que gravo as minhas consultas, nem sempre dá para perceber. Nas fitas de áudio, faltam os importantes indicativos visuais. Como quando a pessoa evita contato visual, ou cobre a boca ou os olhos com as mãos. Mas, se você for um paciente meu e estiver no consultório conversando comigo, posso observar as suas expressões e os seus gestos e ouvir o seu tom de voz.

Vou saber se estiver falando a verdade. Sempre.

Nunca minta para mim.

CAPÍTULO 1

DIAS ATUAIS

TRICIA

Meu marido não quer admitir que a gente está completamente perdido.

Como se trata de Ethan, não posso nem dizer que é um comportamento atípico. A gente se casou seis meses atrás — ainda somos recém-casados —, e, em noventa por cento do tempo, ele é o marido perfeito. Conhece os restaurantes mais românticos da cidade, ainda me surpreende com flores e, quando pergunta do meu dia, presta atenção na minha resposta e faz perguntas pertinentes.

Mas, nos outros dez por cento do tempo, ele é bastante teimoso.

— Você passou do acesso à Cedar Lane — aviso. — Passou faz mais de um quilômetro.

— *Não.* — Tem uma veia tão saltada no pescoço de Ethan que chega a dar medo. — É mais à frente. A gente ainda não passou.

Não escondo a frustração enquanto confiro a rota até a casa em Westchester, impressa por Judy, nossa corretora de imóveis. Pois é, nós temos um GPS, mas faz dez minutos que estamos sem sinal. Agora temos que recorrer a esse material impresso. Estamos de volta à Idade da Pedra.

Ethan queria viver num lugar mais afastado. E o desejo dele está sendo realizado.

O pior é que está *nevando*. Começou há algumas horas, quando estávamos saindo de Manhattan. No início, os flocos de neve que evaporavam em contato com o chão eram pequenos e bonitinhos. Na última hora, eles quadruplicaram de tamanho. E deixaram de ser bonitinhos.

Agora entramos numa estradinha deserta e estreita que está escorregadia por causa da neve. E não é como se Ethan estivesse dirigindo uma caminhonete. O BMW dele tem bancos de couro belíssimos, mas só tem tração nas rodas dianteiras e ele não dirige muito bem na neve. No caso de uma derrapagem, ele não deve saber para que lado virar o volante: no sentido em que o carro derrapa ou no sentido oposto? (É no mesmo, não?)

Neste exato instante, o BMW derrapa num trecho lamacento da estrada. Ethan agarra o volante com tanta força que os dedos dele ficam brancos. Consegue controlar o carro, mas sinto o meu coração acelerar. A neve está ficando cada vez pior. Ele para o BMW no acostamento e estende a mão.

— Deixa eu dar uma olhada nessas rotas.

Obediente, entrego a folha um pouco amassada. Queria que ele tivesse me deixado dirigir. Ethan jamais admitiria que meu senso de direção é melhor que o dele.

— Ethan, acho que a gente passou do acesso.

Ele olha para o papel com a descrição das rotas. Depois olha pelo para-brisa. Mesmo com os limpadores no máximo e o farol alto aceso, a visibilidade é péssima. Agora que o sol se pôs, só dá para enxergar uns três metros à frente. Para além disso, é tudo branco.

— Não. Eu sei o caminho.

— Tem certeza?

Em vez de responder à minha pergunta, ele resmunga:

— Você deveria ter visto a previsão do tempo antes da viagem.

— E se a gente voltasse para casa agora? — Pressiono as mãos entre os joelhos. — Podemos conhecer a casa outro dia. — De preferência, sem uma nevasca absurda como essa que está caindo.

Meu marido leva um susto e me olha como se eu tivesse ficado louca.

— Tricia, faz quase *duas horas* que a gente está na estrada. Faltam só uns dez minutos para chegar e você quer *voltar para casa*?

Essa foi outra coisa que aprendi a respeito de Ethan nos seis meses em que estamos casados. Quando ele enfia uma ideia na cabeça, vai até o fim com ela. Acho que eu poderia encarar isso como uma coisa boa. Não gostaria de viver com um homem que larga um monte de projeto inacabado pela casa.

Ainda estou aprendendo como Ethan funciona. Todas as minhas amigas pegaram no meu pé porque a gente se casou muito rápido. Nós nos conhecemos numa cafeteria. Tropecei e derrubei o café perto da mesa em que ele estava e Ethan insistiu em comprar outro para mim.

Foi um desses amores à primeira vista. Quando olhei para Ethan, fiquei encantada com o cabelo loiro de mechas platinadas dele. Os olhos azuis e os cílios claros lembram a cor do céu num dia sem nuvens. E os traços fortes do nariz aquilino impediam que fosse bonito demais. Quando ele sorriu para mim, já era. Passamos seis horas conversando e tomando café e, naquele mesmo dia, ele me levou para jantar. Naquela noite, terminei um namoro de mais de um ano e me desculpei dizendo que havia conhecido o homem com quem iria me casar.

Nove meses depois, eu e o meu Romeu da cafeteria estávamos casados. Mais seis meses se passaram e agora estamos de mudança para um bairro residencial afastado. No nosso relacionamento, tudo aconteceu rápido.

Até aqui, não me arrependo de nada. Quanto mais conheço Ethan, mais me apaixono por ele. E ele sente o mesmo por mim. É incrível poder compartilhar a vida com Ethan.

Com exceção do segredo enorme que ele ainda não sabe.

— Tudo bem — digo. — Vamos procurar a casa.

Ethan me devolve a folha com as rotas e retoma a estrada com o BMW.

— Sei exatamente qual é o caminho. É um pouco mais à frente.

É o que vamos ver.

Dessa vez, ele dirige mais devagar por causa da neve e para não perder o acesso, pelo qual tenho certeza de que já passamos há mais ou menos um quilômetro. Também presto atenção na estrada, apesar da dificuldade de enxergar com tanta neve. Tento pensar em lugares quentes e secos.

— Ali! — grita Ethan. — Achei!

Eu me inclino para a frente, esticando o cinto de segurança. Ele *encontrou*? Encontrou *o quê*, exatamente? Será que está usando óculos de visão noturna e não percebi? Porque só estou enxergando neve e, depois disso, mais neve e, depois *disso*, escuridão. Mas ele reduz a velocidade do carro e, de fato, há uma estradinha que avança entre as árvores, e as luzes do carro iluminam uma placa coberta de neve. Mal consigo ler o que está escrito enquanto ele faz a curva um pouco mais rápido do que deveria.

Cedar Lane.

Quem diria, Ethan estava certo o tempo inteiro. Achei que tínhamos perdido o acesso para a Cedar Lane, mas não. Ela estava bem aqui. Agora que entramos nessa estradinha minúscula para chegar até a casa, estou preocupada que o BMW não aguente. Quando olho para o meu marido, noto a mesma preocupação no rosto dele. O caminho até a casa não é asfaltado e, para piorar, está coberto por uma camada grossa de neve.

— Vamos pedir a Judy que mostre a casa bem rápido — digo. — Assim dá tempo de a gente voltar.

Ethan faz que sim com a cabeça.

— Preciso dizer uma coisa. Eu queria um lugar mais afastado, mas isso aqui é loucura. Porque a gente está no meio...

Ele não termina a frase. Acho que ia dizer que a gente está no meio do nada. Mas, antes que pudesse falar essas palavras, Ethan fica boquiaberto. Porque, enfim, a casa surge diante de nós.

E ela é inacreditável.

O anúncio na página de Judy dizia que a construção era um sobrado com sótão, mas essa descrição não fazia jus ao tamanho do imóvel. O pé-direito deve ser muito alto, porque a empena íngreme parece tocar o céu carregado de neve. Janelas de arco ogival se alinham nas laterais da casa e dão a ela um aspecto mais de catedral que de um lugar para morar. Ethan continua de queixo caído.

— Meu Deus — diz ele. — Como deve ser *morar* num lugar desses?

Sei que eu e meu marido estamos juntos há pouco mais de um ano, mas já sou capaz de reconhecer a expressão no rosto dele. Não é uma pergunta retórica. Ele *quer* morar nessa casa. Nós fizemos a coitada da Judy andar por tudo em Westchester e Long Island porque nenhum lugar chegou perto daquilo que Ethan tinha em mente. Mas agora...

— Você gostou? — pergunto.

— Você não achou incrível? Dá só uma olhada nessa casa.

Abro a boca para concordar com ele. Sem dúvida, a casa é bonita. É afastada, elegante e enorme, tudo que estávamos procurando numa casa. É um lugar perfeito para criar os filhos, que é um dos nossos objetivos. Quero dizer para Ethan que adorei a casa tanto quanto ele. E que devemos fazer uma oferta assim que Judy chegar.

Mas não consigo.

Porque, diante dessa propriedade enorme, sinto um tremendo mal-estar. Fico tão enjoada que cubro a boca e respiro fundo para o almoço não voltar no tapete caro do BMW. Nunca senti nada parecido com isso antes. Pelo menos não nas dezenas de casas que visitamos nos últimos dois meses. Nunca senti algo tão forte assim.

Algo terrível aconteceu nessa casa.

— Mas que porcaria — diz Ethan.

Tento respirar fundo mais uma vez para me livrar das ondas de náusea. É quando percebo que estamos parados. As rodas da frente continuam girando, mas não adianta nada. O carro não sai do lugar.

— A estrada está muito escorregadia — comenta ele. — Os pneus não têm tração nenhuma.

Abraço o próprio corpo e sinto um calafrio mesmo com o aquecedor no máximo.

— E agora?

— Bom... — Ele estica o braço para passar a mão no para-brisa embaçado. — A gente está bem perto da casa. Dá para ir andando.

É fácil para ele dizer isso, que não está usando botas Manolo Blahnik.

— E parece que Judy já chegou — acrescenta ele.

— Sério? Mas não estou vendo o carro dela.

— Pois é, mas as luzes da casa estão acesas. Ela deve ter guardado o carro na garagem.

Faço um esforço para enxergar a casa através do para-brisa. Agora, prestando atenção, vejo uma luz acesa no andar de cima. Que estranho. Se um corretor de imóveis fosse mostrar uma casa, ele não teria que acender também as luzes do *andar de baixo*? Mas todas as luzes do primeiro andar estão apagadas. A única luz acesa é essa no andar de cima.

Mais uma vez, sinto um calafrio.

— Vamos — chama Ethan. — É melhor a gente entrar na casa. Não podemos passar a noite no carro. Vamos ficar sem gasolina e morrer congelados.

Um pensamento nada agradável. Estou começando a me arrepender. O que eu tinha na cabeça quando aceitei fazer essa viagem? Mas Ethan adorou a casa. Talvez dê tudo certo.

— Tudo bem — digo. — Vamos lá.

CAPÍTULO 2

Ai, meu Deus. Está frio demais.

Assim que abro a porta do BMW, me arrependo profundamente de ter concordado em ir andando até a casa. Estou com meu casaco de lã da Ralph Lauren que vai até a altura do joelho, mas parece que estou usando uma folha de papel, porque o vento atravessa a roupa e não adianta usar o capuz.

Mas a situação dos pés é pior. Estou de botas de couro, mas elas não são botas *para a neve*, se é que você me entende. Elas me deixam sete centímetros mais alta, o que me agrada bastante, e ficam lindas com a minha calça jeans skinny, mas são inúteis para me proteger dos trinta centímetros de neve que cercam meus pés.

Por que fui inventar de comprar um par de botas estilosas que, na prática, não funcionam como botas de verdade? Estou começando a me arrepender de todas as escolhas que fiz na vida. Como diz a minha mãe, um bom par de sapatos é aquele com o qual você consegue andar pelo menos um quilômetro.

— Tudo bem, Tricia? — pergunta Ethan. — Está com frio?

Ele franze a testa, chocado de ver como estou tremendo, batendo os dentes e com os lábios roxos. Ethan está com o casaco preto de esqui que comprou no mês passado e, apesar de eu não conseguir ver os pés dele, aposto que as botas que *ele* está usando são quentes e confortáveis. Sinto vontade de torcer o pescoço dele por me obrigar a andar na neve, mas para isso teria que tirar as mãos dos bolsos e acabaria sofrendo queimaduras de frio, porque, ao contrário dele, não tenho luvas. Preciso admitir: o homem veio mais preparado que eu.

— Estou com um pouco de frio — respondo. — Minhas botas não são para neve.

Ethan olha para os próprios pés e depois volta a me encarar. Após um instante considerando a situação, ele dá a volta no carro e se agacha do meu lado.

— Tá bom, sobe nas minhas costas.

Esqueça tudo o que eu disse. Eu amo o meu marido. De verdade.

Ele me carrega nas costas, passando pela placa de À VENDA fixada no jardim coberto de neve, até a porta da casa. O alpendre estava muito bem protegido da neve, e é nele que Ethan cuidadosamente me coloca no chão. Ele passa os dedos pelo cabelo loiro e úmido para tirar o excesso de neve e pisca as gotículas de água que se acumularam nos cílios.

— Obrigada. — Dou um sorriso, transbordando de afeto pelo meu marido bonito e forte. — Você é o meu herói.

— Foi um prazer. — Então ele faz uma reverência. Eu me derreto todinha. Estou adorando essa fase lua de mel do nosso casamento.

Ethan tira as luvas de lã e aperta o botão ao lado da porta com o polegar. Ouvimos a campainha tocar dentro da casa e, mesmo depois de esperar por bastante tempo, ninguém aparece para nos receber.

Outra coisa engraçada é que o primeiro andar da casa está todo escuro. Nós dois vimos aquela luz acesa no andar de cima e achamos que havia alguém em casa. Presumimos que seria Judy. Mas, se Judy estivesse aqui, ela estaria no andar de baixo, certo? Ela não estaria num quarto do andar de cima. O silêncio no primeiro andar é absoluto.

— Talvez os donos estejam em casa — sugere Ethan, esticando o pescoço para avaliar aquela construção imponente.

— Talvez...

Mas há outra coisa estranha nisso tudo. Não tem nenhum carro na propriedade. Quer dizer, nenhum carro à vista. É claro que, numa tempestade de neve, o carro do dono da casa provavelmente estaria na garagem. Mas não acho que Judy usaria a garagem, e o fato de não haver nenhum carro à vista deve ser sinal de que ela ainda não chegou.

Enquanto Ethan toca a campainha mais uma vez, pego o celular na bolsa.

— Nenhuma mensagem de Judy — informo. — Mas faz uns vinte minutos que estou sem sinal de celular. Pode ser que ela esteja tentando falar com a gente.

Ele tira o telefone do bolso e franze a testa ao olhar para a tela.

— Também estou sem sinal.

Continuamos ouvindo apenas silêncio vindo da casa. Ethan vai até a janela que fica ao lado da porta e coloca as mãos ao redor dos olhos para tentar enxergar alguma coisa. Ele balança a cabeça.

— Definitivamente, não tem ninguém aqui embaixo. Acho que não tem ninguém em casa. — Ele dá de ombros. — Pode ser que Judy tenha deixado a luz de cima acesa na última vez que veio aqui.

Judy não faria uma coisa dessas. Judy Teitelbaum é uma profissional exemplar. Ela já era corretora de imóveis antes de eu nascer e toda casa que mostrou para nós estava em perfeito estado. Ela mesma deve limpá-las. Tenho medo até de encostar em qualquer coisa quando estou visitando uma casa com ela. Se eu largasse uma bebida em cima de um móvel sem porta--copo, acho que ela teria um infarto. Em outras palavras, acho que ela não esqueceria uma luz acesa na casa. Mas estou com dificuldade de pensar em outra explicação.

Ethan levanta a gola do casaco e eu abraço meu próprio corpo para tentar me aquecer.

— Não sei o que fazer. Parece que Judy ainda não chegou.

Dou um suspiro de frustração.

— Que ótimo. E o que a gente faz agora?

— Espera aí. — Ele olha para o capacho no chão, que tem um "Bem-vindo" escrito com uma caligrafia rebuscada, parcialmente encoberta pela neve. — Talvez tenha uma chave sobressalente por aqui.

Não achamos nenhuma debaixo do capacho de boas-vindas — isso seria óbvio demais —, mas, depois de procurar um pouco, encontramos uma chave escondida debaixo do vaso de planta perto da porta. Seguro a chave gelada e meio molhada na palma da mão.

— Então... — ergo as sobrancelhas para Ethan — ... vamos entrar na casa sem Judy? A gente pode fazer isso?

— A gente não tem escolha. Sei lá quanto tempo ela vai demorar para chegar e está muito frio. — Ele me abraça com carinho. — Não quero que você fique doente.

Ele tem razão. Sem sinal de celular e com o carro cada vez mais coberto de neve, a gente precisa de abrigo. Pelo menos dentro da casa estaremos em segurança.

Enfio a chave na fechadura e, ao virá-la, ouço o trinco se abrir. Sinto a maçaneta congelada na palma da mão. Tento girá-la, mas a porta não se mexe. Que droga. Olho para a chave, que continua na fechadura.

— Será que é uma daquelas maçanetas que travam por fora?

— Deixa eu tentar.

Dou um passo para trás e deixo Ethan tentar. Ele experimenta a chave e a maçaneta ao mesmo tempo. Nada. Ele se afasta um pouco, segura firme a maçaneta e joga todo o peso do corpo na pesada porta de madeira. Com um estrondo, ele consegue abrir a porta.

— Você conseguiu! — Meu herói. Eu me derreto todinha.

Está tão escuro que não dá para enxergar nada dentro da casa. Ethan aperta um interruptor na parede e sinto um frio na barriga quando nada acontece. Mas logo em seguida as luzes no teto piscam por um instante antes de acender. A energia elétrica está ligada, graças a Deus. Não está muito claro — várias lâmpadas devem ter queimado —, mas é suficiente para iluminar a ampla sala de estar.

E fico abismada.

Para começo de conversa, a sala de estar é enorme e parece ainda maior por causa dos ambientes integrados. Depois de vários anos morando num apartamento em Manhattan, quase toda casa parece enorme para a gente. Mas essa é tão grande quanto um *museu*. Tão grande quanto um *aeroporto*. E ela já seria grande por causa da metragem, mas parece ainda maior por causa do pé-direito alto.

— Meu Deus — diz Ethan, suspirando. — Esse lugar é incrível. Parece uma catedral.

— É mesmo.

— E o valor que estão pedindo é *muito* baixo. Essa casa deve valer quatro vezes mais.

Mesmo acenando com a cabeça, mostrando que concordo com o que ele diz, sinto mais uma onda de mal-estar. *Algo terrível aconteceu nessa casa.*

— Talvez a casa tenha mofo — sugere ele, pensativo. — Ou talvez a fundação não preste. A gente deveria pedir para alguém de confiança inspecionar a casa antes de assinar qualquer coisa.

Não comento nada. Não digo que, em segredo, desejo que a casa esteja infestada de mofo ou que a fundação esteja caindo aos pedaços, ou que exista algum outro motivo que me ajude a dizer não para a ideia de morar aqui sem parecer uma mulher irracional que não quer comprar a casa que o marido adorou porque ela tem um *mau pressentimento.*

E há mais uma coisa estranha com essa casa.

Ela está totalmente mobiliada. A sala de estar tem um sofá, uma namoradeira, uma mesa de centro e estantes transbordando livros. Vou até o belo sofá de couro marrom e passo a ponta dos dedos numa das almofadas. O couro é rígido, como se ninguém usasse o sofá houvesse muito tempo, e os meus dedos ficam escuros com a poeira. Anos de poeira.

Algumas casas que visitamos eram mobiliadas porque os proprietários ainda moravam lá, mas elas tinham um ar de lugar habitado. Essa casa não tem. Vejo uma camada grossa de poeira em todos os móveis da sala de estar, que não pareciam ser do tipo que as pessoas deixariam para trás ao partir. Aquele sofá de couro deve ter custado pelo menos dez mil dólares. E quem abandona essa quantidade de livro?

O chão também tem uma camada de poeira, como se ninguém entrasse na casa houvesse bastante tempo. Quando olho para cima, vejo muitas teias de aranha em todo canto da sala. Sou capaz de imaginar as aranhas rastejando pelas teias e esperando para me picar.

É também mais uma prova de que Judy não passou por aqui. Ela jamais deixaria uma casa suja desse jeito. E as teias de aranha? De jeito nenhum. Vai contra a religião dela.

Estou prestes a comentar isso com Ethan, mas ele está distraído com alguma coisa. Há um retrato gigantesco de uma mulher pendurado acima da lareira. Ele encara o retrato com uma expressão estranhamente sombria.

— Ethan — digo. — O que houve?

Vejo os cílios claros tremularem. De repente, ele parece surpreso de ver que estou de pé ao seu lado, como se tivesse se esquecido da minha presença.

— Hã? Ah, nada. É só que... Quem você acha que é essa mulher?

Olho para o quadro também. É enorme e extravagante. E a mulher do retrato é impressionante. Essa é a melhor forma de defini-la: o tipo de mulher que, se fosse vista na rua, seria difícil de ser ignorada. Parece ter trinta e poucos anos, cabelo muito liso na altura dos ombros. À primeira vista, eu diria que o cabelo é castanho-avermelhado, mas, quando inclino a cabeça para o lado, ele se transforma num tom brilhante de vermelho. A pele dela é pálida e perfeita, mas acho que qualquer pessoa pode ter a pele bonita numa pintura. Uma das características mais impressionantes dela são os olhos verdes. Muitos olhos verdes tendem para o azul ou para o castanho, mas essa mulher tem olhos de um verde intenso que parecem saltar da tela.

— Será que ela morava aqui? — pergunto.

Ethan torce os lábios numa careta.

— A pessoa tem que ser muito arrogante e egocêntrica para colocar um retrato gigantesco de si mesma na parede.

— Quer dizer que você não quer que eu coloque um retrato gigantesco de mim mesma na parede da nossa casa? — provoco.

Ethan me dá um sorriso chocho. Ele ficou incomodado com o quadro por algum motivo e não parece disposto a tocar no assunto.

Dou uma olhada na estante de livros perto da lareira sem tirar o casaco de lã, pois continua muito frio. Quem quer que morasse aqui devia adorar ler, porque as estantes tomam conta da sala, todas elas abarrotadas de livros. Consulto alguns títulos para o caso de ficar presa aqui por um tempo e precisar me entreter com alguma coisa. Tem uma prateleira inteira com o exato mesmo título.

A anatomia do medo.

Sinto um calafrio percorrer a espinha e aperto o casaco na altura do peito. Pego um dos muitos livros da estante, todos com uma camada grossa de poeira, assim como o restante da casa. *A anatomia do medo*, da Dra. Adrienne Hale. Na capa tem a imagem de uma faca ensanguentada. Ótimo. Era só o que me faltava.

Viro o livro para ver a contracapa. Nela, estão algumas frases de escritores famosos e outros profissionais elogiando a obra. E, no canto inferior esquerdo, há uma foto da autora. É o mesmo retrato que está pendurado acima da lareira.

— Ethan — chamo. — Olha só.

Ele tira os olhos do quadro e vem para perto de mim. Por cima do meu ombro, vê a foto na quarta capa do livro.

— Adrienne Hale — diz ele, lendo a contracapa. — Não é aquela psiquiatra que foi assassinada?

Ele está certo. Há três anos, o desaparecimento da Dra. Adrienne Hale foi uma das notícias mais bombásticas da época. Ainda mais por ter acontecido pouco depois de ela publicar o livro de psicologia pop que passou quase um ano na lista dos mais vendidos do *New York Times*, ocupando o primeiro lugar por meses. O país inteiro leu o livro, inclusive eu. É claro que boa parte do sucesso dele se deve à história sensacional do desaparecimento dela.

— Ela desapareceu — digo, corrigindo-o. — Acho que nunca encontraram o corpo.

Ele pega o livro das minhas mãos e começa a folheá-lo.

— Aposto que acabaram encontrando o corpo largado em algum lugar.

— É possível. — Faz pelo menos dois anos que Adrienne Hale desapareceu do noticiário, e o livro dela também sumiu das listas de mais vendidos. — Você leu, não é?

Ele não tira os olhos do livro enquanto balança a cabeça.

— Odeio esse negócio de psicologia pop.

— Mas o livro é bom. — Coloco o dedo na página que está aberta. — O livro inteiro é sobre os pacientes dela, sabia? As experiências horríveis que essas pessoas viveram e como elas superaram os problemas.

— Não é muito a minha praia. — Ele larga o livro em uma das estantes, de repente entediado. Ethan não gosta de ler. — E o assassino é o namorado dela, não é isso? Me lembro dessa parte. Ele era programador ou algo assim.

— Ele foi acusado, mas acho que não foi preso.

— É bem provável que ele seja o culpado.

— É, sim. — Concordo com um aceno de cabeça. — Tem muito homem perigoso solto por aí.

Ethan segura a minha mão e me puxa para perto a ponto de eu sentir seu hálito quente na minha bochecha.

— Você não fica feliz de saber que te salvei desse bando de idiota?

Reviro os olhos, mas o que ele disse faz sentido. Namorei alguns idiotas. Nenhum deles era um homicida igual ao namorado da Dra. Adrienne Hale, mas um deles chegou a me trair com a minha melhor amiga. Que coisa mais clichê. Ethan, por outro lado, é bastante fiel desde que começamos a ficar juntos. Ele nem olha para outras mulheres, apesar de elas olharem para ele o tempo inteiro.

— Você acha que essa é a casa dela? — pergunto. — A casa da Dra. Adrienne Hale?

— É provável. — Ele olha para o retrato mais uma vez. — Ou de alguém obcecado por ela num nível perigoso.

Apesar de estar de casaco, ainda estou morrendo de frio. Esfrego os braços para tentar me esquentar. Se ficarmos aqui um tempo, talvez possamos dar um jeito de ligar a calefação. Ethan é bom com essas coisas.

— Você não se incomodaria de morar na casa de uma mulher morta?

— Acho que não. — Ele dá de ombros. — Mais cedo ou mais tarde, todo mundo morre. A menos que a gente compre uma casa recém-construída, vai acabar morando num lugar que era de alguém que já morreu. Que diferença faz?

Estou descobrindo coisas curiosas a respeito do marido com quem me casei há seis meses: ele *não* tem um lado espiritual.

Meu olhar percorre os volumes nas prateleiras até parar no livro que Ethan largou no alto da estante. Não sei por quê, mas tenho a sensação de que Adrienne Hale não ia gostar de ver os livros dela fora do lugar. Era como se Ethan tivesse mexido na energia da casa. Coloco o livro no lugar onde estava. Espero que isso acalme o espírito dela por um tempo, apesar de seu assassino continuar solto por aí.

Meu estômago deixa escapar um ronco vergonhoso.

— Quando você acha que Judy vai chegar? Estou morrendo de fome.

— Não faço ideia. — Ele consulta o Rolex. — Vou conferir se o carro dela não está mesmo na garagem.

Enquanto Ethan procura a porta que dá acesso à garagem, baixo a cabeça para observar o chão de madeira debaixo dos meus pés. Está tão sujo que eu pensaria duas vezes antes de andar descalça ali. A sola dos pés ficaria preta com certeza. Mas, ao olhar para o chão iluminado pela luz tremeluzente das lâmpadas no teto, percebo uma marca na poeira perto da estante de livros. Parece muito...

Uma pegada.

Eu me aproximo para enxergar melhor, estreitando os olhos por causa da iluminação fraca. Sem dúvida parece uma pegada. Coloco o pé ao lado da pegada. Quem quer que tenha deixado a pegada ali tinha pés muito maiores que os meus. Será que a pegada é de Ethan? Pelo tamanho, pode ser. Mas acho que ele não andou por essa parte da sala.

— A garagem está vazia. — Ethan surge de uma porta perto da cozinha, tirando do ombro o que parece ser uma teia. — Judy não chegou.

Sinto um arrepio, mesmo de casaco.

— Ethan, vem ver uma coisa.

Ethan se aproxima de mim e me dou conta de que estamos deixando pegadas por toda a casa.

— O que foi?

— Isso aqui é uma pegada?

Ele estreita os olhos para analisar a camada de poeira no chão.

— Talvez.

— Mas de quem?

— Não sei. De Judy?

Levanto as sobrancelhas.

— Você acha que Judy calça quarenta e dois e usa sapato masculino?

Ethan suspira e juro que consigo ver vapor sair de sua boca, de tão fria que está a sala.

— Então pode ser de outra pessoa que veio ver a casa.

Só que não existe a menor chance de Judy mostrar para alguém a casa suja desse jeito. Dou uma boa olhada no piso inteiro, mas não encontro nenhuma outra pegada tão evidente quanto essa.

— Quando você acha que Judy chega?

Ele franze a testa.

— Tricia, não sei se Judy vai conseguir chegar.

— Ela não deixaria a gente na mão.

— Eu sei, mas a nevasca é um problema. A gente quase ficou pelo caminho e a neve está cada vez pior. Para falar a verdade, foi irresponsabilidade da parte dela marcar a visita para hoje à noite.

— Então... — roo a unha do polegar — ... você acha que a gente corre o risco de ter que ficar aqui? Tipo, a noite toda.

Viramos a cabeça para a janela ao mesmo tempo. O volume de neve aumentou muito desde que a gente chegou. É como se uma muralha branca estivesse caindo do céu. Nosso carro deve estar enterrado, e o desempenho dele na neve já não estava lá essas coisas.

— Acho que sim — diz ele. — Mas não se preocupe. Um lugar desses deve ter um estoque de comida na cozinha. E, mesmo se não tiver, a gente pode usar aquele kit de emergência que você me faz carregar no porta-malas. Ele não tem umas barrinhas de cereal?

— É, acho que tem...

— Então vamos procurar alguma coisa para comer.

Ethan anda com determinação em direção à cozinha. Como é que ele não está nem um pouco preocupado com o fato de ficarmos presos numa casa estranha, cheia de teias de aranha e pegadas assustadoras? Ethan é assim. Sempre muito confiante. Adoro isso.

Então, acompanho o meu marido até a cozinha. Mas em nenhum momento consigo me livrar da sensação terrível de que aqueles olhos verdes do retrato na parede estão olhando para mim.

CAPÍTULO 3

ANTES

ADRIENNE

Paige xinga ao tropeçar numa pedra solta no caminho até a porta da minha casa. Observo pela janela e me pergunto se deveria chamar uma pessoa esta semana para arrumar aquele trecho do caminho. Se alguém cair e quebrar o tornozelo, eu vou ser a responsável. Quer dizer, de acordo com a lei. Se Paige caísse, seria culpa dela mesma. Ela se equilibraria muito melhor se não estivesse carregando um envelope de papel pardo com a mão direita e mexendo no celular com a esquerda, ao mesmo tempo que cambaleia nos sapatos de salto alto.

Faz cinco anos que Paige é minha agente literária e nunca a vi sem o celular na mão. É possível que o aparelho tenha se fundido com a palma da mão dela. Já aconteceu de eu falar com ela e ouvir o barulho do chuveiro ao fundo. Uma vez, ouvi a descarga do banheiro. Quando a gente conversa, ela deixa de verificar o celular e olha para mim, mas só por um breve instante.

Paige enfia o envelope debaixo do braço para tocar a campainha, o que é desnecessário, porque eu estava monitorando a trajetória do Audi dela no caminho de acesso à minha garagem, mas ela não sabe disso. A campainha toca e vou tranquilamente até a porta. Talvez Paige esteja com pressa, mas eu não estou. Tenho a manhã inteira livre antes de atender o primeiro paciente do dia.

Paige está com os olhos grudados na tela do celular quando abro a porta. O cabelo dela com luzes perfeitas está um pouco bagunçado pelo vento da estrada. Fora isso, ela está impecável num vestido preto de seda e salto agulha.

— Adrienne! — Minha agente abre um sorriso ao me ver, mas não baixa o celular. — Tudo bem?

"Tudo bem?" As duas palavras mais inúteis que existem no universo da comunicação. Ninguém que faz essa pergunta quer mesmo saber a resposta. E ninguém que dá uma resposta fala a verdade.

— Tudo bem, Paige.

Ela faz uma pausa, esperando que eu devolva a pergunta. Quando fica claro que não vou fazer isso, ela chacoalha o celular de leve na mão esquerda.

— Desculpe o atraso. O GPS parou de funcionar. O sinal é péssimo nessa região.

— É mesmo — digo, compreensiva. — Péssimo.

Moro numa área tão isolada que a maioria das pessoas não consegue sinal de celular. Aqui em casa, tenho uma antena de celular e Wi-Fi. Mas, como eu sabia que Paige vinha me visitar, desliguei tudo. Enquanto ela estiver aqui, quero que me dê total atenção. Eu nunca priorizaria o celular em detrimento de um paciente e não gosto de competir pela atenção de Paige.

Dou um passo para trás e deixo Paige entrar. Ela só esteve aqui uma vez, então suspira ao ver o tamanho da casa. A sala de estar é mesmo enorme. Paige mora num apartamento em Manhattan que deve ser do tamanho de uma caixa de fósforo e custar uma fortuna.

— Que casa incrível — diz ela, suspirando. Paige está tão espantada que baixa o celular e o deixa pender ao lado do corpo. — Quanto espaço.

— Obrigada.

Ela corre os olhos pela sala, do sofá de couro às estantes de livros, passando pela escada em caracol que dá acesso ao segundo andar. Ela poderia parar com os elogios, mas esse não é o estilo de Paige. Em vez disso, ela continua:

— Você mora sozinha nesse casarão?

Ela sabe que não sou casada, que não tenho filhos e que os meus pais morreram faz tempo.

— Ã-hã. Sozinha.

— Nossa... — Ela coça a bochecha. — Eu teria medo. Quer dizer, você está no meio *do nada*. Não tem sinal de celular direito. Qualquer um poderia chegar aqui e...

Paige não é a primeira a falar uma coisa dessas. Se eu tivesse familiares ou amigos próximos, tenho certeza de que eles ficariam preocupados comigo. Mas não me preocupo.

— Você tem algum sistema de segurança? — pergunta ela.

Dou de ombros.

— Tenho trancas nas portas.

Ela olha para mim como se eu tivesse ficado louca. Mas me sinto segura aqui. Viver isolada não é necessariamente perigoso. O acesso à estrada de terra que leva até minha casa é tão estreito que muita gente passa batido por ele. E preciso de um lugar espaçoso, porque a casa é também o meu escritório. É onde escrevo meus livros e recebo meus pacientes.

Fico decepcionada com o comentário de Paige, mas não surpresa. Imagino que as escolhas que ela fez também sejam passíveis de crítica. Se ela não tivesse tido dois pirralhos, talvez estivesse numa posição melhor na carreira. E não tivesse que lidar com alguém como eu.

Além do mais, ela usa maquiagem demais. Não confio em mulheres que se escondem atrás de camadas de base como se fosse uma máscara colada ao rosto.

— Quer saber... — Paige inclina a cabeça de um jeito simpático. — Posso ver se Alex conhece alguém para te apresentar. Não tenho dúvida de que ele vai ter um colega de trabalho que adoraria sair com você.

— Não precisa — digo, cerrando os dentes.

— Tem certeza? Porque...

— Tenho.

Ela dá de ombros e faz parecer que cometi um erro terrível ao não aceitar o arranjo com um colega do marido dela. Não é a primeira vez que ela oferece isso. Depois de ter recusado em outras situações, achei que ela entenderia o recado, mas não. Infelizmente, não entendeu.

— Enfim. — Paige entrega para mim o envelope de papel pardo, as unhas vermelhas reluzindo sob as lâmpadas da sala. — Trouxe a prova de leitura antecipada do seu novo livro.

Aceito o envelope. Sinto vontade de abrir na mesma hora. Esse livro é resultado de dois anos de pesquisa e noites em claro mexendo nas minhas anotações e escrevendo no computador. Mas não quero ver o livro na frente de Paige. Faço isso depois que ela for embora.

— Obrigada — digo.

— Que livro assustador — comenta ela, franzindo o rosto. Ela deixou claro que eu deveria "pegar leve" na violência descrita no texto, mas fui categórica ao responder que não faria isso. — Nem todo mundo consegue ler esse tipo de coisa.

— É tudo verdade.

Paige olha para o envelope na minha mão. Esperava que eu o abrisse na frente dela. Afinal, ela veio dirigindo de Manhattan até Westchester. Não é uma viagem curta, mas meu primeiro livro, *Conheça a si mesmo*, passou vinte e sete semanas na lista dos mais vendidos do *New York Times*. Agora, meu segundo livro pode lhe render uma fortuna. E ela quer me fazer feliz.

Paige espera um instante para ver se eu me ofereceria para mostrar a casa ou talvez servir uma xícara de café. Ela quer ser minha amiga. Ou quer fingir ser minha amiga para a gente fofocar, almoçar de vez em quando e agir como se gostássemos uma da outra.

Eu não tenho amigas. Nunca tive.

— Você... — Ela umedece os lábios. — Você poderia me dar um copo de água?

Olho de relance para a cozinha.

— Claro. Mas deixa eu te dizer que a água é um pouquinho marrom. Eu me acostumei com o gosto metálico, mas tem gente que não gosta.

Ela franze o rosto mais uma vez. Debaixo das muitas camadas de maquiagem, dá para ver uns sinais sutis de sardas no alto do nariz.

— A água é marrom? Adrienne, você deveria chamar alguém para consertar o encanamento.

— Ah, mas eu não me importo. O gosto não é ruim. Vou servir um copo para você ver.

— Na verdade, não precisa.

— Tem certeza?

— Tenho, não se preocupa. — Parece que ela ficou enjoada só de pensar em beber um copo da minha água marrom imaginária. Ela quer ser minha amiga, mas não tanto assim. — Acho que vou indo, a viagem é longa.

Faço que sim com a cabeça.

— Boa viagem.

Ela corre os olhos uma última vez demoradamente pela casa. Deve estar se perguntando quanto custou. Em outra vida, Paige teria sido corretora imobiliária. Ela tem a personalidade certa para esse tipo de trabalho. Insistente até não poder mais.

— Na verdade — diz ela —, você deveria considerar instalar um sistema de segurança. Não quero chegar aqui um dia e descobrir que você foi assassinada no meio da sala.

Estatisticamente, o risco de isso acontecer é baixo. As mulheres correspondem a menos de um quarto das vítimas de homicídio. E a maioria das mulheres assassinadas é jovem e de baixa renda.

— Ou arranja um namorado — acrescenta Paige, rindo. — Como eu disse, posso ajudar se quiser.

Cerca de setenta por cento das mulheres assassinadas são mortas pelos parceiros. Então, na prática, a sugestão de "arranjar um namorado" não é só uma ofensa e uma forma de discriminação mas também algo que só *aumentaria* o risco de eu sofrer algum tipo de violência. Mas me recuso a discutir com essa mulher.

— Está tudo bem — digo de novo. — Não preciso de um sistema de segurança.

Ela reflete sobre o assunto por um instante e dá uma bufada.

— Você que sabe. É você que abre a casa para um monte de gente louca, não é?

Esse comentário me incomoda. Como é que não percebi isso antes? Paige não respeita o meu trabalho. Admito que ela é muito boa em cuidar dos meus interesses e agenciou os meus dois livros. Mas não se importa com nada disso de verdade. Para ela, os meus pacientes são "um monte de gente louca".

Faz cinco anos que conheço Paige. Ela sempre fala mal da minha casa e do meu estilo de vida e é a crítica mais severa dos meus manuscritos. Aguentei todos esses abusos porque ela é boa no que faz. Mas essa foi a gota d'água.

Ninguém fala assim dos meus pacientes.

— Paige. — Coloco a ponta do dedo no canto do meu olho direito. — Você está com o rímel borrado aqui.

— Ai! — Os cílios pretos tremulam quando ela esfrega o olho constrangida. Num gesto automático, Paige enfia a mão na bolsa para pegar o estojo de maquiagem, mas acaba deixando cair o celular, que faz um barulhão ao bater no chão de madeira. — Merda...

Ela pega o celular com cuidado, e a tela trincada lembra uma teia de aranha. Parece que ela vai chorar a qualquer momento.

— Ai, querida — digo. — Parece que o seu celular quebrou.

— Merda. — Paige desliza o dedo indicador pela tela como se quisesse consertar o telefone com um passe de mágica. Esbraveja mais um pouco e desiste de mexer na tela. Mas acaba machucando a ponta do dedo no vidro. — Que azar.

— Quem sabe isso não é um sinal — comento. — Talvez você devesse passar menos tempo no celular.

Paige ri como se eu tivesse feito uma piada. Ela não me conhece o suficiente para saber que não faço piadas.

Eu a acompanho até a porta e ela dá um sorriso forçado. Assim que ela pisa do lado de fora, o sorriso desaparece de vez. Da janela, observo Paige ir até o carro, desviando da pedra solta. Assim que ocupa o banco do motorista, ela se vira para olhar seu reflexo no espelho retrovisor. Paige encosta o dedo no canto do olho, franzindo a testa porque não encontra rímel nenhum borrado.

Ela está tendo um dia ruim. Mas vai piorar quando receber o e-mail que vou mandar encerrando o contrato dela como minha agente.

Saio da janela e olho para o envelope de papel pardo que Paige trouxe para mim. Meu livro. Dois anos de sangue, suor e lágrimas.

Abro o envelope com cuidado. De dentro dele, tiro a prova de leitura. Esboço um sorriso. O livro ficou exatamente como eu tinha imaginado. Meu nome em maiúsculas e negrito: Dra. Adrienne Hale. O editor hesitou quando sugeri que a capa tivesse a foto de uma faca ensanguentada, mas, depois do sucesso do meu livro anterior, eles me deram autonomia. A essa altura, devem ter percebido como foi uma decisão inteligente, como a foto é impactante. Corro os dedos pelas letras do título e leio em voz alta:

A anatomia do medo.

CAPÍTULO 4

DIAS ATUAIS

TRICIA

Não tenho esperança de encontrar alguma coisa para comer na cozinha. Se ninguém morou nessa casa desde que Adrienne Hale desapareceu há três anos, não deve ter comida na geladeira. Na melhor das hipóteses, vamos encontrar alguma coisa enlatada que dê para esquentar.

A geladeira tem, no mínimo, o dobro do tamanho da nossa geladeirinha. Tudo aqui parece muito maior que as coisas que temos na cidade. Essa cozinha deve ser dez vezes maior que a nossa. Fico me perguntando se a Dra. Adrienne Hale cozinhava bem. Ela parece o tipo de mulher capaz de preparar uma bela refeição em pouquíssimo tempo.

Ethan escancara a porta da geladeira e examina o interior dela.

— Podemos fazer um sanduíche.

— Sério? — Por cima do ombro dele, vejo as opções na geladeira. Tem pão de forma e alguns frios, além de um pote de maionese. Sinto o estômago revirar e quase vomito só de pensar no quanto essas comidas estão velhas. — Não vou comer nada disso. Deve estar tudo vencido há anos.

Ele pega um pacote de mortadela.

— Não. Vai vencer só semana que vem. Judy deve ter trazido.

Tento imaginar Judy comprando mortadela para deixar numa das casas que está vendendo, mas não consigo. Ela tem mais a cara de caviar e salmão defumado.

— Tem certeza? Você viu *o ano*?

— *Tenho*. Olha só.

Ele me entrega a mortadela. Dito e feito, a data de validade é deste ano e expira na semana que vem. Abro o pacote para sentir o cheiro e ela não está rançosa. A cor está boa.

— Vou montar sanduíches para a gente — diz ele.

Ethan alinha o pão, a mortadela e o pote de maionese no balcão e começa a preparar os sanduíches. Ele gosta de cozinhar para mim. Tão fofo. Não que eu seja incapaz de montar um sanduíche simples, mas é romântico ver como ele gosta de me mimar. Essa é mais uma coisa que, muito rápido, aprendi a amar em Ethan.

Espero que ele não mude depois de ouvir minha revelação. Eu me sinto mal só de pensar no assunto. Mas não tenho como continuar escondendo isso dele por muito mais tempo.

— Posso ajudar com alguma coisa?

— Que tal pegar alguma coisa para a gente beber?

Isso é fácil. Atravesso a cozinha para pegar dois copos. Vou só enchê-los com água da torneira, acho que não tem problema. Mas, quando chego perto da pia, algo me faz parar de repente.

Tem um copo em cima da pia com água pela metade. Suado por causa da condensação.

— Ethan? — Estou com a voz trêmula.

— Sim?

— Eu... — Engulo em seco sem tirar os olhos do copo. — Eu acho que tem mais alguém nessa casa.

Ele interrompe a montagem dos sanduíches, segurando um pedaço de mortadela na mão direita.

— Como assim?

— Tem um copo na pia. — Recuo um pouco, como se o copo pudesse me atacar. — Alguém tomou água nele faz pouco tempo.

— Deve ter sido Judy.

Se Ethan falar de Judy mais uma vez, vou dar um soco na cara dele.

— Não foi Judy! Ela jamais ia deixar um copo com água pela metade na pia da cozinha desse jeito. E, se tivesse sido Judy, o copo estaria manchado de batom.

Ele não tem como contra-argumentar. O batom vermelho intenso é uma característica de Judy. Ela jamais conseguiria tomar um copo de água sem deixar marcas de batom.

— Sem falar daquela pegada que encontrei na sala — lembrei.

— A pegada deve ser de Judy — diz ele, por mais absurda que seja essa ideia. — Ou minha.

— Além disso — digo —, a gente viu a luz acesa no andar de cima. Tem alguém na casa.

Ethan parece duvidar. Ele olha para o copo de água do outro lado da cozinha e para a escada em caracol que leva ao segundo andar.

— Sei não, Tricia. Se tivesse mais alguém na casa, a pessoa não teria descido para mandar a gente embora?

É um bom argumento.

— Talvez seja alguém que não deveria estar aqui.

Ele não ignora a possibilidade. E volta a olhar para a escada em caracol.

— Tá bom. Pode ser. O que a gente vai fazer?

Ainda estou com a bolsa pendurada no ombro. Pego o celular dentro dela. Continua sem sinal.

— Acho que a gente deveria verificar o andar de cima. — Antes que Ethan possa dizer alguma coisa, acrescento: — A gente vai ter que passar a noite aqui. *Você* vai conseguir dormir sabendo que tem um estranho à espreita pela casa?

— Tem razão — diz Ethan por fim. — Vou dar uma olhada. Me espera aqui.

— De jeito nenhum. — Balanço a cabeça vigorosamente. — Vou com você. Não quero *mesmo* ficar sozinha aqui embaixo.

De novo, parece que ele vai dizer alguma coisa, mas muda de ideia. Ele coça o queixo por um instante e volta para pegar alguma coisa no balcão da cozinha. Levo um tempo para perceber que ele está mexendo no porta-facas. Ele saca uma faca com a lâmina longa e serrilhada que brilha sob a luz da cozinha.

— Só por garantia, certo?

Concordo com a ideia de pegar uma faca. E me sinto tentada a pegar uma também.

Atravessamos a sala de estar, passamos pelo retrato da Dra. Adrienne Hale. Estou começando a odiar esse quadro. A casa fica ainda mais assustadora com esses olhos verdes me seguindo por toda parte. É um alívio quando a gente se afasta do olhar dela e chega à escada.

O alívio só dura até a gente começar a subir os degraus. A espiral dos degraus parece durar uma eternidade, e a escada é muito escura. Ela é íngreme, e cada degrau range com o nosso peso, e o barulho ecoa. Uso uma das mãos para segurar o corrimão de madeira todo ornamentado e com a outra quero me agarrar ao meu marido. Quando alcanço o braço dele, aperto com força. Não acredito que ele quer *morar* aqui. Esse lugar parece uma daquelas casas mal-assombradas em que se é obrigado a passar a noite para ganhar uma herança ou algo do tipo.

A situação fica pior quando a gente chega ao segundo andar, porque ele está completamente escuro.

— A gente viu uma luz acesa aqui em cima, certo? — Meus olhos percorrem todas as portas, uma mais escura que a outra. — Tenho certeza.

— Talvez tenha sido o reflexo da lua.

Olho para ele iluminado pela luz fraca que vem da janela.

— Então a lua refletiu na janela de *um* só quarto?

— Não sei o que dizer, Tricia. Parece que não tem ninguém aqui. E todas as luzes estão apagadas.

— A gente não deveria dar uma olhada nos quartos?

Ele fica em silêncio por um instante. Não sei dizer se está irritado ou com medo.

— Tá bom. Vamos dar uma olhada nos quartos.

Ethan tenta acender as luzes do corredor, mas todas as lâmpadas estão queimadas, com exceção de uma. Mas essa lâmpada já consegue deixar o corredor menos assustador. Ethan mantém a faca ao lado do corpo enquanto a gente abre cada porta e acende a luz dos quartos. De acordo com a descrição no site de Judy, existem seis quartos no segundo andar e quero conferir cada um deles.

Primeiro quarto: vazio.

Assim como o segundo, o terceiro e o quarto. Completamente escuros e silenciosos. Quando Ethan acende as luzes, não surge ninguém escondido nas sombras. Os quartos estão totalmente vazios.

— Tricia, acho que não tem ninguém aqui — comenta ele ao fechar a quarta porta.

— Continua olhando — digo, quase sem abrir a boca.

Quinto quarto: vazio.

Agora só falta um. Todos os quartos que vimos eram mais ou menos do mesmo tamanho e com uma aparência comum. Desconfio que o último deva ser o quarto principal. O lugar onde Adrienne Hale dormia toda noite ao longo dos meses e dos anos que morou aqui antes de desaparecer.

Ao nos aproximarmos da última porta, agarro o braço de Ethan. Meu coração bate tão forte que meu peito dói.

— Tricia, as suas unhas...

Diminuo um pouco a pressão nos dedos.

— Desculpa.

Acho que ainda estou com as unhas cravadas em Ethan, mas ele não reclama. Ele usa a mão sem a faca para girar a maçaneta e abre a porta sem fazer barulho.

CAPÍTULO 5

— Não tem ninguém aqui — avisa Ethan.

Ele acende a luz do último quarto, iluminando o ambiente. Esse cômodo é significativamente maior que os outros e parece ser o principal. No meio dele, há uma cama king-size com uma cabeceira ornamentada de madeira. A cama está arrumada e, quando passo o dedo pela colcha bege com detalhes vermelhos, ela também tem uma camada grossa de poeira.

— Ninguém. — Ele abre a porta do banheiro e espia lá dentro. — Nem no banheiro.

— Estou vendo.

Ele mexe o cabo da faca.

— Está mais tranquila agora? Ou quer que eu dê uma olhada embaixo da cama?

Ele não precisa olhar embaixo da cama, mas não seria má ideia conferir o closet. Seguro o puxador dourado e brilhante de uma porta ao lado do banheiro e puxo. Como imaginava, é um closet enorme. É outro luxo que não temos no nosso apartamento em Manhattan.

Fileiras de roupas caras preenchem o interior do closet: vejo etiquetas da Gucci, da Louis Vuitton e da Versace. Sinto um perfume doce e suave no interior dele, como se estivesse numa espécie de tumba. Acho que é Chanel. Corro os dedos pelo tecido de um suéter branco num dos cabides: caxemira.

Isso, mais que qualquer outra coisa, é prova de que a Dra. Adrienne Hale está morta. Não existe mulher que iria embora por vontade própria e deixaria um suéter maravilhoso como esse para trás.

— Tricia, está mais tranquila agora?

Afasto a mão do suéter de caxemira.

— Não consigo entender. Por que a luz estava acesa?

— Pode ter sido uma lâmpada que queimou.

Balanço a cabeça.

— Não tem como. A gente testou as lâmpadas de todos os quartos e elas acenderam sem nenhum problema.

— Pode ter sido uma luminária ou um abajur.

Lanço um olhar fuzilante.

Ethan ergue as mãos.

— Não sei o que você quer que eu diga. A gente conferiu cada quarto. Olhamos dentro do closet. *Não tem ninguém aqui.*

Não tenho como discutir. Ele está certo de que conferimos todos os quartos e tivemos o cuidado de olhar a casa inteira. Se houver alguém aqui, essa pessoa não quer ser encontrada. Talvez seja melhor assim.

— Certo — digo. — Vamos comer alguma coisa.

Porém, se formos dormir num dos quartos hoje à noite, não tenho dúvida de que vou trancar a porta. E fazer uma barricada com os móveis.

Enquanto descemos a escada em caracol, não me sinto mais tranquila. Na verdade, estou ainda mais ansiosa. Tenho certeza de que vi uma luz acesa na casa e o fato de não descobrir qual era é muito perturbador. Não sei por que Ethan parece ignorar essa situação. Talvez ele não queira admitir que está preocupado.

De volta ao primeiro andar, percebo que existe um cômodo bem ao lado da escada, com a porta entreaberta. Empurro para terminar de abrir a porta e arquejo. Ethan fica paralisado nos degraus.

— O que foi? — pergunta ele.

Examino o interior do cômodo. Assim como todos os outros, ele é enorme. E, assim como a sala de estar, as paredes estão cobertas de estantes cheias de livros. Acho que nunca vi tanto livro assim em toda a minha vida. No canto, perto da janela, há uma mesa de mogno com um computador empoeirado e uma cadeira de couro. Para terminar, o ambiente tem também um grande sofá de couro. É evidente que a Dra. Adrienne adorava móveis de couro.

— Aqui devia ser o consultório dela — digo, suspirando.

Ethan corre os olhos pela sala, analisando o ambiente.

— Quando a gente vier morar aqui, pode ser o *meu* escritório.

— Ah... — Não quero estragar o momento de Ethan, mas agora não existe a menor chance de eu morar aqui pelo simples fato de que vou viver apavorada com a possibilidade de ter algum estranho escondido no segundo andar. — Claro.

— Não preciso mudar nada. — Ele passa a mão no sofá, avaliando a qualidade. — Quer dizer, eu daria um fim nos livros. Mas, fora isso, o resto é perfeito.

— É. Perfeito. — Nem morta.

Ethan se curva para beijar a minha bochecha.

— Vou terminar os sanduíches. Você pode passear pela biblioteca.

Antes que eu possa dizer qualquer coisa, Ethan volta para a cozinha. Quero ir com ele, mas minhas pernas parecem congeladas. É esse consultório. Mais ainda que o restante da casa, essa sala me dá calafrios.

Era aqui que ela trabalhava. Ela devia estar aqui no dia em que desapareceu. É como se esse cômodo fosse assombrado por ela, mais que o quarto principal.

Eu me aproximo da mesa de mogno. A sala está empoeirada, mas não tanto quanto a sala de estar. Vejo apenas uma camada fina de poeira sobre a mesa e o teclado do computador. Pego um lenço de papel da caixa que está em cima da mesa e limpo a tela escura do monitor. Em seguida, tiro a poeira da cadeira de couro.

Eu me ajeito na cadeira e ela range perigosamente com o meu peso. Foi aqui que a Dra. Adrienne escreveu *A anatomia do medo*? A certa altura, parecia que o país inteiro tinha lido a obra. Foi o livro do momento. E a autora não teve chance de desfrutar da fama, porque, pouco depois da publicação, ela desapareceu.

Analiso os objetos na mesa. Tem um porta-lápis no formato de um cérebro humano, cheio de canetas esferográficas. O teclado é um daqueles ergonômicos, curvado de modo que as mãos fiquem numa posição mais natural. E há mais um objeto na mesa que chama a minha atenção.

É um gravador de fita.

Faz anos que não vejo um aparelho desses. Lembro vagamente que meus pais tinham um quando eu era pequena, mas não me lembro de muito mais que isso. É uma tecnologia ultrapassada. Assopro para tirar a poeira do gravador e o pego, curiosa para saber o que a Dra. Adrienne estava ouvindo antes de desaparecer.

Mas o aparelho está vazio. É óbvio que a polícia, em busca de provas, teria pegado qualquer fita que estivesse dentro do gravador.

— Tricia! Os sanduíches estão prontos!

A voz de Ethan atravessa o corredor e chega ao consultório. Deixo o gravador na mesa e volto para a cozinha.

CAPÍTULO 6

ANTES

ADRIENNE

É extremamente raro um profissional que trabalha com saúde mental ser morto por um paciente.

Nos Estados Unidos, é algo como uma ocorrência por ano. Na maioria dos casos, as vítimas são jovens assistentes sociais. Os homicídios acontecem com mais frequência em visitas que as assistentes sociais fazem aos pacientes que recebem tratamento em suas residências. E os agressores quase sempre são homens com esquizofrenia.

Em geral, as mortes são causadas por armas de fogo.

Mas é claro que um psiquiatra que não costuma atender pacientes internados não está livre desse tipo de ataque. A qualquer momento durante uma consulta um paciente meu pode se levantar, pegar o abridor de cartas que fica em cima da mesa e cravar no meu olho. Mas o risco de isso acontecer é relativamente baixo. Embora receba pacientes em casa, o que dizem ser um erro, eu me sinto segura.

Para falar a verdade, eu não mantenho um abridor de cartas em cima da mesa. Isso seria dar sorte ao azar.

Além disso, adoto mais uma precaução. Sou eu que escolho os pacientes e me recuso a atender qualquer pessoa com quem não me sinta confortável.

Com uma exceção. Mas logo isso vai ser resolvido.

Agora, não penso nos meus pacientes porque estou sentada diante do computador, respondendo a e-mails. Neste momento, escrevo uma resposta para a mensagem que recebi ontem da minha ex-agente Paige.

Querida Adrienne,

Fiquei em choque e triste ao saber que você escolheu trabalhar com outra pessoa dentro da agência. Eu a considero uma escritora incrível e uma das minhas amigas mais queridas. Passei os últimos anos trabalhando muito para cultivar seu talento. Poderia, por favor, me dizer o que foi que eu fiz para você se ofender? Farei tudo que estiver ao meu alcance para reverter essa situação.

Da sua amiga,
Paige

Preciso me controlar muito para não revirar os olhos com esse e-mail. Não somos amigas. Longe disso. Sou psiquiatra e psicoterapeuta. Ela acha mesmo que vai me conquistar com essa bajulação e essa falsa proximidade? A única coisa que ela fez para *cultivar* o meu talento foi receber quinze por cento de todo o dinheiro que ganhei.

Mas a melhor coisa de ser uma autora best-seller é que não preciso me explicar para pessoas como Paige. Sou eu que mando, e meu contrato é com a agência e não com Paige. Então, a resposta para minha ex-agente é bastante breve.

Paige,

Acho que você não é mais a pessoa certa para me agenciar. Desejo para você toda a sorte do mundo.

Atenciosamente,
Dra. Adrienne Hale

Clico no botão Enviar e fico me perguntando qual será a reação de Paige. Ela vai aceitar o fato de que quero mudar de agente e acatar a rejeição com elegância, ou vai pegar o Audi e vir até Westchester para implorar de joelhos para eu mudar de ideia? Desconfio que será a segunda opção.

Os seres humanos não lidam bem com rejeição. No passado, quando nossos ancestrais eram caçadores e coletores, ser rejeitado pela tribo era equivalente a receber uma sentença de morte. Por esse motivo, os seres humanos sofrem terrivelmente com a rejeição. Estudos feitos com ressonância magnética mostraram que a rejeição e a dor física real ativam as mesmas áreas do cérebro.

Tem gente que lida bem com a rejeição. Não vai ser o caso de Paige. Já consigo ver o que vai acontecer. Mas não faz diferença. Depois que tomo uma decisão, nunca volto atrás.

Uma nova mensagem aparece na minha caixa de entrada. A remetente é uma mulher chamada Susan Jamison, um nome que conheço bem. Clico na nova mensagem já sabendo o que ela vai dizer.

Dra. Adrienne,

Agradeço a atenção que a senhora tem dedicado ao meu filho, mas não acho que ele esteja progredindo. Como tinha avisado dois meses atrás, não vou mais pagar pelas consultas. Sinto muito que ele não esteja reembolsando a senhora usando a mesada dele. Confirmando, não vou mais bancar essas sessões de terapia. Se a senhora imaginou algo diferente disso, peço desculpas.

Atenciosamente,
Susan

Desvio o olhar da tela do computador e encaro o gravador na mesa. Quando comecei a atender em casa, decidi gravar cada sessão. Peço permissão para os pacientes antes de gravar, mas gravo as sessões mesmo que não permitam.

Gravar as sessões de terapia me ajuda muito. Sim, eu poderia fazer anotações como muitos terapeutas fazem, mas elas nem sempre são precisas. As gravações não mentem.

Hoje, uso as fitas para refrescar a memória, mas tenho em mente que, mais para o fim da minha carreira, vou poder ouvir as fitas e escrever um livro de memórias das minhas experiências.

Mas não agora. Não nas próximas décadas. Tenho muitos anos de trabalho pela frente.

No estojo de cada fita cassete, escrevo as iniciais do paciente, o número da sessão e a data. Neste momento, o estojo ao lado do gravador diz "EJ nº 136" e a data de ontem.

EJ é o filho de Susan. Ela me pediu para tratar dele há mais ou menos dois anos, afirmando que ele "não sabe o que fazer da vida". Depois da primeira sessão, diagnostiquei EJ com transtorno de personalidade narcisista. As características desse diagnóstico incluem sentimentos exagerados de autoimportância, um desejo intenso de ser admirado e empatia limitada.

Aperto o Play no gravador e escuto a sessão de ontem mais uma vez.

— *Como foi a entrevista de emprego?*

— *Ah, foi ótima. Eles me adoraram. Acho que vão implorar para eu trabalhar lá. Mas, sendo bem honesto, não sei se é o emprego para mim. Tem muita gente idiota na empresa. Acho que eu não conseguiria trabalhar num lugar onde tenho que lidar com gente idiota o dia todo.*

Quando conheci esse homem, já não fui com a cara dele. Mas eu já tinha falado com Susan e concordado em atender o filho dela. Considerei desistir, mas tinha prometido a ela. E, de fato, achei que podia ajudar.

Infelizmente, não acredito mais nisso. Não tenho como ajudar esse sujeito. Ele não reconhece os próprios defeitos e jamais vai reconhecer. Ele não tem vontade nenhuma de mudar. E, agora que a mãe dele não vai mais pagar pelas sessões, tenho uma boa desculpa para encerrar a terapia.

Não vou precisar falar com ele nunca mais.

CAPÍTULO 7

DIAS ATUAIS

TRICIA

Um sanduíche de mortadela num pão de forma com maionese está longe de ser o melhor jantar da minha vida, mas serve para forrar o estômago e me deixa só um pouquinho enjoada. Ethan é fresco com comida e sempre consegue reservas nos restaurantes mais badalados, mas ele devora o pão com mortadela sem reclamar.

— Está se sentindo melhor agora que comeu? — pergunta ele.

— Estou — minto. Comer um sanduíche de mortadela não me fez esquecer que talvez haja um estranho à espreita no andar de cima.

— Que bom. — Ele pega na minha mão em cima da mesa. A minha está gelada e a dele, surpreendentemente quentinha. — Meu Deus, Tricia! Como você está gelada!

Ele esperava o quê? Faz muito frio lá fora e a casa não tem aquecimento. Nós dois continuamos encasacados.

— Pois é...

— Vamos fazer o seguinte. — Ele se levanta da cadeira e, sem pensar, tira os pratos da mesa. Ele recebeu uma boa educação da mãe, uma pena que não cheguei a conhecê-la. — Vou dar um jeito na calefação. Se a eletricidade funciona, a calefação deve funcionar também.

— Isso seria ótimo. — Pego os dois copos de água de cima da mesa e sigo os passos de Ethan, fazendo também minha parte. — Você é o melhor marido que existe.

Ethan abre um sorriso. Ele coloca os pratos na pia e me dá um abraço. É esquisito porque nós dois ainda estamos de casaco, mas gosto de sentir o hálito quente dele quando me beija.

— É fácil ser o melhor marido que existe quando se tem a melhor esposa que existe.

Apesar da beleza, Ethan nunca foi um conquistador. No dia em que a gente se conheceu no café, fui eu que puxei assunto. Ele não teve muitas namoradas antes de mim e não tem muitos amigos. Alguns dos meus amigos me disseram que isso era um mau sinal, mas gosto de não ter que competir com um melhor amigo nem com zilhões de namoradas do passado. Sempre sonhei em ser a melhor amiga do meu marido.

Espero que os sentimentos dele não mudem depois desse fim de semana, quando ouvir o que tenho para dizer. Tenho um pressentimento horrível de que a conversa não vai ser boa.

Como tudo relacionado a essa casa, não é fácil encontrar o banheiro do primeiro andar. Por fim, descubro que ele fica embaixo da escada em caracol. Isso me deixa meio preocupada, porque alguém poderia despencar da escada e atravessar o teto do banheiro. Mas vamos torcer para que a casa seja mais bem-feita do que parece.

O banheiro é grande e pitoresco. A banheira tem pés de apoio e torneiras para água quente e fria. Depois de me aliviar, passo um pedaço de papel higiênico umedecido no espelho, tirando a camada de poeira para poder enxergar bem o meu reflexo pela primeira vez desde que chegamos aqui.

Nossa. Não estou bonita.

Meu cabelo loiro com mechas cor de mel é ondulado graças ao meu modelador de cachos, mas por causa da neve ele está úmido e escuro e não tem mais ondulado nenhum; os fios estão grudados na cabeça e nas bochechas. Meus lábios estão pálidos, quase azuis, e meu rosto está visivelmente sem cor. Pego um batom na bolsa e aplico uma boa camada nos lábios. Pronto:

melhorou um pouco. Tento beliscar as bochechas para dar uma cor ao meu rosto, mas parece que fico com manchas na pele, então paro.

Enfim, estamos só eu e Ethan aqui. Sim, quero ficar bonita para o meu marido, mas já estamos casados há seis meses. Ele sabe que não tenho como manter uma aparência perfeita o tempo todo. Quer dizer, acho que sabe, embora seja irritante o tanto que ele parece sempre perfeito.

Quando saio do banheiro, noto outra estante de livros, essa atrás da escada. Meu Deus, como a Dra. Adrienne Hale gostava de livro. Acho que a maior parte é de psiquiatria e psicologia. Enfim, de coisas relacionadas à mente humana. Mas essa prateleira é diferente. Ela está cheia de romances comerciais, livros que ela lia por prazer.

Corro os olhos pela estante de livros, procurando alguma coisa que possa me entreter se ficarmos presos nessa casa por mais tempo. Tento imaginar a psiquiatra de olhos verdes confortável lendo um romance de Danielle Steel, mas não consigo. Também não sou muito fã desse tipo de literatura. Mas ela tem alguns livros de Stephen King, que são mais a minha praia. E eles são longos e envolventes.

Já li todos os livros de Stephen King que ela tem na estante, mas não me importo de reler os clássicos. De qualquer forma, não vou ficar aqui por tempo suficiente para terminar o livro, então não faz sentido começar algo novo. A princípio, penso em ler *It: A coisa*, mas quase me machuco tentando tirar o catatau da estante — talvez esse seja meio longo para ler numa noite só. Por fim, escolho *O iluminado*, um dos meus preferidos, e uso a ponta do dedo para puxar o livro da estante.

Mas o livro não se mexe.

Insisto, mas sinto que só a parte de cima do livro está solta. A base parece colada na estante. E, quando puxo firme a parte de cima, escuto um clique. E a estante se mexe um pouco.

Mas o quê...?

Espio por cima do ombro. Não vejo Ethan. Ele ainda deve estar lidando com a calefação. Confiro a lateral da estante, que descolou da parede. Puxo, e atrás da estante surge uma porta. Pisco algumas vezes, incapaz de acreditar no que estou vendo.

É um cômodo secreto.

CAPÍTULO 8

A sala está completamente escura, mas tenho a impressão de que o espaço é pequeno. Mais ou menos do tamanho do closet no andar de cima. Pisco para tentar me acostumar com a escuridão.

Dou um passo, e algo atinge o meu rosto. De início, penso que é uma teia, mas depois me dou conta de que é uma cordinha. Tateio à frente, tentando agarrá-la. Então sinto a cordinha com a ponta dos dedos. Puxo, ouço um clique, e uma lâmpada ilumina o ambiente.

Arregalo os olhos ao ver o interior do cômodo.

Eu estava certa sobre o espaço ser pequeno. Parte de mim temia encontrar um cadáver escondido aqui, mas não é o caso. A sala está repleta de mais estantes, que ocupam todas as paredes disponíveis. Mas essas estantes não contêm livros.

Elas têm fileiras e mais fileiras de fitas cassete.

Meu Deus, nem sei o que dizer, mas devem ser *milhares* de fitas. E todas identificadas da mesma forma: as letras iniciais de um nome, seguidas de um número, seguido de uma data. As mais antigas parecem ter dez anos, e há dezenas de nomes diferentes. A fileira na minha frente está identificada com as iniciais PL. As mesmas da personagem principal do best-seller *A anatomia do medo*. Será que é a mesma pessoa? Será que essas fitas são das sessões com PL?

E há uma fita identificada de maneira diferente. Colocada no fim de uma das fileiras, ela só tem uma palavra escrita com letras garrafais:

LUKE

Esse nome não me é estranho. *Luke*. Era o nome do namorado suspeito de matar Adrienne Hale? Isso já faz anos, e o caso ganhou destaque em tudo que é jornal impresso e em toda emissora de TV. O *desaparecimento da psiquiatra Adrienne Hale*.

Eu me pergunto se a polícia descobriu a existência desse cômodo secreto.

De longe, escuto Ethan chamar meu nome. Talvez ele tenha ligado o aquecedor. E deve estar se perguntando o que estou fazendo no banheiro. Minha fama não é de ser *rápida* no banheiro, mas estou demorando demais, até para os meus padrões.

— Já vou! — grito.

Num impulso, pego uma das fitas e guardo no bolso do casaco. Em seguida, puxo a cordinha que pende do teto e a sala volta a ficar escura. Saio do cômodo, encaixo a estante de livros no lugar e ouço um clique reconfortante. Quando me afasto da estante, eu mesma não consigo ver a entrada do cômodo secreto.

Volto rápido para a sala de estar e encontro Ethan de pé diante do sofá. Ele está com um sorriso largo no rosto e uma garrafa de vinho na mão direita.

— A calefação está funcionando!

Sinto um calafrio.

— Mas a casa ainda está gelada.

— Vai demorar um pouquinho para aquecer esse espaço gigantesco. — Ele faz um gesto de cabeça indicando a sala de estar. Quero dizer para ele que, se morarmos aqui, nossa conta de luz vai custar uma fortuna, mas Ethan vem de uma família endinheirada e não se preocupa com esse tipo de coisa.

— Encontrou o banheiro?

— Ã-hã.

Coloco a mão direita no bolso do casaco e sinto a forma retangular da fita cassete. Agora seria a hora de contar para ele o que descobri. Não tenho nenhum motivo para não contar.

Mas ele não vai achar bom que eu escute essas fitas. Vai dizer que estou me metendo onde não devo. Ele vive reclamando que sou intrometida. Mas não sou, sou só *curiosa*. Será que isso é um problema?

— E olha só! — Ethan exibe a garrafa de vinho cor de sangue. — Achei que seria bom para a gente se esquentar.

— É?

Ele lê o rótulo da garrafa.

— É um cabernet sauvignon. Produzido em... Stellenbosch, na África do Sul.

— Um vinho da África do Sul?

— Isso mesmo. Tem um monte de cabernet bom na África do Sul.

Ethan entende do assunto. Ele é meio enólogo. Sempre sabe dizer quais são os melhores vinhos de cada região, reconhece a acidez e o dulçor da bebida e sabe harmonizá-los com a comida. Na maior parte do tempo, só concordo e finjo entender do que ele está falando.

— Quer dizer — digo — que você roubou uma garrafa de vinho?

— Não é um vinho *maravilhoso* — argumenta ele, na defensiva. Não sei se isso é verdade, mas, como Ethan se recusa a beber qualquer coisa barata, imagino que o vinho seja no mínimo decente. Ele tem um vinho preferido: Cheval Blanc. — De qualquer forma, Judy fez a gente vir até aqui no meio de uma nevasca e não deu as caras. A gente precisa se ocupar de alguma forma.

— Tenho certeza de que Judy não imaginou que ia cair uma nevasca — digo, mas é tarde demais. Ethan já está servindo o vinho em duas taças dispostas na mesa de centro, diante da lareira.

Ethan ocupa um lugar no sofá e eu me sento ao lado. Ele pega uma taça, cheia quase até a boca com o líquido vermelho-escuro, e eu, relutantemente, faço o mesmo. Ele inclina a taça na direção da minha.

— Um brinde à nossa nova casa — diz ele.

Ai, meu Deus.

Ethan dá um gole demorado enquanto fico pensando no que fazer com o meu vinho. Não posso beber. Talvez um ou dois goles, mas não essa taça enorme cheia desse jeito. E não devo dizer nada para Ethan, porque ele ainda não sabe que estou grávida.

É isso aí. Estou esperando um bebê.

Minha menstruação está duas semanas atrasada. E faz pouco mais de uma semana que fiz xixi no palito e vi aquelas duas linhas cor-de-rosa que vão mudar nossa vida.

Estou morrendo de medo de contar o meu segredo para ele. Antes de nos casarmos, decidimos que teríamos filhos. Eu tenho uma irmã, mas Ethan é filho único e os pais dele já morreram, então concordamos em formar uma família. Mas também concordamos em esperar um pouco. Somos relativamente jovens e queríamos ter a chance de viajar juntos e curtir a companhia um do outro por alguns anos antes de ter filhos. Esperar pelo menos dois anos antes de *começar* as tentativas de engravidar. Foi esse o nosso acordo.

Agora aqui estou eu, seis meses depois do nosso casamento. Um bebê a caminho.

Não foi culpa minha. Tomo pílula religiosamente. Configurei um lembrete no meu telefone para nunca me esquecer do anticoncepcional. Mas tive uma infecção respiratória no mês passado e, no pronto-socorro, tive que tomar antibiótico. E parece que o antibiótico cortou o efeito da pílula. Como é que eu ia saber disso?

Estou morrendo de medo de dar a notícia para Ethan. Esperar para ter filhos era algo importante para ele. O plano era ter um tempo só para nós dois. Eu destruí esse plano. Não sei como ele vai reagir a essa notícia. Mas imagino que não vá reagir bem.

Ethan é temperamental. Nunca fui alvo das explosões dele, mas já vi acontecer com outras pessoas. Ele é chefe de uma pequena startup que está começando a fazer sucesso, e certa vez flagrei a reação dele ao telefone com um funcionário que tinha cometido um erro. Fiquei perplexa ao ouvir como ele gritava com o pobre coitado. Não fazia ideia de que ele era assim. Foi um lembrete preocupante de que só conheço o meu marido há pouco mais de um ano. Ainda não sei exatamente como ele é.

Por isso estou guardando esse segredo há uma semana e meia. Vou ter que contar em breve, mas estou com muito medo. Não quero que ele grite comigo como gritou com aquele homem ao telefone. Esse seria, oficialmente, o fim da nossa lua de mel.

Eu me pergunto se agora seria a hora certa. Ele conseguiu ligar a calefação, parece animado com a possibilidade de comprar essa casa (apesar de não haver a menor chance de morarmos aqui) e está segurando uma taça de vinho. E me encara ansiosamente, porque quer saber o que achei do vinho.

Eu deveria contar para ele agora. Faz sentido.

Mas não conto.

Em vez disso, dou um golinho na taça do cabernet que mal dá para molhar a boca. Em seguida, passo a língua nos lábios.

— Hummm. Que delícia.

— Você percebeu as notas de menta?

— Eu... percebi.

Ethan toma mais um longo gole de vinho, enquanto finjo tomar outro golinho. Ele estende a mão para mim e permito que pegue a minha.

— Gostei disso — diz ele.

— Hummm.

— Consigo ver a gente morando aqui. — Ele aperta minha mão enquanto seus olhos azuis ficam distantes. — Nós dois tomando vinho... um *bom* vinho... e a lareira aquecendo a casa.

— E as crianças brincando pela casa — acrescento, para ver a reação dele.

Ele ri.

— Quem sabe daqui a alguns anos.

Bom, pelo menos ele não rechaçou *por completo* a ideia. Acho que era esperar demais que ele reagisse dizendo: "Sim! Mudei de ideia! Vamos te engravidar agora!"

Ele se aproxima de mim de lado, passa o braço pelos meus ombros e me puxa para mais perto. Isso me serve de desculpa para deixar a taça de vinho na mesa de centro. Também gosto disso, de me aconchegar com ele no sofá. Talvez esse lugar não seja tão ruim assim. Parece que ele adorou a casa. E, se a gente decidir morar aqui, isso vai diminuir o susto causado pela minha gravidez.

Mas então olho para a parede acima da lareira. E vejo o retrato da Dra. Adrienne Hale. Parece que ela está encarando a gente com aqueles olhos verdes penetrantes e o cabelo vistoso ao redor do rosto. Meu corpo estremece.

— Ainda está com frio? — sussurra Ethan com o rosto colado nos meus cabelos.

— Não...

Ele vê que estou olhando para o retrato pendurado na parede. A expressão dele muda assim como mudou quando viu o quadro pela primeira vez.

Dou um sorriso tímido.

— Desculpa, é que esse quadro me dá medo.

— É, também odiei esse quadro. — Ele tensiona um músculo da mandíbula. — Vou dar um jeito nele.

— Quê?

Antes que eu possa perguntar o que ele está fazendo, Ethan sai do sofá e vai decidido até a lareira. Ele agarra a pesada moldura de madeira do retrato e tira o quadro da parede. Coloca o quadro no chão e, depois de hesitar por um instante, vira o retrato para a parede.

— Ethan. — Aperto minhas mãos uma na outra e sinto que, de repente, elas ficaram suadas. — Você não pode fazer isso.

— Por que não? Eu penduro de volta antes de a gente ir embora. Acho que *ela* não vai se importar.

Olho para o espaço que ficou na parede acima da lareira, incapaz de explicar o desconforto que estou sentindo no estômago. Aqui estamos, passando a noite na casa da Dra. Adrienne Hale, bebendo o vinho dela e mexendo no retrato dela. *E* eu peguei uma fita do cômodo secreto dela. Não acredito em fantasmas, mas, se acreditasse, acho que ela estaria *bastante* irritada com a gente.

Agora que o quadro está no chão e virado para a parede, Ethan não parece mais incomodado. Ele se senta de volta do meu lado no sofá e puxa o botão na parte de cima do meu casaco.

— Não está ficando quente demais para continuar com isso?

O frio diminuiu bastante na última meia hora. Deixo que ele abra os botões do meu casaco e, depois de fazer isso, ele beija o meu pescoço. Esse costuma ser o meu ponto fraco, me deixa muito excitada. Mas, agora, não sinto nada.

— A gente devia batizar a nossa nova casa — sussurra ele no meu ouvido.

Tento retribuir o beijo e demonstrar algum entusiasmo, enquanto ele mexe no botão da minha calça jeans. Mas não estou no clima. Mesmo com o retrato virado para a parede, sinto como se os olhos verdes da Dra. Adrienne continuassem fixos em mim.

CAPÍTULO 9

No fim, a gente conseguiu "batizar" a casa. Talvez ela não seja a nossa nova casa, mas "batizamos" a casa *de alguém*.

Como era de esperar, Ethan fica de bom humor quando terminamos. Não importa o número de vezes que transamos, ele ainda se comporta como se isso fosse a melhor coisa do mundo e como se não conseguisse acreditar na sorte que tem. É fofo. Ele é um cara fofo. Meus amigos erraram feio quando disseram que ele acende um monte de sinal de alerta. Ele não é perfeito, mas quem é?

Talvez agora seja o melhor momento para falar do bebê. Ele está de bom humor, está animado com a casa. Quais são as chances de ter um momento melhor que esse?

— Você está tão calada — diz ele, fechando o zíper da calça cáqui.

— Estou?

— Está. Parece pensativa.

Meus lábios se contraem.

— Pensativa?

— Como se você estivesse preocupada com alguma coisa.

Agora é a hora. Eu poderia falar para ele. Talvez ele aceite numa boa. Ele quer ter filhos *em algum momento*. Sei que não planejamos ter filhos assim tão cedo. Mas acontece. Não dá para controlar esse tipo de coisa.

Faço menção de falar, pronta para dizer a frase: "Ethan, estou grávida." Mas as palavras não saem. E não sei muito bem por quê. Talvez eu esteja com receio de dar uma notícia surpreendente que pode ser também perturbadora justo quando estamos presos numa casa isolada, só nós dois, onde ninguém pode nos ouvir e não tenho como escapar.

Fico assustada com os meus pensamentos. Eles não fazem nenhum sentido. Deve ser algum tipo de paranoia causada pelos hormônios da gravidez. Sim, estou preocupada que Ethan não vá gostar do que tenho para dizer e, sim, ele é temperamental. Mas ele *jamais* me machucaria. Disso eu tenho certeza.

— Não estou preocupada com nada — respondo por fim. — Só estou um pouco cansada. — Dou um sorriso amarelo. — Você acabou comigo.

Ethan sorri, orgulhoso de si mesmo. Ele se alonga de modo que consigo ver os pelos dourados de seu abdome. Meu marido é tão bonito. Quando o vi pela primeira vez, ele me pareceu o homem mais lindo que eu já tinha visto na vida. A gente se conheceu, começou a namorar e imaginei que os defeitos não iam demorar a aparecer. Já identifiquei alguns. Os olhos dele são muito próximos um do outro. Ele é meio baixinho para um homem. Ele tem pelos dourados não só no abdome mas também nas costas.

Porém, estranhamente, todas essas imperfeições o tornam ainda mais bonito. Não sei explicar.

— Você se incomodaria se eu tomasse uma ducha? — pergunta ele.

— Uma ducha?

— É. Parece que a água quente do chuveiro está funcionando. — Ele dá uma piscadinha. — E estou todo suado.

— Ã-hã, mas... — não quero ter que explicar quanto a ideia de ele tomar um banho aqui me incomoda — ... você não trouxe uma muda de roupas.

— Ainda assim seria bom tomar um banho.

Tento pensar num bom motivo para ele não tomar banho. Mas não me ocorre nada que faça sentido.

— Você vai usar o banheiro principal?

— Era o que tinha pensado em fazer.

— Você não se incomoda? Quer dizer, você estaria usando o banheiro de uma mulher morta.

Ele dá de ombros.

— Acho que não me incomodo. Já faz uns três anos que a psiquiatra desapareceu. Não é como se ela tivesse usado o banheiro ontem.

São os hormônios da gravidez. Certeza de que é isso que está me deixando tão incomodada com essa situação. Não existe nenhum motivo para Ethan não tomar uma ducha no banheiro principal.

— Tá bom. Espero você aqui.

— Isso. Termina de tomar o seu vinho.

Pois é. Preciso me lembrar de jogar o vinho na pia, assim ele vai pensar que tomei tudo.

É só quando Ethan sobe a escada em caracol que me lembro da fita cassete guardada no bolso do casaco. Quando fui ao consultório, encontrei um gravador, mas não havia fita nenhuma nele. Agora, encontrei a fonte. Sem dúvida, Ethan não gostaria que eu ouvisse as fitas, mas, se ele estiver tomando banho, posso fazer o que quiser.

Assim que escuto o barulho do chuveiro, pego a fita no bolso do casaco e volto para o consultório de Adrienne Hale. O gravador continua onde o deixei: naquela linda mesa de mogno. Eu me sento na cadeira de couro e confiro os botões do gravador empoeirado. Record, Play, Rewind, Fast-Forward, Stop/Eject e Pause.

Com cuidado, aperto o botão Stop/Eject e abro o compartimento de fita.

Assopro um pouco da poeira acumulada no gravador e pego a fita que trouxe do cômodo secreto. As iniciais na caixinha são PL. Ao lado das letras, há o número 2. E a data é de mais ou menos seis anos atrás. Tiro a fita da caixa e insiro no gravador. Com um movimento rápido, empurro o compartimento para fechá-lo.

Não sei se as pilhas do gravador ainda funcionam. É possível que a função de ejetar seja ativada por mola ou algo assim. Quanto tempo uma pilha dura quando não está sendo usada? Ethan provavelmente saberia a resposta. Mas ele não me deixaria ouvir essas fitas, então não posso perguntar para ele.

Uso o indicador para apertar o botão Rewind. Na mesma hora, escuto o zunido da fita rebobinando. Parece que as pilhas estão funcionando.

Depois de mais ou menos um minuto, o gravador emite um clique e para de rebobinar. A fita está no começo. Pronta para eu ouvir.

Meu dedo se aproxima do Play. Vou mesmo fazer isso? Eu vou mesmo ouvir as sessões de terapia que a Dra. Adrienne Hale gravou e escondeu no cômodo secreto?

É, parece que vou, sim.

CAPÍTULO 10

TRANSCRIÇÃO DE ÁUDIO

Esta é a sessão de número 2 com PL, uma mulher de 25 anos com transtorno de estresse pós-traumático desenvolvido após sobreviver a um episódio extremamente traumático.

PL: Oi, doutora.
DH: Você está pálida hoje. Por favor... sente-se.
PL: Estou bem. É que... não tenho dormido muito bem.
DH: Você falou dos pesadelos na sua primeira consulta.
PL: Ã-hã. É como se eu estivesse vivendo tudo de novo. Como se estivesse acontecendo tudo de novo.
DH: Sei que foi difícil falar sobre isso na primeira consulta, mas, se você se sentir mais à vontade para conversar comigo, seria muito importante para mim saber nas suas palavras o que aconteceu naquela noite.
PL: É difícil demais falar sobre isso. É mais fácil falar sobre... outras coisas.
DH: Estou aqui para te ajudar. Mas não consigo te ajudar se não souber o que aconteceu com você.
PL: É. É, eu sei. Mas...
DH: Por favor, tente. Não tenha pressa. Temos a sessão inteira.
PL: Foi... Foi a pior noite da minha vida, doutora. Eu perdi tudo.
DH: Me conte desde o começo.
PL: Eu... Quer dizer, *nós*... Nós alugamos o chalé para passar o fim de semana e estávamos ansiosos pelo passeio. Estava tudo bem, apesar de ter chovido o fim de semana todo. A gente conseguiu passear, fazer marshmallow na lareira...

DH: Continue.

PL: Foi depois que eu e Cody já tínhamos ido dormir. Megan e Alexis foram para o quarto delas. Eu estava dormindo pesado... estar ao ar livre sempre me deixa muito cansada e eu tinha tomado uns drinques... Daí acordei com alguém gritando.

DH: Sim?

PL: Era Cody. Ele estava gritando do meu lado, na cama, e... e ele estava coberto de sangue. Acordei e tinha um homem de pé na nossa frente, segurando uma faca. Estava ruim de enxergar, porque chovia muito e o céu estava escuro. Não consegui ver o rosto, mas vi que o cabelo dele estava encharcado e colado na cabeça. E dava para sentir *o cheiro* dele. Ele tinha um cheiro de cachorro molhado e de mais alguma coisa. Um cheiro de podre.

DH: Isso parece terrível.

PL: Às vezes, ainda acordo no meio da noite sentindo esse cheiro. Sinto no meu quarto. Um cheiro horrível, podre... Meu Deus... [*começa a chorar*]

DH: Está tudo bem. Pode chorar. Você está em um lugar seguro.

PL: É que... eu não...

DH: Aceita um lenço?

PL: Não é justo! Eu e Cody íamos nos casar na semana seguinte. A gente ia passar a lua de mel nas Bermudas. Eu ia passar o resto da minha vida com ele e agora... agora ele está morto e enterrado. Toda vez que penso nisso...

DH: Está tudo bem. Vai dar tudo certo.

PL: Como, doutora? *Como* que vai dar tudo certo? O homem com quem eu ia me casar está *morto*. Minhas duas melhores amigas estão *mortas*. Como diz a minha mãe, eu sou um para-raios de gente maluca. Foi isso que aconteceu naquela noite. Tenho uma cicatriz na barriga que vai me lembrar para sempre desse maluco.

DH: Mas você não tem culpa de nada.

PL: Não é justo que todo mundo tenha morrido e eu não. Eu deveria ter morrido também.

DH: Não diga isso.

PL: É verdade, doutora. Foi isso que o médico me disse no hospital. Eu poderia ter morrido.

DH: Mas você não morreu. Você sobreviveu. Você é uma sobrevivente. Você poderia ter morrido, mas enfrentou a chuva e a lama, fez sinal para um carro e pediu ajuda. Por isso ainda está viva.
PL: Não sinto que sou uma sobrevivente. Eu me sinto... confusa. Não consigo dormir. Não consigo mais trabalhar.
DH: É por isso que você está aqui. Para melhorar. E isso é só o começo.
PL: Se ele tivesse sido preso, eu poderia seguir em frente com a vida. Mas toda vez que fecho os olhos imagino o homem na minha janela. Olhando para mim.
DH: A palavra-chave é "imagino". Ele não está lá de verdade.
PL: A senhora não tem como saber! Afinal de contas, sou a única que pode identificar o homem. Tenho certeza de que ele quer me matar.
DH: Você não pode pensar assim. Você está segura agora. Se ele quisesse te encontrar, já teria encontrado. Ele é um homem impulsivo.
PL: Estou ficando louca, doutora. Não consigo parar de pensar nisso. Toda vez que entro no carro, sinto que ele está me seguindo. No caminho para cá, tinha certeza de que era ele no carro atrás de mim.
DH: Mas você sabe que isso é coisa da sua cabeça.
PL: Eu não sei. A senhora não sabe. A senhora não tem como saber se ele não *me seguiu* até aqui. Talvez ele esteja me esperando lá fora. Talvez ele mate nós duas assim que eu abrir a porta da sua casa.
DH: Você tem ideia do quanto isso é improvável?
PL: Eu...
DH: Escuta o que vou te dizer. Você não pode deixar esse psicopata controlar a sua vida. Você está aqui para melhorar. Sua família se preocupa com você e é por isso que você está aqui.
PL: Mas eu não estou melhorando.
DH: Estamos só começando. Você vai melhorar.
PL: Doutora...
DH: Eu prometo. Você vai melhorar.

CAPÍTULO 11

DIAS ATUAIS

TRICIA

Escuto uns quarenta minutos da fita até me dar conta de que faz muito tempo que estou no consultório. Assim como eu, Ethan demora no banho, mas não tanto assim. Daqui a pouco, ele vai me procurar.

Perdi a noção do tempo. Há algo de hipnótico e ao mesmo tempo poderoso na voz da Dra. Adrienne Hale quando ela conversa com a jovem paciente do livro *A anatomia do medo* que teve as amigas e o noivo assassinados por um maníaco num chalé no meio do mato. Quando ela diz "Você vai melhorar", é como se fosse a voz de Deus. Não à toa, ela era uma psiquiatra muito respeitada. Não à toa, muitas pessoas traumatizadas pediram a ajuda dela.

Como era de esperar, escuto Ethan descendo a escada. Rapidamente, tiro a fita do gravador e guardo na caixinha. Guardo a fita numa das gavetas da mesa segundos antes de Ethan aparecer na porta do consultório.

— Achei você.

Dou um sorriso forçado.

— Achou.

Ele inclina a cabeça para o lado.

— Estava mexendo nas coisas dela, Tricia?

— Não estava, não — respondo com sinceridade.

Saio rápido do consultório para evitar que Ethan perceba o que eu estava fazendo. Ele está de pé do lado de fora com o cabelo ainda molhado do banho. Na mesma hora, percebo que trocou de camisa e calça. Agora, está com uma camiseta dos Yankees e uma calça jeans comprida demais.

— Onde você encontrou essas roupas? — pergunto.

— Ah. — Ethan mexe na gola da camiseta dos Yankees. — Encontrei numa das gavetas do quarto. Deixei a camisa e a calça penduradas para usar amanhã de manhã.

A calça e a camiseta não são de Adrienne Hale. São grandes demais para Ethan e, portanto, grandes demais para o corpinho miúdo da psiquiatra. Mas elas estavam guardadas na gaveta, então imagino que fossem do namorado dela. Luke.

— Você não quer trocar de roupa antes de dormir? — sugere ele. — Tem um monte de pijama nas gavetas.

O que é pior: usar as roupas de uma mulher morta ou as do homem que a matou?

— Não, tudo bem. Vou dormir só de calcinha e sutiã.

— Você que sabe. O que acha de irmos para o quarto agora?

Olho para o meu relógio. Está ficando tarde e, como a neve não dá trégua, nossa única opção é passar a noite aqui. A ideia me assusta mais do que eu imaginava. Mas não temos escolha.

Eu consigo.

— Tá bom — respondo. — Vamos para o quarto.

Seguro no corrimão e sigo Ethan até o andar de cima como se estivesse prestes a ser executada. Está um breu tão grande lá fora que, mesmo com as luzes acesas, a escada e o corredor continuam escuros. Se alguém trocasse as lâmpadas, acho que a iluminação melhoraria um pouco. Mas não vamos fazer isso agora. Temos que agradecer por ter alguma luz.

Continuo seguindo Ethan ao longo do corredor, mas paro de repente quando percebo que ele vai entrar no quarto principal.

— O que você está fazendo?

Ele olha para mim e franze a testa.

— O quê? Qual é o problema?

— Não vou dormir nesse quarto.

— Por que não?

— Porque é onde a psiquiatra morta dormia!

Ele fica impaciente.

— Tricia, não seja boba. O quarto principal é o maior de todos. E é onde a gente vai dormir quando se mudar para cá.

Nem morta.

— Além do mais — continua ele —, é a única cama arrumada. Não faço ideia de onde estão os lençóis e tudo mais e não estou a fim de procurar. Estou cansado e quero dormir. Você não está cansada?

Do nada, uma onda de exaustão toma conta de mim. Isso tem acontecido comigo cada vez mais. No fim do dia, sinto um cansaço repentino que acaba comigo. Deve ser porque o meu corpo está fabricando outro ser humano.

De qualquer forma, concordo: não estou a fim de ir atrás de lençóis e arrumar outra cama.

— Tá bom — digo. — Vamos dormir no quarto principal.

Assim que entramos no quarto, a primeira coisa que tento fazer é trancar a porta. Depois daquela luz misteriosa que vi acesa no segundo andar, acho que não vou conseguir dormir sem trancar a porta. Infelizmente, não é tão simples assim.

— O que você está fazendo? — pergunta Ethan do lado da cama. Ele tirou a calça, mas ainda está com a camiseta dos Yankees.

— Quero trancar a porta.

— Acho que não tem como.

Viro rápido a cabeça e olho feio para ele.

— Como é que o quarto não tem fechadura na porta?

— Não sei, Tricia — responde ele num tom exasperado. — A gente está no meio do nada e ela morava sozinha. Por que ela teria uma fechadura na porta do quarto se tem fechadura na porta de casa?

Porque talvez ela tivesse que se proteger de alguém dentro de casa e poderia trancar a porta do quarto para pedir ajuda? Falando em pedir ajuda, não vi nenhum telefone fixo. Hoje em dia, a maioria das pessoas usa celular, mas, como o sinal aqui é muito ruim, faria sentido se ela tivesse um telefone fixo por questão de segurança. Mas não vi nenhum.

Eu me afasto da porta do quarto, nervosa demais para desviar o olhar.

— Como é que a gente vai fazer para ir embora amanhã?

Ethan se ajeita na cama.

— Espero que o sinal de celular volte quando parar de nevar.

— E se não voltar?

— Alguém vai encontrar a gente — diz ele com uma confiança que não sinto. — Judy sabe que estamos aqui. Ela deve estar tentando falar com a gente. E é claro que a sua mãe vai vir atrás de nós se ela não tiver notícias suas por mais de vinte e quatro horas.

— Isso não é verdade.

— Ah, claro que é. Você sabe que é, Tricia. — Ele dá uns tapinhas no lado vazio da cama. — Sua família ama você. Não tem nada de errado com isso.

Felizmente, Ethan não tem ciúmes dos meus pais nem da minha irmã. Somos muito próximos e falo com a minha mãe quase todo dia. O pai e a mãe de Ethan morreram antes de a gente começar a namorar. Foi num acidente, mas ele não gosta de tocar no assunto e não me conta nada. Na nossa pequena cerimônia de casamento, das trinta pessoas convidadas, apenas cinco eram do lado de Ethan. Só amigos e ninguém da família. Sofri para fazer uma pequena lista de convidados e ele parece ter sofrido para pensar em cinco pessoas.

Mas tudo bem ter só cinco pessoas no casamento. Para falar a verdade, eu teria ficado mais feliz se minha mãe não convidasse

Debbie, a prima amargurada dela, ou Bob, o cunhado do meu pai que vive bêbado.

Apago a luz e me deito no lado direito da cama. É o mesmo lado em que durmo no nosso apartamento. É estranho como a gente escolheu um lado da cama para dormir e não consegue mais trocar. Estamos juntos há pouco mais de um ano, mas esse hábito já está enraizado.

Assim que Ethan me abraça, a respiração dele fica mais profunda. Não sei como ele consegue relaxar aqui. Quando ele me abraça, costumo me sentir segura e aquecida, mas não agora. Não me sinto nem um pouco segura.

CAPÍTULO 12

São três da manhã e estou completamente desperta.

Em algum momento, peguei no sono. Depois de deitar, comecei a me debater na cama e Ethan desceu para pegar um copo de água para mim, dizendo que me faria bem. De certa forma, eu me senti melhor e consegui pegar no sono, mas duas horas depois acordei para ir ao banheiro.

Desde que descobri que estou grávida, tenho vontade de ir ao banheiro de hora em hora. Achei que isso só aconteceria no fim da gravidez, mas devo estar adiantada. Ethan chegou a fazer um comentário sobre isso alguns dias atrás, mas não pude explicar o motivo.

Faz vinte minutos que fui ao banheiro, mas não consigo voltar a dormir. Viro a cabeça para ver Ethan, que está tranquilo ressonando do meu lado. Parece que ele vai ter uma excelente noite de sono nessa casa mal-assombrada. Não sei como ele consegue.

Saio da cama, as molas do colchão rangem um pouco, mas não o suficiente para acordar o meu marido. Vou até a janela do quarto e olho para fora. O gramado em frente à casa está todo coberto de neve, no mínimo uns sessenta centímetros. Todas as árvores estão brancas. Não tem como sair daqui no BMW de Ethan. Na melhor das hipóteses, pediremos ajuda se recuperarmos o sinal de celular.

Aceito que não vou mais conseguir dormir e decido sair do quarto. Mas está muito frio para descer só de calcinha e sutiã. Mexo na pilha de roupa que tirei no dia anterior, mas me sinto relutante em vestir jeans e blusa às três da manhã.

Então, vejo um roupão pendurado na porta do banheiro. Deve ter sido da Dra. Adrienne Hale. É de um vermelho intenso, semelhante à cor do cabelo dela em determinadas situações. Pego no tecido do roupão, que é feito de lã. Macio e quente, feito para se usar numa casa que passa o inverno soterrada de neve.

Antes que eu possa questionar minha decisão, tiro o roupão do gancho e enfio os braços nas mangas. Ele cai como uma luva. A Dra. Adrienne devia ser mais ou menos do meu tamanho. O roupão é tão quente e confortável quanto aparenta e fica ainda melhor quando o fecho e amarro o cinto. Não há a menor chance de voltar atrás e desistir desse roupão.

Não é como se eu estivesse roubando alguma coisa. Estou só pegando emprestado. Devolvo dentro de uma hora, no máximo.

Estou quase saindo do quarto descalça, mas percebo um par de chinelos vermelhos e felpudos guardados embaixo da cômoda. Se peguei o roupão emprestado, posso pegar também os chinelos felpudos para combinar.

Lenta e cuidadosamente, fecho a porta do quarto e desço a escada em caracol até o primeiro andar. Não sei muito bem o que fazer aqui. Vou tentar encontrar um livro para ler. Só assim para eu voltar a ter sono.

Ignoro todas as estantes cheias de livros sobre o funcionamento do cérebro e da mente e vou direto para a estante dos fundos, aquela cheia de romances. A estante que esconde o cômodo secreto da doutora. Analiso as fileiras de livros pela segunda vez. Há vários títulos intrigantes. Não falta coisa para ler.

Mas, de novo, o que chama minha atenção é *O iluminado*, embora não seja um livro de verdade. Ou talvez ele chame minha atenção *justamente* por não ser um livro de verdade.

Eu não deveria fazer isso. Não deveria mesmo.

Quase contra a minha vontade, meus dedos encostam na lombada do livro. Depois de meio segundo de hesitação, puxo o livro do mesmo jeito que fiz antes e, mais uma vez, ouço um clique. A estante se afasta da parede.

Agora, o cômodo secreto está aberto.

É mais fácil fazer isso pela segunda vez, ainda mais sabendo que Ethan está dormindo pesado no andar de cima e não vai me pegar de surpresa. Abro a porta e, sem a menor dificuldade, encontro a cordinha da lâmpada com a mão. Ela se acende, revelando as várias fileiras de fitas cassete.

Considerando como esse cômodo está bem organizado, tenho a impressão de que os policiais não passaram por aqui. Se tivessem passado, o lugar provavelmente estaria revirado. Mas todas as fitas continuam meticulosamente organizadas. As mais antigas são de dez anos atrás e as mais novas têm algo como três anos.

Pouco antes de ela desaparecer.

E me dou conta de que a polícia poderia ter ouvido essas fitas em busca de pistas para descobrir o que aconteceu com ela. Afinal de contas, parece que a doutora ainda estava gravando sessões até pouco antes de desaparecer. Talvez até o último dia.

Quando analiso as fitas, percebo que ela tem um sistema de marcação que vai além das iniciais com data e número da sessão. Também faz uso de cores. Caneta azul para a primeira sessão, preta para as sessões seguintes e vermelha para a última. Esse padrão aparece várias vezes. Com uma exceção.

Há uma longa fileira de fitas com as iniciais EJ e uma delas está marcada com caneta vermelha — a última sessão —, mas, ao lado dessa fita, a fileira continua com outras sessões retomadas uma semana mais tarde. Então, parece que a Dra. Adrienne teve uma última sessão com esse paciente chamado EJ, mas voltou a atendê-lo logo em seguida. E não há uma sessão final. A última fita com essas iniciais está marcada com caneta preta.

Isso significa que ela ainda estava tratando dessa pessoa quando desapareceu.

Tiro da estante a fita marcada com caneta vermelha. Ouvir a fita talvez seja violação de privacidade, mas não faço ideia de quem seja essa pessoa. E aceitei que não vou conseguir dormir essa noite.

CAPÍTULO 13

TRANSCRIÇÃO DE ÁUDIO

Esta é a sessão de número 137 com EJ, um homem de 29 anos com transtorno de personalidade narcisista. Esta será nossa última sessão.

EJ: Oi, doutora. Como a senhora está?
DH: Estou bem. E você?
EJ: Trouxe um presente para a senhora.
DH: Ah, é?
EJ: É uma garrafa de um cabernet sauvignon Rustenberg. É um vinho da África do Sul, com notas de eucalipto.
DH: Obrigada.
EJ: Não sei se a senhora entende de harmonização, mas esse vinho combina com carne vermelha ou com um molho mais denso, consistente e amanteigado. Assim o sabor do vinho fica mais terroso porque neutraliza os taninos.
DH: Obrigada pela dica. Por favor, sente-se.
EJ: Sim, claro. É minha parte preferida. Isso de sentar no seu sofá.
DH: É. Então...
EJ: É um bom sofá. Couro de verdade. A senhora deve receber muito bem, doutora. Acho que eu nem precisava te dar vinho de presente! E olha que a senhora não aceita plano de saúde.
DH: É. Na verdade, é sobre isso que eu queria falar com você.
EJ: Sobre o quê? Plano de saúde? Eu não uso plano de saúde. Minha mãe é quem paga pelas sessões.
DH: Essa é a questão. Ela não está mais pagando. Expliquei para você várias vezes que ela acha que a terapia não está

funcionando e por isso decidiu não pagar mais pelas sessões. E, como você sabe, eu não trabalho com plano de saúde.
EJ: Mas eu discordo. A terapia *está* funcionando. Tem me ajudado muito. Eu gosto de vir aqui.
DH: Se a terapia está funcionando ou não, não faz diferença. O fato é que, depois de dois anos bancando o seu tratamento, ela desistiu de pagar pelas sessões.
EJ: Que coisa mais idiota.
DH: De qualquer forma, essa é uma decisão da sua mãe. E, como expliquei nas últimas sessões, faz dois meses que ela parou de me pagar.
EJ: Ah, entendi. O problema é dinheiro.
DH: Infelizmente, é o meu trabalho. Tenho contas a pagar. E se você não paga pelos meus serviços...
EJ: Mas eu não tenho dinheiro, doutora. A senhora cobra caro, sabia? Quem é que consegue pagar caro assim? Não sou rico como os meus pais. Só recebo uma mesada pequena que mal dá para pagar o aluguel e o carro.
DH: A gente conversou várias vezes sobre como seria bom se você arranjasse um emprego.
EJ: Mas, doutora, eu estou *tentando*! Não consigo arranjar um emprego. Não é tão fácil assim. Não tenho esse monte de pós-graduação que a senhora tem.
DH: Mas você tem curso superior.
EJ: Tenho, e daí? Todo mundo tem curso superior. Olha, eu te pago quando puder. Prometo. A senhora me daria crédito?
DH: Acho que não seria justo.
EJ: Justo? Justo com quem?
DH: Justo com as pessoas que pagam para fazer terapia.
EJ: Isso é besteira, doutora! E a senhora nem precisa do dinheiro. Quer dizer, a senhora escreveu aquele livro famoso. Aposto que ele rendeu uma fortuna. E dá só uma olhada nessa casa. É *a senhora* que devia *me* pagar para ouvir todas as histórias interessantes que tenho para contar.
DH: Isso não é relevante.

EJ: Claro que é. Aposto que a senhora seria capaz de escrever um livro inteiro sobre a minha vida. A senhora provavelmente ia ganhar um dinheirão. E isso pagaria pelas minhas sessões, não?

DH: Não é assim que as coisas funcionam.

EJ: Então a senhora vai parar de me atender só porque não tenho como pagar pelas sessões? Sem mais nem menos?

DH: Sinto muito. Conversei com um colega que atende pelo seu plano de saúde e ele ficaria feliz de te atender. Vou te passar o número dele.

EJ: Então é assim. A senhora está me deixando na mão.

DH: Não estou "te deixando na mão". Estou encaminhando você para um colega. No futuro, se você tiver condições de pagar pelas minhas consultas...

EJ: Tá bom, saquei. A senhora só está interessada no meu dinheiro, não em mim.

DH: Isso não é verdade. Só não posso...

EJ: Eu deveria procurar os jornais para te denunciar. Já consigo imaginar a matéria. Psiquiatra chique de Harvard abandona paciente que não tem como pagar por terapia.

DH: Não acho que os jornais publicariam essa história. Mas faça o que achar melhor.

EJ: Isso é tudo fachada, não é? A senhora não se importa comigo de verdade.

DH: Do que você está falando?

EJ: A senhora deve estar muito feliz com isso. Devia estar só esperando uma chance para se livrar de mim.

DH: Isso não é verdade.

EJ: Besteira. Esse tempo todo, a senhora estava só fingindo que se importava comigo. Mas nunca se importou.

DH: Eu me importo com você. Mas não posso trabalhar de graça.

EJ: Doutora, a senhora não é fácil. Como é que pode agir desse jeito? E eu ainda trouxe um *presente* para a senhora.

DH: Pode levar o vinho, se quiser.

EJ: Não quero. Fica com o vinho.

DH: Como eu disse antes, sinto muito.
EJ: Sente? Sente coisa nenhuma. Se a senhora me abandonar, vai *se arrepender*.
[*pausa*]
EJ: Está me ouvindo, doutora?
DH: Peço, por favor, que você se retire.
EJ: Tá bom. Vou me retirar. Agora que sei como a senhora é de verdade, não gostaria de ser seu paciente nem se implorasse. E aposto que, um dia, a senhora *vai* implorar.

CAPÍTULO 14

DIAS ATUAIS

TRICIA

A fita termina com um clique e tento ignorar o embrulho no estômago.

O homem na gravação, EJ, estava ameaçando a Dra. Adrienne. Ela manteve a voz calma durante toda a conversa, mas deve ter ficado um pouco abalada. Só que ela era boa em disfarçar o que sentia.

Será que a polícia procurou por EJ depois que a Dra. Adrienne desapareceu? Talvez não. Não está claro se ela tinha uma lista de pacientes. Os jornais não citaram mais nenhum suspeito além do namorado.

Além disso, havia algo de assustador na maneira como ele falava. Não sei dizer exatamente o quê. Algo assustador mas também *familiar*.

Acabo de me dar conta de que, no início da fita, ele disse ter trazido uma garrafa de vinho. Uma garrafa de cabernet sauvignon da África do Sul. Quando Ethan encontrou a garrafa, ele disse que era um vinho da África do Sul. Será que era a mesma garrafa? Seria uma coincidência muito grande se a Dra. Adrienne tivesse *duas* garrafas de cabernet sauvignon da África do Sul.

Devia ser a mesma garrafa. Ela nunca deve ter aberto o vinho e guardou em algum lugar. Fico me perguntando onde Ethan encontrou a garrafa. Ele não chegou a me contar.

De qualquer forma, a Dra. Adrienne tinha a intenção de encerrar as sessões com EJ. Porém, existem várias outras fitas com as iniciais dele que foram gravadas após essa sessão. Será que ele conseguiu o dinheiro para pagar pela terapia? Mesmo que tenha conseguido, eu ficaria chocada se ela voltasse a atendê-lo depois da forma como ele a tratou.

Mas ela voltou a atendê-lo. Sem dúvida nenhuma. Mas por quê?

A única forma de saber a resposta seria ouvir a fita seguinte.

Eu me levanto da mesa da Dra. Adrienne, disposta a voltar até o cômodo secreto para pegar a fita seguinte na série feita com EJ. Mas, antes que eu consiga fazer qualquer coisa, ouço um barulho num lugar próximo.

Fico parada e cubro a boca com a mão. O que foi *isso?* Será que era Ethan descendo a escada? Deve ter sido esse o barulho.

Mas, no meu íntimo, sei que não foi isso.

Vimos uma luz acesa no andar de cima quando estávamos chegando a essa casa. A geladeira está abastecida com comida recém-comprada. E havia um copo com água pela metade no balcão da cozinha. Sim, a gente verificou cada cômodo, mas ainda não estou convencida. Essa casa tem vários lugares e passagens secretas para alguém se esconder.

É claro que existe outra possibilidade. Talvez essa casa seja assombrada pelo fantasma de Adrienne Hale. Talvez a alma dela não tenha descansado porque o assassino continua à solta. Talvez ela tenha ficado furiosa porque estou usando o roupão dela.

Ai, meu Deus, a gravidez está me deixando paranoica.

Assim como o quarto no andar de cima, o consultório também não tem fechadura. Isso significa que nem sequer tenho como me proteger ao longo da noite. E não tenho como entrar em contato com Ethan para tentar acordá-lo. O que me consola é pensar que essa outra pessoa que está na casa deu sinais de que não quer ser encontrada.

Por outro lado, talvez ela não queira ser encontrada por *Ethan*, mas não se importe de ser encontrada por uma pessoa menor e menos musculosa.

Em todo caso, não vou passar a noite no consultório. Vasculho as outras gavetas em busca de alguma coisa que possa me servir de arma. A primeira gaveta só tem papéis e a fita cassete que deixei ali antes. A segunda tem mais papéis e um rolo de silver tape. Meu pai vive dizendo que dá para fazer mil coisas com silver tape, mas acho que não serve como arma. Não tenho como fazer uma faca de silver tape. A terceira gaveta tem mais itens de escritório, incluindo uma tesoura que parece bem afiada. É tudo o que tenho.

Armada com a tesoura, seguro a maçaneta e giro. Mantenho a tesoura na mão direita, enquanto escancaro a porta. Estou pronta para enfrentar quem quer que seja.

Mas a sala de estar está completamente vazia.

— Olá? — digo.

Sem resposta.

A mão que segura a tesoura está tremendo. Dou alguns passos à frente, tentando enxergar alguma coisa na escuridão da sala. Encontro um interruptor e acendo a luz, segurando firme a tesoura.

Nada. Ninguém.

Minha respiração volta ao normal. Não há ninguém por ali. Nenhum sinal de movimento. A sala de estar está vazia e silenciosa. Não sei que barulho foi aquele, mas pode ter vindo do andar de cima. Afinal de contas, *tem* outra pessoa nessa casa: Ethan.

É quando fico com o coração na boca.

O quadro da Dra. Adrienne Hale. Aquele que Ethan colocou no chão virado para a parede. Ele voltou para o lugar que ocupava acima da lareira. E os olhos verdes da Dra. Adrienne estão me encarando.

CAPÍTULO 15

Preciso me controlar muito para não dar um grito.

Eu poderia aceitar que imaginamos a janela com a luz acesa ou que ela foi uma ilusão de ótica. Poderia aceitar até a possibilidade de Judy ter comprado o pão e a mortadela que encontramos na geladeira. Mas o quadro...

Ethan tirou o quadro da parede. Vi quando ele o colocou no chão. Ele não estava pendurado quando fomos dormir. E agora está.

Ainda com a tesoura na mão, subo a escada em caracol tão rápido que tropeço e quase caio. Por sorte, recupero o equilíbrio e corro até o quarto. Abro a porta do quarto principal e encontro Ethan num sono pesado.

Fecho a porta ao entrar, procurando alguma coisa para servir de calço. Há um baú no canto do quarto que parece pesado. Posso arrastá-lo para bloquear a porta. Não vai impedir ninguém de entrar aqui, mas pode pelo menos atrasar um pouco.

Por causa do barulho que estou fazendo, Ethan começa a se mexer na cama. Ele esfrega os olhos.

— Tricia?

— Tem alguém lá embaixo. — Não consigo conter o pânico. — Tem alguém na sala de estar.

Ethan se senta na cama e abre bem os olhos.

— Você viu alguém?

— Não vi. Mas ouvi um barulho.

Ele resmunga.

— Deus do céu, Tricia. Tudo isso por causa de um barulho? Deve ser a madeira rangendo.

— Não era a madeira rangendo! Foi alguma coisa *batendo*!

Ele ainda não parece preocupado.

— Então pode ter sido neve caindo do telhado. Tem um monte de coisa que pode fazer esse tipo de barulho. — Ele respira fundo ao ver a tesoura na minha mão. — O que você vai fazer com essa tesoura?

— Alguém invadiu a casa!

— É, mas... — ele esfrega os olhos de novo — ... no que você está pensando? Que alguém quer assaltar a gente durante uma nevasca no meio do nada?

— Talvez alguém tenha ocupado a casa de forma clandestina. E ainda esteja escondido em algum lugar.

— Talvez...

É claro que isso não explica o que vi lá embaixo. Alguém mexeu no quadro. Por que um invasor faria isso?

— Alguém mexeu no quadro — digo por fim. — E isso é prova de que tem alguém lá embaixo.

— Foi por isso que você ficou preocupada? — Uma ruga surge entre as sobrancelhas de Ethan. — *Eu* mexi no quadro.

— Você mexeu? — Nem me ocorreu que ele poderia ter colocado o quadro no lugar. E a gente concordou mesmo em deixar tudo no lugar antes de ir embora da casa. Imagino que ele tenha pendurado o quadro quando desceu para pegar um copo de água para mim.

— Tricia, você está me assustando. — Ele se aproxima de mim e coloca a mão no meu ombro. — Você está bem?

Talvez seja a gravidez me deixando paranoica. Mas não posso dizer isso para ele.

— Estou bem. É só que... fiquei um pouco assustada.

— Será que você pode largar a tesoura?

Gentilmente, deixo que Ethan tire a tesoura da minha mão e a coloque sobre a cômoda. Com a tesoura num lugar seguro, ele me dá um abraço. Encosto a cabeça no ombro direito dele e me sinto imediatamente melhor. Ainda bem que ele é calmo. Tenho a tendência a ficar nervosa fácil com qualquer coisa, então ele me dá equilíbrio. Sou sortuda por ter encontrado alguém como ele.

— Não tem mais ninguém nessa casa além da gente. — Ele pega na minha mão e entrelaça os dedos nos meus. — E, se tivesse, eu te protegeria.

— Jura?

— Juro. — Ele me dá um abraço apertado. — Agora, eu e você somos um time. Vamos sempre dar força um ao outro, não importa o que aconteça. Tricia, você pode contar comigo pelo resto da vida. Eu juro. Jamais vou deixar algo ruim acontecer com você.

Aos poucos, meu coração desacelera. Ele deve estar certo sobre o barulho. Pode ter sido um monte de coisa. Pode até ter sido a louça que a gente empilhou na cozinha. Ou qualquer outra coisa. Olhamos tudo e não encontramos mais ninguém na casa.

— Eu te amo — diz ele.

— Eu também te amo.

Voltamos a nos deitar na cama e ele continua me abraçando. E me dou conta de que agora é o momento perfeito para contar sobre o bebê. É um acontecimento maravilhoso na nossa vida a dois. Mas, envolvida nos braços dele, me sinto exausta de repente. Estou sem energia para ter essa conversa agora. Tudo que eu quero é voltar a dormir.

E, quando me dou conta, estou pegando no sono.

CAPÍTULO 16

ANTES

ADRIENNE

Estou atrasada.

Sem paciência, fico tamborilando os dedos no volante. Não costumo fazer isso. Eu me orgulho de ser sempre pontual. Mas estava terminando de revisar a prova do meu livro *A anatomia do medo* e não consegui parar de ler. Sinto tanto orgulho desse livro. Nele apresento depoimentos de vários pacientes que sobreviveram a situações assustadoras, faço uma análise de cada um desses relatos e dou conselhos para os leitores que porventura viveram experiências semelhantes.

Esse livro vai ajudar as pessoas. Ele é o ponto alto da minha carreira.

O sinal na minha frente muda de amarelo para vermelho. Meu Deus, vai levar uma eternidade para ficar verde de novo nesse cruzamento. Sem pensar, piso no acelerador para cruzar o sinal segundos depois de ele ter fechado. Prendo a respiração por um instante, pronta para ouvir as sirenes da polícia.

Mas a polícia não aparece.

Tecnicamente, furei o sinal vermelho. Não gosto de infringir a lei, mas isso tem vantagens do ponto de vista da saúde mental. Um estudo na área de psicologia mostrou que, logo depois de burlar ou infringir as leis, a pessoa experimenta um bom humor inesperado. E uma breve sensação de liberdade. Todo mundo deveria quebrar as regras de vez em quando.

Chego ao estacionamento do centro comercial faltando um minuto para começar o atendimento. Poucas pessoas sabem, mas trabalho como voluntária uma vez por semana numa clínica que atende pessoas de baixa renda no Bronx. Cuido da administração de medicamentos para pacientes com sérios problemas psiquiátricos. Sou a única psiquiatra que eles têm na clínica, e os pacientes precisam desesperadamente da minha ajuda. Muitos esperaram anos para uma consulta com um psiquiatra.

As consultas na minha casa pagam as contas. E, apesar de ter alguns pacientes que sofreram traumas terríveis, como é o caso de algumas pessoas no meu livro mais recente, a maioria das consultas é com donas de casa insatisfeitas, banqueiros ricos e advogados, ou com seus filhos adultos, como é o caso de EJ, que fazem terapia à custa dos pais que tentam desesperadamente empurrá-los para fora do ninho.

Os pacientes da clínica gratuita *precisam* de mim. Aqui, faço a diferença. Quando descobri que a clínica estava com problemas financeiros e corria o risco de fechar, cheguei a doar uma parte considerável do que recebi da venda dos livros.

É hora do almoço em um dia bonito, então o estacionamento do centro comercial está cheio. Já estou atrasada e sinto a pressão aumentar porque passo por três corredores de carros e não encontro uma vaga. Existe um terreno anexo ao estacionamento, mas eu teria de caminhar dez minutos até a clínica. A agenda está cheia de paciente e muitas dessas consultas precisam ser feitas em um curto espaço de tempo, então não posso me atrasar.

Por fim, encontro uma vaga no quarto corredor de carros. Graças a Deus. Vou atrasar só um minuto.

Atravesso o corredor e sigo direto para a vaga, com a seta ligada. Mas, uma fração de segundo antes de eu chegar, um Jetta vermelho entra no corredor, cantando os pneus. Não tenho tempo nem de piscar e o carro pega a vaga que estava vazia.

Fico parada dentro do meu Lexus, com a seta ainda ligada. Eu não costumo me incomodar com esse tipo de coisa. Mas não posso me atrasar para a clínica. Meu primeiro paciente é um homem com esquizofrenia que pensa ser o Superman e quero ver se a nova dose de Geodon vai ser suficiente para evitar que ele tente pular do alto de um prédio achando que é capaz de voar. Não posso perder outros dez minutos procurando uma vaga de estacionamento.

Então faço uma coisa que não deveria fazer. Coloco a palma da mão no meio do volante e buzino para valer.

Na mesma hora em que ouço a buzina, sei que essa não é, de forma alguma, a coisa certa a fazer. Teria sido melhor sair do carro e explicar o meu dilema, talvez ele entendesse. Por outro lado, o motorista sabia que eu queria aquela vaga. Ele sabia muito bem o que estava fazendo.

Quem desce do carro é um homem com trinta e poucos anos, cabelo curto e Ray-Ban. Buzino mais uma vez. Ele dá um sorriso forçado, exibindo um monte de dentes brancos, e me mostra o dedo do meio. E vai embora.

Que audácia. Enquanto ele passa na frente do meu carro, penso que é só tirar o pé do freio e pisar no acelerador para transformar o mundo desse sujeito. Queria ver se ele continuaria sorrindo.

Mas sou uma pessoa civilizada. Não vou atropelar um pedestre no meio de um estacionamento movimentado.

O que vou fazer é procurar, com calma, outra vaga para estacionar o carro.

Quando chego à clínica, estou toda esbaforida e muito arrependida de ter colocado sapatos de salto alto. Sem dúvida, vou ficar com bolhas nos pés e, mesmo assim, estou quinze minutos atrasada. É uma vergonha. Sem falar do rosto vermelho, do suor na testa e dos fios de cabelo escapando do coque francês que levei um tempo para fazer.

— Dra. Adrienne! — Gloria, a recepcionista gordinha de meia-idade, sorri assim que me vê. — Tudo bem?

Duas palavras inúteis. Como ela acha que estou? Estou suando feito um porco.

— O Sr. Harris já chegou?

— Na verdade, ele remarcou. — Gloria sorri, revelando um dente de ouro bem na frente. — O próximo paciente é daqui a cinco minutos.

Sinto um alívio profundo, acompanhado de uma irritação por Gloria não ter me mandado uma mensagem nem ligado para me avisar que o paciente tinha cancelado a consulta. Ela fica me mandando o número de telefone de todo homem solteiro disponível da família dela com idade entre 30 e 50 anos, mas não é capaz de me avisar sobre o cancelamento de um paciente.

— Oi, Adrienne. Como estão as coisas?

Viro a cabeça para o computador que fica atrás da mesa de recepção, analisando o homem que mexe no mouse ergonômico. Quando doei dinheiro para a clínica, uma parte foi destinada a trocar todo o arquivo de papel por arquivos digitais. Eu achava o sistema de registros em papel enlouquecedor, além de estar sujeito a falhas que acabariam prejudicando os meus pacientes. E esse homem, Luke Strauss, foi contratado para ajudar a clínica nessa transição. Tecnicamente, ele trabalha para a empresa EMR, mas parece que se tornou um funcionário em tempo integral na clínica, uma vez que os médicos analfabetos digitais estão batendo cabeça com o novo sistema. Devo admitir que estou entre os analfabetos, mas no fim vai valer a pena. O momento atual pede arquivos digitais, e a clínica estava vivendo no passado.

— Não estão fáceis — admito, porque acho que Luke queria uma resposta sincera.

— É. — Ele inclina a cabeça para o lado. — Dá para ver. Aceita um café?

O trabalho de Luke não tem nada a ver com servir café, mas sei, por experiência própria, que ele vai insistir até eu aceitar. Então faço que sim com a cabeça.

— Obrigada.

Ele dá uma piscadela.

— Pouco leite e sem açúcar.

Ele está certo. Mas isso não me surpreende.

Gloria acompanha com o olhar Luke indo até a sala de descanso para me servir um copo descartável de café ruim. Quando ele some lá dentro, Gloria sorri para mim.

— Ele é bonitinho, não é?

Dou de ombros porque não quero incentivar essa conversa. Luke é bonitinho? Algumas mulheres podem achar que sim. Mulheres que gostam de homens que andam de camisa amarrotada e gravata frouxa, que têm o cabelo bagunçado como se tivessem acabado de sair da cama, os óculos com as lentes sujas e a barba por fazer. Por que ele não coloca a camisa para dentro da calça? Não costumo sair com ninguém, mas, quando saio, não gosto de homens desleixados. Pelo menos ele é limpinho. Um desleixado *limpinho*, mas ainda um desleixado.

— E ele gosta da senhora — diz Gloria.

Finjo que não ouvi. Prefiro não reconhecer que sei que Luke gosta de mim. Não quero que esse relacionamento vá além de ele pegar café para mim e de me mostrar como faço para mandar uma receita de Seroquel para a farmácia ambulatorial.

Luke volta com o meu café. O líquido é preto e ele trouxe um copinho de leite, além de uma colher descartável que já veio dentro do copo. Nem precisei dizer que era assim que eu queria. De alguma forma, ele acertou ao deixar que eu mesma misturasse o leite.

— Obrigada — digo.

Os cantos de sua boca formam um sorriso.

— Espero que ajude.

Viro o copinho de leite no café. Mexo devagar, até o preto se transformar em um tom de marrom. Dou um bom gole e solto um suspiro em seguida.

— Estava precisando de um café.

— Deve ser cansativo, não é, doutora? — observa Gloria. — Essa viagem que a senhora tem que fazer quando vem para cá. Leva o quê? Uma hora?

Cravo os dedos no copo de café.

— Mais ou menos isso.

Luke arqueia uma sobrancelha.

— Você mora em Manhattan?

— Nada disso. — Gloria está falando por mim. — Ela mora em Westchester. Numa casa toda chique. E sozinha.

Em silêncio, amaldiçoo o fato de Gloria saber onde eu moro. Mas fico admirada de Luke não saber. Mesmo tendo uma queda por mim, o que é inútil e irritante, ele ganha pontos comigo por não ser um *stalker*.

— É um lugar perigoso — continua Gloria. — Sozinha, no meio do nada. A senhora nem deve ter um alarme de segurança.

É a mesma coisa que Paige disse para mim quando levou a prova do meu livro. Por que todo mundo acha que não sou capaz de me virar sozinha?

— Gosto assim. Não se preocupe.

— Quer saber... — Luke desvia o olhar do computador para falar comigo. Ele tem cílios longos para um homem. — Um sistema de segurança não seria má ideia. Acabei de instalar um para a minha mãe. Foi fácil e acho que ela está se sentindo bem mais segura.

Gloria olha para mim como se dissesse: "Está vendo? Eu disse que você precisa de um sistema de segurança. Além disso, Luke é um filho maravilhoso que se preocupa com a mãe. A senhora não quer sair com ele?"

Meio sem jeito, dou um sorriso.

— Vou pensar no assunto.

Não vou pensar no assunto. Gosto das coisas do jeito que elas são.

CAPÍTULO 17

DIAS ATUAIS

TRICIA

Consigo passar o resto da noite dormindo e, de acordo com o meu relógio, são quase nove horas quando acordo na manhã seguinte.

Ethan já se levantou e deixou um papel no lado dele da cama. É um bilhete para mim. Ele escreveu: "Estou preparando o café da manhã. Deixei você dormir."

Ele é tão atencioso.

Eu me estico para alcançar a bolsa que deixei na mesa de cabeceira. A primeira coisa que faço é pegar o celular: ainda sem sinal. Será que o de Ethan está com sinal? Duvido.

Depois de me espreguiçar na cama, faço um esforço para me levantar. Vou até a janela gigante perto da cama e olho para fora. Meu Deus, é *muita* neve. Está tudo coberto por uma camada grossa de branco. Todas as árvores e todos os arbustos, e a estradinha que pegamos para chegar aqui, desapareceram debaixo da neve. A essa altura, o BMW deve ter virado um calombo branco na paisagem.

Não vamos sair daqui tão cedo. Disso eu tenho certeza.

Tenho que tirar proveito dessa situação. Não tenho como tomar banho naquele banheiro, mas escovo os dentes com o dedo usando uma pasta que deve ter três anos. E me sinto um pouco melhor.

Meu cabelo loiro cor de mel virou um ninho de rato depois da noite passada. Com um pouco de água, faço o possível para pentear o cabelo com os dedos. Numa das prateleiras do banheiro, vi uma escova que ainda tem alguns fios ruivos e sem brilho. Não quero nem encostar nessa escova. Vou pentear usando os dedos mesmo.

Coloco a calça jeans e a blusa que estava usando ontem, assim como as meias que estão secas, mas um pouco endurecidas. Parece um desperdício usar a mesma roupa de ontem quando tenho acesso a um closet cheio de peças de marca que são mais ou menos do meu tamanho, mas não quero nem encostar nessas roupas. É assustador demais.

Quando desço a escada, escuto Ethan cantando na cozinha. Passo pela sala de estar e descubro que ele tirou o quadro da parede mais uma vez. É indecente o quanto me sinto grata por isso e por não ter que lidar com a Dra. Adrienne me encarando. A gente só não pode se esquecer de colocar o quadro na parede antes de ir embora.

Ao entrar na cozinha, Ethan está com a camiseta dos Yankees de novo e com a calça jeans comprida demais para ele. Agora que cheguei mais perto, consigo identificar a música que ele está cantando. "Walking on Sunshine". Ethan gosta de cantar no chuveiro ou enquanto cozinha — na verdade, ele não canta mal —, mas nunca tinha soltado a voz desse jeito. Ele está *muito* bem-humorado.

— Oi, Tricia. — Ele pisca para mim enquanto mexe alguma coisa na frigideira. — Dormiu bem?

Faço que sim com a cabeça.

— O que você está preparando?

— Encontrei uns ovos.

Assim que ele pronuncia essas palavras, sinto o cheiro dos ovos. E ele me embrulha o estômago. Tento lutar contra essa sensação, mas não consigo. Corro até a pia da cozinha e vomito o que restava do sanduíche de mortadela que comi na noite passada, enquanto Ethan me olha apavorado. Sinto que fiquei vários minutos vomitando e pelo menos mais um minuto com ânsia de vômito.

Acho que é isso que chamam de enjoo matinal.

— Meu Deus. — Ele desliga o fogo. — Você está bem?

— Ã-hã. — Abro a torneira e faço uma concha com a mão para enxaguar a boca. Odeio vomitar. Imagino que ninguém *goste*, mas eu acho muito desagradável. — Estou bem.

— Foi alguma coisa que você comeu?

— Não. Eu...

— Você o quê?

Ethan enruga a testa e olha bem para mim. Ele está preocupado comigo de verdade. Eu poderia mentir e dizer que foi o sanduíche de mortadela, mas vou ter que dizer a verdade em algum momento. E resolver essa história de uma vez por todas.

— Ethan, eu preciso te contar uma coisa.

Os olhos dele ficam turvos.

— Tá bom...

Vai, fala. Não seja covarde e fala de uma vez. O que ele vai fazer? Ter um acesso de fúria, te matar e enterrar o cadáver na neve?

— Eu estou grávida — desabafo.

Ele fica boquiaberto. O garfo que estava segurando cai, retinindo na mesa da cozinha.

— Você...

— Sinto muito. É óbvio que foi um acidente. Você entende? Essas coisas acontecem. — Estou tagarelando, mas não consigo parar. — Eu estava tomando pílula... Mas você sabia que antibióticos cortam o efeito do anticoncepcional? Eu não sabia. E foi assim que acabei descobrindo. Faz menos de uma semana. E sei que a gente tinha falado em esperar dois anos, mas...

— Calma. — Ele levanta a mão. — Você tem certeza? Está mesmo grávida?

Abaixo a cabeça.

— Estou. Me... Me desculpa.

— Que coisa... — Ethan fica em silêncio por um segundo, pensando no que dizer. Eu me preparo para o pior. — Que coisa... incrível! Que coisa *fantástica*!

Dou um passo para trás, sem saber se entendi direito o que ele disse.

— Quê? Achei que você queria esperar.

— Bom... — Ele coça a nuca. — Eu achei que *você* queria esperar. Para falar a verdade, eu queria começar uma família o quanto antes, mas não queria te assustar. Eu já viajei e fiz o que tinha que fazer. O que eu mais quero agora é ter um bebê. — Ele se aproxima e segura as minhas mãos. — Com você.

Parece que tiraram um peso enorme das minhas costas.

— Jura? Você não está dizendo isso só para me agradar?

— Não! Por que você acha que quero comprar uma casa? Quero encher a casa de crianças!

— Ai, meu Deus. — Seguro firme as mãos dele. — Que alívio. Achei que você ia ficar irritado quando soubesse.

Ele ergue uma sobrancelha.

— Você já me viu ficando irritado com você?

Ele tem razão. Ele nunca fica irritado comigo. Frustrado às vezes, mas sempre parece tranquilo comigo. Mas teve aquela ligação com um dos funcionários dele que ouvi por acaso. Ele gritava com o pobre coitado. Mas não posso dizer que ouvi.

Ele ri.

— Então é por isso que você anda meio estranha. Faz sentido agora.

Fico um tanto irritada. Acho que eu não estava *tão* estranha assim, apesar de ter feito uma barricada na porta do quarto às três da manhã.

— Vou jogar fora esses ovos. — Ethan tira a frigideira do fogão. — Melhor você comer outra coisa. Vou torrar umas fatias de pão.

— Não precisa se preocupar.

Ele se inclina e me dá um beijo na ponta do nariz.

— Quer fazer o favor de deixar eu cuidar da minha esposa grávida?

— Tá bom então. — Sinto que estou sorrindo. — E obrigada por tirar o quadro da parede de novo. Ele estava me deixando louca.

— De novo?

— É. — Observo, enquanto ele raspa os pedaços de ovo da frigideira. — Vi que você tirou o quadro da parede hoje de manhã.

Ethan olha para mim como se eu estivesse perdendo o juízo.

— Não, eu tirei ontem à noite. Lembra? A gente estava no sofá e o retrato começou a te incomodar, daí eu tirei da parede e coloquei no chão.

— *Não.* — Meu bom humor já era. — Você disse que tinha colocado o quadro de volta na parede ontem à noite. Não foi quando você veio pegar água para mim?

— Eu não coloquei de volta. Por que eu faria isso?

— Porque você me disse que colocou! — Sinto as mãos suadas. — De madrugada, eu perguntei se você tinha pendurado o quadro de volta e você respondeu que sim!

— Não. Você perguntou se eu tinha *mexido* no quadro. E respondi que sim. Eu mexi quando a gente estava sentado no sofá. Foi quando tirei o quadro da parede. Você *viu* quando fiz isso.

Ai, meu Deus. *Não* era isso que eu queria ouvir.

— Ethan, quando eu vim para a sala ontem à noite, o quadro estava pendurado na parede. Se não foi você, deve ter sido outra pessoa.

Ele larga a frigideira na pia e olha para mim.

— Tricia, o que você quer dizer com isso? Você acha que alguém veio até a sala e colocou o quadro de volta na parede? E depois, na mesma noite, tirou o quadro outra vez? É isso?

Bom, dito assim...

— Sei que parece absurdo.

— Um pouco.

— Mas eu vi.

— Viu?

Olho bem para ele. Ethan está perdendo todos os pontos que ganhou comigo minutos antes.

— *Vi*.

— Mas é que... — Ele cruza os braços musculosos. — Eram três da manhã. A casa é bem escura. E você tinha acabado de acordar. Será que você não se confundiu?

— Não. Não me confundi.

— Tem certeza?

Quero gritar com ele dizendo que vi o quadro na parede. Jamais *imaginaria* aqueles olhos verdes me encarando. Não tem como se confundir com esse tipo de coisa.

Porém, quanto mais ele me pergunta sobre o quadro, mais fico na dúvida. Era *mesmo* o meio da noite. E a casa é *mesmo* bem escura. Será possível que imaginei o quadro na parede como se fosse uma miragem?

— Posso ter me confundido — resmungo.

Ethan parece contente com essa resposta. Mas eu não. Tem alguma coisa acontecendo nessa casa. Tenho certeza disso, apesar de ele não acreditar em mim.

CAPÍTULO 18

Depois do café da manhã, ficamos à mesa da cozinha para pensar num plano de como ir embora daqui.

Estamos sem sinal de celular e não temos telefone fixo. Além disso, parece que a tempestade de ontem à noite deixou três metros de neve na área ao redor da casa. A gente não consegue mais ver o BMW de Ethan quando olha pela janela porque o carro virou só mais um monte de neve. Ele tem uma pá no porta-malas, mas isso não vai ser o suficiente. Ao menos, não o suficiente para ir embora daqui.

— Espero que apareça um caminhão limpa-neve em algum momento — diz Ethan. — Estou partindo do princípio de que Judy mandaria um para abrir a estrada.

— É. — Ele parece mais otimista que eu. — Acho que sim.

— O pior que pode acontecer é a gente ter que passar o dia aqui. Temos água, comida e eletricidade. Não é tão ruim assim.

— É...

Ele coloca a palma das mãos sobre a mesa da cozinha e se levanta.

— Vou até o carro pegar o meu notebook para trabalhar um pouco. Você quer que eu pegue alguma coisa para você?

Sinto um frio na barriga.

— Você vai me deixar aqui?

— Volto em quinze minutos.

Ele vai demorar mais de quinze minutos. Nós levamos quinze minutos só para andar do carro até a casa no meio de toda aquela neve.

— Quero ir com você.

— De jeito nenhum. Tricia, você está grávida. E não tem bota para andar na neve.

Acho que ele tem razão. Não seria justo obrigar Ethan a me levar nas costas para ir até o carro e voltar para casa. É claro que eu poderia pegar emprestado um par de botas da Dra. Adrienne. Acho que calçamos o mesmo número...

Não. Não vou fazer isso.

— Tá bom — resmungo. — Mas você promete que não vai demorar?

— Volto antes que você consiga dizer "casa dos sonhos".

Não vou dizer "casa dos sonhos".

Lavo os pratos enquanto Ethan se encaminha para a porta da frente, onde ele deixou o casaco e as botas. Observo como ele calça as botas pretas, me contendo para não agarrar suas pernas e implorar que não me deixe aqui sozinha. Por outro lado, à luz do dia, a casa não fica tão assustadora. E, quando vejo o quadro no chão, virado para a parede, acho improvável que ele estivesse pendurado sobre a lareira na noite passada. Deve ter sido algum tipo de sonho maluco.

Ethan me joga um beijo, coloca o gorro na cabeça e sai. Eu fico sozinha.

Respiro lenta e profundamente algumas vezes para conter o pânico. Queria que a casa tivesse uma televisão para eu poder me distrair um pouco, mas não encontrei nenhuma. Acho que a Dra. Adrienne não tinha televisão. Que tipo de psicopata não tem televisão?

Isso só me faz querer saber mais sobre ela. E, é claro, imediatamente penso nas fitas cassete.

Ethan vai demorar no mínimo meia hora para voltar. Isso significa que consigo ouvir pelo menos um pouco de mais duas fitas. Estou morrendo de curiosidade para saber o que aconteceu na sessão que vem depois daquela que acabei de ouvir. Por que ela aceitou aquele homem de volta? A Dra. Adrienne Hale não parece ser o tipo de pessoa que volta atrás nas decisões.

Antes que eu possa mudar de ideia, vou até a estante de livros nos fundos. Com facilidade, encontro O *iluminado* e puxo a lombada. Escuto aquele clique que já se tornou familiar e entro na sala, puxando a cordinha para acender a luz.

Dessa vez, pego várias fitas. Posso guardá-las nas gavetas do consultório. Pego todas as de EJ gravadas depois da caixinha marcada com caneta vermelha. E pego outras fitas gravadas mais ou menos na mesma época. Deve ter sido pouco antes do desaparecimento da Dra. Adrienne, porque não existe nenhuma sessão gravada depois disso.

Vou ter acesso às informações que a polícia deixou passar. Vou ouvir tudo o que aconteceu com a Dra. Adrienne nos meses antes de ela desaparecer. O mistério que mobilizou o país inteiro por quase um ano.

Corro os olhos pelas estantes mais uma vez. É quando a fita com uma marcação diferente chama de novo a minha atenção. LUKE. O namorado. Aquele que a polícia considerou suspeito de matá-la. Por que ela tem uma gravação com ele? Será que ele foi um paciente? Mas, se foi, por que a marcação na fita é diferente das outras?

Como diz a minha mãe, a minha curiosidade ainda ia me causar problemas.

Pego a fita marcada com LUKE e coloco na pilha. Vou ter tempo de ouvir pelo menos uma dessas fitas antes de Ethan voltar.

Fecho a porta do cômodo secreto e levo a pilha de fitas para o consultório da Dra. Adrienne. Guardo todas elas na última gaveta da mesa, onde encontrei a tesoura na noite passada. Escolho aleatoriamente uma das fitas para inserir no gravador.

Meu dedo hesita sobre o botão Play. Quero muito ouvir essas fitas, mas preciso fazer uma coisa antes.

Eu me levanto e fecho a porta.

Tá bom, agora posso começar.

CAPÍTULO 19

TRANSCRIÇÃO DE ÁUDIO

Esta é a sessão de número 89 com GW, uma viúva de 68 anos que relata delírios persecutórios.

GW: Oi, doutora.
DH: Pode se sentar, Gail.
GW: Ah. É. Claro. Desculpa.
DH: Não precisa se desculpar. Quero que a senhora se sinta confortável para a gente conversar.
GW: É. Eu sei. Mas é que... eu me sinto...
DH: A senhora está bem? Parece estar mais ansiosa hoje. Suas mãos estão tremendo.
GW: É que...
DH: A senhora tem tomado o medicamento que receitei?
GW: Não. Infelizmente, não.
DH: Por que não?
GW: Se eu te contar o motivo, a senhora vai dizer que estou sendo paranoica.
DH: Pode contar.
GW: Eu acho que o farmacêutico está tentando me matar.
DH: Gail...
GW: Eu sei. A senhora acha que estou louca, que estou sendo paranoica. Mas é verdade dessa vez. Quer dizer, ele é farmacêutico. Ele conseguiria me matar se quisesse. É só trocar o meu remédio por outra coisa.
DH: Por que a senhora acha que ele quer te matar?

GW: Pelo jeito como ele me olha. Não sei explicar. E depois de me entregar o remédio ele deu uma piscadinha para mim.

DH: E?

GW: Doutora, a senhora não percebe? Ele deu uma piscadinha porque fez alguma coisa errada com o meu remédio.

DH: Talvez ele estivesse sendo simpático. Ou talvez até flertando com a senhora.

GW: Não. Não é isso mesmo.

DH: Por que a senhora acha que ele quer te matar?

GW: Sei lá! Porque ele é um psicopata. A senhora sabe que tem um monte de gente maluca andando por aí, que não precisa de motivo para matar. Matam justamente porque são malucas.

DH: Gail, você precisa tomar a medicação.

GW: Mas não posso! A senhora não entendeu o que eu disse? Vou morrer se tomar o remédio!

DH: Lembra quando a senhora achou que o carteiro queria te matar?

GW: Hum...

DH: Gail? Ele estava querendo te matar de verdade?

GW: Ainda não sei dizer com certeza. Quer dizer, é *possível*. Ele sempre aparecia na mesma hora na frente da minha casa. Ele ficava na porta. Tentando me espiar.

DH: Gail, ele só estava entregando a correspondência.

GW: Mas tinha alguma coisa estranha com ele.

DH: O carteiro não estava tentando te matar. E o farmacêutico não está tentando te matar. A senhora precisa tomar o medicamento que receitei.

GW: Meu filho também me fala isso.

DH: Viu? A senhora deveria ouvir o seu filho.

GW: Mas veja bem, doutora: se eu morresse, o meu filho ia receber uma indenização enorme do seguro. Para ele, é bom que o farmacêutico me mate.

DH: Gail, presta atenção. Você precisa fazer um esforço para ver que... que... [*pausa*]

GW: Sim?

DH: Só um minuto. É que... o meu telefone tocou. Preciso ver se não é uma emergência com um dos meus pacientes. É...

GW: Doutora?

DH: Só um minuto.

GW: Doutora? Está tudo bem? O que diz a mensagem?

DH: Desculpa, Gail. Infelizmente, vou ter que remarcar a sua consulta. É uma emergência.

CAPÍTULO 20

ANTES

ADRIENNE

Olho para a tela do celular. Não foi profissional pedir a Gail que fosse embora no meio de uma sessão. Mas eu não tinha escolha. Leio a mensagem na tela pela quinta vez:

> Oi, doutora. Tenho aqui um vídeo que fiz da senhora num estacionamento do Bronx. Achei que ia gostar de ver!

Foi EJ quem mandou a mensagem. Não apaguei o contato dele do telefone depois que encerrei o atendimento. Deveria ter apagado, mas não faz diferença. Sinto que mesmo assim eu saberia que era ele.

Abaixo da mensagem, há o link de um vídeo. Ainda não assisti. A imagem que aparece congelada no tempo é de mim, com o casaco branco e a saia cinza do terninho que estava usando na última vez que fui para a clínica. Meu cabelo está preso, apesar de ter se soltado um pouco durante a caminhada que fiz do ponto onde deixei o carro até a clínica.

Eu me lembro desse momento. E me lembro do que aconteceu em seguida.

Não tenho coragem de assistir. Mas preciso.

Respiro fundo e clico no vídeo. Imediatamente, a imagem descongela. A câmera me acompanha por alguns segundos e depois dá um zoom quando paro na frente de um Jetta vermelho.

O idiota que roubou a minha vaga de estacionamento.

A qualidade do vídeo é excelente. É claro que EJ deve ter o melhor celular que o dinheiro pode comprar. Dá para ver a placa do carro com todos os detalhes. Dá para ver quando mexo na bolsa procurando alguma coisa. Em seguida, eu me agacho ao lado do pneu traseiro do Jetta e olho para os dois lados para conferir se não tem ninguém me observando. Por uma fração de segundo, a câmera pega o reflexo do sol na lâmina de uma faca pouco antes de ela perfurar o pneu.

Sim. Eu cortei o pneu traseiro daquele carro.

Parece pior do que é, na verdade. Eu estava atrasada para chegar à clínica onde a vida dos pacientes depende de mim. A vaga era *minha*. Dei sinal para entrar. Ele a roubou de mim, então foi ele que cometeu o crime. Era só uma retaliação minha.

E sim, eu carrego uma faca na bolsa. Às vezes, saio tarde da clínica e o bairro é perigoso. Eu poderia carregar um spray de pimenta. Mas prefiro carregar uma faca.

Cortar o pneu foi errado. Eu deveria ter controlado a raiva que senti diante do comportamento egoísta e grosseiro daquele homem. Eu deveria ter sido uma pessoa melhor.

E não fazia ideia de que havia alguém me filmando.

Dou um pulo quando outra mensagem aparece no celular. A mensagem é do mesmo número:

Consigo ver a manchete. Psiquiatra e autora de best-seller comete ato de vandalismo em estacionamento.

Engulo em seco. Ele tem razão, essa história renderia uma manchete irresistível. Com potencial para destruir a minha carreira. E está tudo registrado em vídeo.

Minhas mãos tremem ao digitar uma resposta. Preciso de três tentativas para conseguir escrever direito:

O que você quer?

A resposta dele vem na mesma hora.

Estou aqui na frente.

Um calafrio percorre a minha espinha. Sempre acho graça quando pessoas como Paige e Gloria dizem que preciso de um sistema de segurança. Sempre me senti segura em casa. Mas, quando leio a mensagem no celular, a sensação de segurança desaparece. Não sei se um dia vou me sentir segura de novo.

Estou aqui na frente.

Olho para trás, para a janela: o sol se pôs na última hora e, agora, está escuro lá fora. Eu me levanto abruptamente da cadeira de couro, tanto que ela desliza pela sala e bate na parede atrás de mim. Não posso ignorar essas mensagens. Conheço EJ há bastante tempo e sei que ele não vai embora.

Levo o telefone até a porta, segurando firme com a mão esquerda do mesmo jeito que Paige fez quando veio me visitar. Avalio ligar para a polícia, mas desisto. EJ não fez nada errado. Sim, ele entrou na minha propriedade, mas não tenho nenhuma evidência provando que parei de atendê-lo. Ele não tentou entrar aqui em casa. E, se ele mostrar aquele vídeo para a polícia, é o fim da minha carreira.

É ele quem dá as cartas.

A porta de casa é feita da mesma madeira avermelhada da mesa do meu consultório — mogno, se não me engano —, decorada com duas vidraças opacas. A porta tem uma fechadura e uma trava, mas há uma janela próxima que pode facilmente ser quebrada com uma pedra. Passo pela janela que fica no caminho e percebo a sombra embaixo da porta. Paro por um instante, hesitando até que o celular vibra na minha mão.

Não fique aí parada, doutora. Abra a porta para mim.

Cerro os dentes. Tiro a trava da porta e abro a fechadura. Respiro fundo para me acalmar, lembrando que conheço EJ melhor do que ele me conhece. Sei quais são os pontos fortes e fracos dele. Ele é inteligente e manipulador, mas também é impulsivo. Ele pode ter me flagrado em um momento de fraqueza, porém sou mais esperta que ele.

Escancaro a porta e lá está ele. Em uma jaqueta Michael Kors, sem dúvida comprada com o dinheiro dos pais ricos. O cabelo loiro com mechas claras está um pouco bagunçado, e ele exibe um sorriso afetado. EJ é bonito, não tenho como negar isso, embora ele seja meio baixinho, o que lhe dá um pouco de complexo de Napoleão. No período em que foi meu paciente, ele teve relacionamentos que duraram mais e outros que duraram menos, variando de uma noite a seis meses, com inúmeras mulheres. Sorte daquelas que ficaram com ele só por uma noite. Mas tenho pena de todas que se envolveram com EJ em algum momento.

— Não vai me convidar para entrar, doutora? — pergunta ele.

Não gosto da ideia de recebê-lo em casa, mas não é como se eu tivesse escolha. Dou um passo para trás para ele entrar.

— Que casa legal, doutora — diz EJ, como se estivesse aqui pela primeira vez. — E que móveis legais. A senhora tem bom gosto. Aquilo ali é couro de verdade?

— O que você quer? — digo, quase sem abrir a boca.

Ele dá um passo para trás e faz cara de surpresa.

— Ô, doutora. Qual é? Não fica irritada comigo.

— Irritada com você? — Fecho o punho da mão direita enquanto a esquerda continua segurando firme o celular. — Você estava me seguindo. Você me filmou sem a minha autorização.

— Eu não estava seguindo ninguém. Foi coincidência.

Como a maioria das pessoas, EJ tem um cacoete. Sei dizer quando ele está mentindo. Um pequeno músculo abaixo do olho direito se contrai toda vez que ele mente. E está se contraindo agora, mas eu nem precisava disso para saber que ele está mentindo. Como é que ele poderia me encontrar por coincidência em um centro comercial que fica a uma hora daqui?

Mas não faz diferença se EJ estava ou não me seguindo. Ele tem o vídeo.

Cruzo os braços.

— O que você quer?

— Então, doutora. — EJ me encara com seus olhos acinzentados. — Não quero criar problema nenhum. Juro que não. Só acho que a senhora estava me ajudando de verdade e fiquei chateado quando desistiu de mim. Só quero voltar para a terapia.

Fico surpresa.

— Voltar a fazer terapia? *Comigo?*

— Isso.

Sinto um arrepio só de pensar em ficar sozinha com EJ no consultório.

— Acho que não é o ideal. Mas posso indicar você para um dos meus colegas. Eu... Eu posso pagar pelas suas sessões.

Eu *adoraria* empurrar esse cara para uns psiquiatras que conheci na época em que estava me formando. Seria um prazer.

Mas EJ balança a cabeça.

— Não, a senhora já tinha oferecido isso, mas não é o que eu quero. A gente estava progredindo. Nunca tive terapeuta melhor. É *a senhora* que eu quero.

— Eu acho mesmo que fiz tudo o que podia fazer por você.

— Discordo.

Mordo a parte interna da bochecha. Sinto o gosto metálico de sangue.

— Está bem. Duas sessões por mês.

— Mas a gente estava fazendo uma por semana.

— Não tenho mais horários disponíveis.

Ele estala a língua.

— Não sei, doutora. Talvez seja melhor a senhora *arranjar* um horário.

Sou capaz de fazer isso. Consigo ouvir esse homem por uma hora toda semana e fingir que estou prestando atenção nos problemas dele. Já fiz coisa pior.

— Está certo — digo. — Mas vai ser só uma vez por semana, tá bom?

EJ ergue as mãos espalmadas.

— É isso que eu quero. Só uma hora do seu tempo, uma vez por semana, para me ajudar a melhorar. Não vou pedir mais nada. Prometo.

Assim que ele diz essas palavras, o músculo abaixo do olho direito se contrai.

CAPÍTULO 21

TRANSCRIÇÃO DE ÁUDIO

Esta é a sessão de número 138 com EJ, um homem de 29 anos com transtorno de personalidade narcisista.

EJ: Doutora, eu estava com saudades desse sofá.
DH: Ã-hã.
EJ: Obrigado por voltar a me atender.
DH: Não é como se eu tivesse escolha, não é?
EJ: Não seja assim, doutora. Olha, a senhora deveria ficar feliz. Porque estava me ajudando de verdade. Era o que eu queria. A senhora é muito boa no que faz.
DH: É, então... Sobre o que você quer falar hoje?
EJ: Não sei. Tenho me sentido entediado com tudo ultimamente. Como se a minha vida não tivesse nada de emocionante.
DH: Talvez esse seja um sinal para você procurar um emprego.
EJ: Pode ser. Mas parece que não adianta nada. Em algum momento, os meus pais vão morrer e vou herdar todo o dinheiro deles. Então por que ir atrás de emprego se vou ser rico no futuro?
DH: Você não quer ganhar o seu próprio dinheiro e contribuir para a sociedade?
EJ: Para ser sincero, não.
DH: Você me contou que estava pensando em virar sommelier, não? Você adora vinho.
EJ: É, pensei mesmo. Mas comecei a pesquisar os cursos e dá muito trabalho. A senhora sabia que leva *anos* para alguém se formar como sommelier?

DH: Então faça outra coisa. Você não quer ter o seu próprio dinheiro? Quer ficar dependendo dos seus pais para tudo até eles morrerem?
EJ: Bom, eles já estão bem velhos. [*pausa*] E a minha mãe dirige muito mal. Qualquer hora dessas, ela vai sair de carro com o meu pai, entrar debaixo de um caminhão e os dois vão morrer.
DH: Você acha que a sua mãe dirige tão mal assim? A ponto de entrar debaixo de um caminhão?
EJ: Acho que não. Mas ela poderia ter algum problema com o freio.
DH: Entendi.
EJ: Que foi, doutora? A senhora ficou pálida.
DH: Você está me dizendo que ia sabotar o freio do carro dos seus pais...
EJ: Não! Epa, claro que não. Eu não faria uma coisa dessas, doutora. Eu amo os meus pais, apesar de eles só encherem o meu saco. Eu quis dizer que esse tipo de coisa acontece. Freios podem dar problema.
DH: Eu... Eu não sei o que dizer.
EJ: Enfim, tenho uma ideia de como ganhar dinheiro nesse fim de semana.
DH: Uma ideia?
EJ: Vou passar o fim de semana no Foxwoods Casino.
DH: Não sei se esse é um bom plano para ganhar dinheiro.
EJ: Ah, mas eu sempre limpo a mesa jogando pôquer. Sou muito bom. Acredite em mim. Vou ganhar uma grana no sábado à tarde e me divertir no sábado à noite.
DH: E como você vai se divertir?
EJ: A senhora sabe como. Vou descolar uma garota.
DH: Entendi.
EJ: A não ser que a senhora queira me acompanhar, doutora. Eu ia adorar a sua companhia. A senhora é uma mulher linda.
DH: Melhor não.
EJ: Quem sabe outro dia.
DH: Melhor não.
EJ: Então, quer que eu te conte a minha fantasia?

DH: Você já me contou as suas fantasias. Não acho que isso seja produtivo. A gente deveria estar falando sobre colocar sua vida nos trilhos.

EJ: Pode ser, mas essa é a *minha* sessão de terapia. Eu que mando. E quero falar da minha fantasia.

DH: Você disse que queria fazer terapia porque precisava da minha ajuda.

EJ: É, mas faz tempo que estou vindo aqui e vamos combinar que a senhora não me ajuda tanto assim. Talvez seja melhor fazer do meu jeito. Falar das coisas que eu quero falar, só para variar.

DH: Olha só...

EJ: Eu *quero* falar da minha fantasia. Sacou, doutora?

DH: ...

EJ: Doutora?

DH: Tá bom. Pode me contar a sua fantasia.

EJ: Não precisa se preocupar tanto. Não tem nada de mais. Só me imagino jogando dados em Foxwoods com uma mulher extremamente gostosa sentada do meu lado.

DH: Certo...

EJ: Ela não diz nada e não me conta nem o nome. Ela só desliza um drinque para mim e é assim que sei que ela está a fim de mim. E depois ela me encontra no quarto e a gente manda ver a noite toda, feito dois animais. E, quando acaba, ela vai embora e a gente nunca mais se vê.

DH: Que lindo.

EJ: Sarcasmo não combina com a senhora, doutora. Estou abrindo o meu coração aqui. A senhora podia mostrar um pouco mais de empatia. Não te ensinaram isso na faculdade?

DH: Não acho que essas sessões sejam produtivas. Simples assim. Como disse, eu ficaria feliz de indicar você para um colega que seja um excelente profissional. E eu pagaria pelas sessões.

EJ: Não. Isso não vai acontecer.

DH: Por que não?

EJ: Porque eu quero você.

CAPÍTULO 22

DIAS ATUAIS

TRICIA

A gravação é interrompida e o gravador emite um clique, desligando-se automaticamente. Com base nessa gravação, parece que EJ estava forçando a Dra. Adrienne a continuar com as sessões de terapia. Talvez ele estivesse chantageando a psiquiatra.

Mas o que ele estava usando para chantageá-la?

Não sei se consigo ouvir mais sessões de EJ. Há algo no som da voz dele que me causa arrepios. Só de ouvir como ele fala, dá para perceber que não é uma boa pessoa.

Ele é mau.

— Tricia?

Quase dou um pulo de susto quando escuto uma batida à porta do consultório. Mal tive tempo de guardar o gravador na gaveta da mesa antes de Ethan abrir a porta. Estou ficando louca com o fato de as portas não terem fechaduras.

— Tricia? — Ethan está parado na porta, a parte de baixo das pernas do jeans um pouco úmida por causa da neve, embora ele estivesse de bota. — O que você está fazendo aqui?

Pego uma caneta que estava na mesa e dou batidinhas resolutas na superfície brilhante de madeira.

— Como não tenho muito o que fazer, decidi mexer um pouco no meu currículo.

É uma mentira bastante plausível. No momento, estou procurando emprego. Eu trabalhava numa revista on-line. Sabe como é: doze dicas para deixar o seu namorado excitado, cinco receitas para apimentar a relação entre quatro paredes, como perder sete quilos sem nenhum esforço. Eu era mestra em escrever caça-cliques. Mas, de repente, a revista faliu pouco antes do meu casamento. Não tinha como procurar emprego na lua de mel, então isso me deu uma desculpa para procrastinar. E, sem perceber, já faz quase seis meses que estou desempregada.

Não é que eu não queira trabalhar. Eu quero. Gostaria muito de dar minha contribuição para a sociedade. Mas me lembro de quanto tempo demorou até encontrar a vaga na revista e não estou animada para procurar emprego de novo. Rejeição dói, apesar de fazer parte do processo de seleção.

E a busca por uma casa se tornou mais uma desculpa para evitar esse processo. Afinal de contas, mudar e provavelmente reformar uma casa vai ser um trabalho de tempo integral. E agora, é claro, estou grávida.

Parece que Ethan está pensando na mesma coisa, porque ele torce o nariz.

— Você está procurando emprego *agora*? Mas vamos ter um bebê em breve.

— Vai demorar um pouco — digo, embora, no meu íntimo, concorde com ele. — Não sei se vou encontrar alguma coisa, mas não custa nada dar uma olhada, não é?

— Certo. Quer dizer, você pode olhar se quiser. Mas, se quiser ficar em casa durante a gravidez, eu acho legal. — Ele sorri para mim. — Acho mais que legal.

Uma sensação de quentinho percorre o meu corpo. Ganhei na loteria dos maridos. Não sei por que as minhas amigas não gostam dele. Sempre que a gente fala de Ethan, elas dizem que isso ou aquilo deveria acender o meu sinal de alerta. Mas ele é um cara bom de verdade. Que diferença faz o fato de não ter tido muitas namoradas antes de mim? E por que o fato de ele ter perdido os pais e não ter muitos parentes deveria ser um motivo para eu me preocupar?

Minha mãe diria que elas estão com inveja. Afinal, tenho um marido lindo e rico, que me quer toda para ele.

Pigarreio.

— Pegou o computador?

Ele ergue o MacBook em triunfo.

— Quase afundei em dois metros de neve, mas consegui.

Olho ao redor. Quando entramos aqui pela primeira vez, os olhos de Ethan brilharam e ele disse que queria transformar esse cômodo num escritório.

— Quer trabalhar aqui?

— Na verdade — diz ele —, não. É um cômodo grande e a mobília é bonita, mas não tem luz natural. Só tem aquela janelinha.

Olho por cima do meu ombro para a janela em questão. Ele tem razão. A maioria dos cômodos tem janelas enormes, mas esse não. Talvez por isso ela tenha escolhido esse lugar para atender os pacientes. Por ser mais isolado.

— Então vou trabalhar lá em cima — avisa ele. — Pode ficar aqui, se quiser.

— Acho que vou ficar.

— E é ótimo que você esteja mexendo no currículo — acrescenta ele —, mas, só para você saber, eu ficaria feliz de te sustentar pelo resto da vida, se você quisesse.

Não é o que eu quero, mas minhas bochechas ficam coradas de prazer com a oferta. Ele está falando sério, sei disso. Ele quer passar a vida cuidando de mim.

É claro que as minhas amigas provavelmente iam dizer que isso deveria acender mais um sinal de alerta. *Ele está tentando te controlar com dinheiro.* Isso é besteira. Ele só é um cara bom.

— Enfim — diz Ethan —, você vai ficar bem aqui embaixo? Precisa de alguma coisa?

— Não, estou bem.

— Tem certeza?

— Tenho. É sério.

Agora as minhas bochechas estão quentes porque me sinto mal por querer que ele vá embora. Quero que ele vá embora para que eu possa continuar ouvindo as fitas. Isso já se tornou um vício.

Será que o conteúdo dessas fitas vai revelar o que aconteceu com a Dra. Adrienne Hale?

Não posso ir embora dessa casa sem descobrir.

Abro a gaveta da mesa. Analiso as fitas cassete que estão ali e uma delas, com marcação diferente, chama minha atenção. LUKE. O namorado. Por que ela tem uma gravação do namorado?

Pego a fita dentro da gaveta e abro a caixinha. Aperto Eject para tirar a sessão com EJ do gravador e coloco a fita nova no compartimento. Em seguida, dou Play.

CAPÍTULO 23

ANTES

ADRIENNE

— Luke veio hoje?

Os olhos de Gloria brilham com minha pergunta. Mas ela não sabe por que quero falar com Luke e vai continuar sem saber.

— Veio, ele está lá nos fundos. Ajudando o Dr. Griffith no arquivo.

Meu primeiro paciente na clínica está marcado para daqui a quinze minutos. Vim mais cedo para poder falar com Luke. Eu não tinha certeza se ele estaria aqui, mas notei que ele sempre encontra uma desculpa para aparecer quando tenho pacientes agendados. Coincidência? Talvez. Vamos ver.

— Além disso — acrescenta Gloria —, a senhora recebeu outro cartão. E uma caixa de bombom.

Ela me passa uma caixinha de bombom barato do tipo que se compra em farmácia com um envelopinho rosa em cima. "Dra. Adrienne" está escrito no envelope retangular com caneta esferográfica. Embora eu esteja desesperada para encontrar Luke, perco um segundo para abrir o envelope. Puxo um cartão com a imagem de um pássaro solitário, voando em um céu azul sem nuvens. Abro o cartão e leio a letra trêmula:

Prezada Dra. Adrienne,

Não tenho palavras para dizer como sua ajuda foi importante para mim. Quando conversamos, eu estava passando por um momento difícil na vida. Se não fosse pela senhora, não sei se estaria aqui hoje. Obrigada por salvar minha vida. Que Deus a abençoe.

Lola Hernandez

Devolvo o cartão para o envelope, que guardo no bolso do casaco. Esse é um cartão que vou guardar. Tenho uma coleção e, às vezes, leio as mensagens em dias difíceis. Mas hoje não tenho tempo para pensar nisso nem para ficar me dando tapinhas nas costas. Tenho que salvar minha carreira.

— Dra. Adrienne, não esquece os bombons — avisa Gloria.

O cartão foi atencioso, mas o chocolate é, sem dúvida, de baixa qualidade. Balanço a cabeça.

— Pode ficar com os bombons, Gloria. E levar para os seus netos.

— A senhora deveria comer um doce. E ganhar um pouco de peso. Os homens gostam.

Eu me seguro para não responder. Essa não é a primeira vez que Gloria diz que me acha magra demais. "Só pele e osso." E ela não é a única. Não consigo entender como é que alguém pode se incomodar com a minha estrutura física. Sequer me dou o trabalho de rebater o comentário. Em vez disso, dou meia-volta e sigo pelo corredor até a sala do arquivo, deixando a caixa de bombom para trás.

Quando estou a uns três metros da sala, ouço Luke e o velho Dr. Griffith conversando. O Dr. Griffith parece exausto, o que não é incomum para ele.

— Só quero visualizar a mensagem. Mas toda vez que clico nela o computador abre para editar ou tenta anexar um arquivo.

— Isso acontece porque o senhor está clicando duas vezes na mensagem. Para visualizar, é só clicar uma vez.

— Mas eu *estou* clicando uma vez. Olha só, viu o que ele fez?

— Tá bom. É porque o senhor clicou duas vezes.

— Não, eu não cliquei.

Entro na sala de documentação a tempo de ouvir Luke — pelo que deve ser a terceira ou quarta vez — explicar para o Dr. Griffith, com paciência, a diferença entre clicar uma e duas vezes. Percebo que o Dr. Griffith não entendeu pelo jeito como suas sobrancelhas brancas e grossas se mexem. Ele *nunca* vai entender.

Bato à porta com delicadeza. Os olhos castanhos de Luke brilham quando me vê. Hoje estou com um vestido vermelho que encontrei no fundo do closet. Estudos na área de psicologia demonstraram que os homens têm mais sentimentos amorosos em relação a mulheres que usam vermelho do que qualquer outra cor. Eles são mais propensos a expressar o desejo de chamar uma mulher de vermelho para sair e estão dispostos a gastar mais dinheiro na noite. Além disso, nesses estudos, os homens não conseguiram identificar a origem desses sentimentos. Eles simplesmente gostavam da garota de vermelho.

— Adrienne! — diz Luke com alegria. — Como estão as coisas?

— Você tem um minuto, Luke?

Ele fica dividido entre mim e o Dr. Griffith, porque quer me ajudar, mas também tinha prometido ajudar o médico idoso a entender como clicar em uma mensagem. Felizmente, o Dr. Griffith fica com pena dele e se levanta da cadeira com dificuldade.

— Não se preocupe, Luke — diz o Dr. Griffith. — A gente pode ver isso mais tarde.

Luke fica de pé para me encarar quando o Dr. Griffith sai da sala. Ele está diferente hoje. A camisa azul-celeste está bem passada e ele colocou uma gravata marrom, embora o nó pareça um pouco frouxo. E ele fez a barba hoje de manhã. Ele costuma ter cheiro de sabonete, o que não é nada desagradável, mas hoje sinto um cheiro diferente, almiscarado. De colônia ou de loção pós-barba.

— E aí? — pergunta ele.

Junto as mãos.

— Preciso da sua ajuda com uma coisa.

Ele faz cara feia.

— Já vou avisando: se você me pedir para ensinar a diferença entre clicar uma e duas vezes, não vai rolar.

Minha risada soa forçada até para mim. Fiz o possível para parecer arrumada hoje de manhã, embora tenha sido difícil, porque meu sono tem sido terrível desde que aquele vídeo apareceu no meu celular. Foram necessárias três camadas de maquiagem para cobrir os círculos escuros debaixo dos meus olhos.

— Não, é outra coisa. Eu... Eu queria que você me ajudasse a instalar um sistema de segurança na minha casa.

Os olhos castanhos dele demonstram surpresa por trás dos óculos.

— Quê?

— Você comentou que fez isso para a sua mãe. — Pigarreio. — Por isso achei que poderia me ajudar.

Ele coça o queixo de barba feita com o polegar.

— Eu sei, mas...

— Eu pagaria pelo serviço, é claro.

Não era isso que eu deveria ter dito. A expressão dele muda.

— Não é isso. Não precisa me pagar. Só acho que... Pelo que soube, a sua casa é enorme, então acho melhor você contratar uma empresa para fazer o trabalho. Quer dizer, fiz a instalação na casa da minha mãe porque ela mora num lugar pequenininho.

Eu me sinto mal só de pensar em receber um grupo de pessoas estranhas na minha propriedade, instalando câmeras e equipamentos para me espionar. Não quero que eles fiquem me vigiando. Sou *eu* que quero vigiar.

— Já comprei o equipamento — digo. — Só preciso de alguém para me ajudar com a instalação. Não sei fazer isso sozinha.

— É que o equipamento que você comprou nunca vai ser tão bom quanto aquele que um profissional instalaria.

— Não quero um equipamento profissional. — Cravo as unhas na palma da mão. — Queria que você fizesse isso para mim. Por favor.

— Adrienne...

— E depois a gente pode jantar por minha conta. Você escolhe o restaurante.

— Mas...

— *Por favor,* Luke.

Ele desiste.

— Tá bom, eu faço.

Sinto como se um peso tivesse sido tirado dos meus ombros. Ter um sistema de segurança não vai me proteger de EJ, mas começo a me sentir melhor. Não gosto da ideia de ele ficar rondando a minha casa e me seguindo. Quero saber o que está acontecendo. Não estou acostumada com essa sensação de falta de controle e não gosto nada dela.

— Obrigada, Luke. — Antes que eu possa me conter, estendo a mão e toco seu braço. Não sou o tipo de pessoa que fica pegando nos outros, mas sinto uma onda de gratidão por esse homem. — Obrigada, de verdade.

— Sem problema. — Ele sorri para mim. Luke parece diferente de camisa passada, gravata e rosto barbeado. Ele é inesperadamente bonito. — E não precisa me convidar para jantar.

— Mas eu quero.

— Pense mais um pouco e depois a gente vê.

Cogitei protestar de novo, mas há uma convicção na voz de Luke. Percebo que ele não quer sair para jantar comigo a menos que eu queira. Ele não vai me forçar a nada.

— Então vou pensar.

— Então... — ele esfrega uma mão na outra — ... quando você quer que eu instale?

— O mais rápido possível.

Ele arqueia uma sobrancelha.

— Estou livre hoje à noite...

Imaginei que ele estaria.

Luke estaciona o Toyota azul logo atrás do meu Lexus, em frente à minha casa. Ele tinha o meu endereço no GPS, mas expliquei que era provável que o sinal caísse depois que saíssemos da estrada principal, então era melhor ele me seguir. Costumo dar aos meus pacientes instruções bem detalhadas sobre como chegar à minha casa.

— Meu Deus, Adrienne. — Luke afrouxa a gravata enquanto sai do Toyota. — Você mora isolada mesmo. Não tem nenhuma casa nas redondezas.

Na verdade, a casa mais próxima fica a três quilômetros daqui. Mas decido não entrar em detalhes.

— Pois é.

Ele olha para as árvores que cercam a estrada de terra estreita que leva à minha casa.

— O que você faz quando neva muito? Deve ficar presa aqui.

— Tenho um acordo com uma empresa de limpa-neve. Eles abrem a estrada inteira para mim.

Eu me preparo para mais perguntas, mas elas não vêm. Em vez disso, ele abre o porta-malas e tira uma caixa de ferramentas, depois me acompanha até em casa. Quando abro a porta e Luke pisa na soleira, ele solta um assobio baixo.

— Uau — comenta ele

— Eu sei.

— Esse lugar é enorme.

— Pois é, eu *sei*.

Luke dá um sorriso envergonhado.

— Desculpa, mas é a primeira vez que conheço alguém que mora num castelo.

Ignoro o comentário dele comparando minha casa a um castelo.

— Então, o kit de segurança que comprei está ali. — Indico com a cabeça a caixa de papelão encostada na parede. — Chegou ontem e passei vinte minutos lendo as instruções para confirmar que não tinha a menor chance de eu instalar sozinha.

Ele morde o canto do lábio.

— Você quer mesmo que eu instale? Um profissional poderia...

— Luke.

Ele solta um longo suspiro.

— Tudo bem. Deixa comigo.

Luke se agacha para vasculhar a caixa de papelão. Eu me sinto inquieta, preocupada que esse trabalho seja pesado demais para ele. Do meu ponto de vista, ele é um gênio da eletrônica. Mas meus padrões não são muito altos. A grande maioria dos funcionários numa loja da Apple se enquadra nessa categoria. Ainda assim, fico empolgada de ver que ele carrega uma caixa de ferramentas no porta-malas do carro.

— Você acha que consegue instalar? — pergunto.

— Consigo, sim.

Meus ombros relaxam um pouco.

— E você consegue instalar a câmera na entrada? Para eu monitorar pelo meu telefone.

— Claro.

— Que ótimo. Perfeito.

Ele pega um saquinho plástico cheio de parafusos e olha para eles, pensativo.

— Você se incomoda se eu fizer uns furinhos na parede?

— Faça o que for preciso.

Ele olha para mim.

— Não precisa se preocupar comigo e ficar aí me olhando. Isso aqui vai demorar um pouco. Fique à vontade para fazer as suas coisas e eu aviso quando terminar.

A verdade é que eu gostaria de ficar olhando. Acho esse tipo de coisa fascinante. E, embora odeie admitir, Luke me parece mais atraente quando mexe em sua caixa de ferramentas. Tenho como regra não aceitar sair com ninguém. São raros os homens que valem o esforço. Sempre achei que era imune aos impulsos que a maioria das mulheres tem.

Mas, ao observar Luke, me pergunto se sou mesmo.

Tusso, afastando pensamentos indesejados.

— Estarei ali, na sala onde atendo os meus pacientes. Se precisar de alguma coisa, é só falar.

— Pode deixar.

Passo os noventa minutos seguintes respondendo a e-mails. Estou morrendo de vontade de sair do consultório para ver como Luke está fazendo a instalação, mas não quero ficar em cima dele. Então, espero pacientemente que ele venha até mim. A cada minuto que passa, me sinto mais culpada pelo tempo que ele está perdendo comigo.

Enfim, quando estou pensando em me levantar para ver como ele está, ouço uma batida à porta.

— Adrienne?

— Já vou!

Termino rápido o e-mail que estava escrevendo e me levanto. Quando saio do consultório, Luke está perto da porta, ao lado da minha estante. Ele está com um dos meus livros na mão e levo um segundo para perceber que é o mais recente, disponível em breve nas melhores livrarias. *A anatomia do medo*.

— Ah. Oi. — Ele fica vermelho. — Foi mal, não queria bisbilhotar. Vi o livro com o seu nome e fiquei curioso.

— Essa é só uma prova de leitura não revisada.

— Parece muito interessante. — De novo, aquele sorriso tímido. — Eu li o seu outro livro. Era ótimo. Inteligente, mas pé no chão. O tipo de coisa que qualquer um gostaria de ler.

— Obrigada.

— Mas você deve ouvir isso o tempo todo.

— Não muito. — Olho para a cópia que ele tem nas mãos. — Esse livro vai ser lançado daqui a alguns meses. Estou muito orgulhosa dele.

— É sobre... medo?

Faço que sim com a cabeça, ansiosa para falar sobre o assunto. Quando o livro sair, vou fazer uma turnê de lançamento, dar entrevistas e talvez até aparecer em programas de televisão. Mas, por enquanto, estou em silêncio. E louca para falar do livro.

— Basicamente, ele é sobre pessoas que sobreviveram a situações terríveis e sobre como lidaram com as consequências.

— Que tema pesado.

— O estudo de caso mais marcante é o de uma paciente que chamo de PL e que venho acompanhando há alguns anos — digo. — Ela estava passando o fim de semana num chalé com o noivo e duas amigas. No meio do mato, sem sinal de celular e blá-blá-blá.

Ele dá um sorriso de lado.

— Ah, igual a sua casa?

— *Nada* a ver com a minha casa. — Quero fuzilar Luke com o olhar. — Enfim, como tinham bebido bastante e fumado maconha, eles estavam com a guarda baixa quando um homem armado com uma faca de açougueiro invadiu o chalé. — Umedeço os lábios ao me lembrar da descrição que fiz no livro. — Ele cortou os pneus para que não pudessem fugir. Depois esfaqueou os quatro e os deixou para morrer. Minha paciente sobreviveu fingindo estar inconsciente. Depois que o agressor saiu da cabana, ela atravessou a floresta cambaleando até a estrada principal e pediu ajuda a um carro.

— Meu Deus! — Luke suspira. — Que coisa... horrível.

Pego o livro das mãos dele e folheio as páginas preenchidas com minhas palavras, contando a história que minha paciente me contou sobre os horrores que sofreu.

— A pior parte é que nunca pegaram o cara que fez isso. Ele ainda está solto por aí.

— Ah, nossa. — Ele balança a cabeça. — Nunca encontraram o cara? Sabem por que ele fez isso?

— Tem como saber por que alguém tentaria matar quatro pessoas aleatórias no meio da floresta?

Luke não tem uma resposta para essa pergunta.

— Ela passou um ano acordando aos gritos toda noite. — Ainda consigo ver os olhos fundos e vermelhos daquela garota. — Tinha pesadelos em que o homem aparecia na janela de casa. Ela não suportava o fato de ele ainda estar solto. Ela precisou de muita ajuda para melhorar. Ajuda e tempo.

— Tenho certeza de que a sua ajuda foi uma parte importante desse processo.

— Gosto de pensar que ajudei um pouco. É difícil superar esse tipo de trauma.

— Falando nisso — ele indica a sala de estar com um aceno de cabeça —, vem ver o seu novo sistema de segurança.

Durante a meia hora seguinte, Luke me mostra todo o trabalho árduo que fez para proteger minha casa. Há sensores instalados em cada janela do primeiro andar. O painel de controle fica ao lado da entrada e ele se afasta para que eu digite minha senha de seis dígitos. É o aniversário da minha falecida mãe.

— Você pode armar ou desarmar o sistema de segurança depois de digitar a senha — explica ele. — Esse painel de controle aqui permite até que você configure o alarme para desligar em determinadas horas do dia, se quiser.

— E a câmera?

— Instalei a câmera na porta da frente. Só falta conectar com o seu celular. — Ele estende a mão. — Se quiser, configuro tudo para você.

Deixei o telefone no consultório e Luke me acompanha até lá. Assim que pega o celular, muito rápido ele instala o aplicativo e o conecta à câmera. Quando me devolve o telefone, vejo na tela a imagem da área externa em frente à minha porta.

— Que incrível — digo, suspirando. — Muito obrigada.

Mas Luke não me responde. Ele está olhando para as estantes do consultório. Os olhos estão fixos em um espaço entre dois livros.

— O que é *isso*?

Em todos esses anos atendendo pacientes nesse consultório, ele é a primeira pessoa a notar o gravador escondido entre aqueles dois livros de capa dura. Sinto uma onda de irritação misturada com respeito.

— É um gravador de fita cassete.

— Um gravador?

— Eu gravo as conversas com os meus pacientes.

As sobrancelhas de Luke sobem até a linha do cabelo.

— Todas elas?

— Ã-hã. — Dou de ombros como se não fosse nada de mais. Em Nova York, não é ilegal gravar uma conversa da qual se faz parte, mesmo que a outra pessoa não esteja ciente disso. — Não faço nada com as gravações além de ouvir antes de uma consulta, se for necessário. Prefiro gravar em vez de fazer anotações. Não tenho um prontuário médico eletrônico em casa.

Observo a expressão de Luke. Eu me preparo para ouvir que o que estou fazendo é erradíssimo ou que ele vai informar meus pacientes sobre essa quebra de sigilo profissional. Mas, quando ele enfim fala, o que diz me surpreende.

— Você não devia usar fitas. Devia usar arquivos digitais.

— Arquivos digitais?

— É. — Ele acena a cabeça. — Quer dizer, você deve ter milhares de fitas. Não seria melhor se salvasse tudo no computador?

— Mas eu gosto das fitas.

— Das fitas? Sério? Será que entrei numa máquina do tempo e vim parar nos anos oitenta?

O sorriso bobo no rosto dele me faz sorrir também. Quando conheci Luke na clínica, ele me pareceu um pouco irritante, apesar de ser bom no que fazia. Mas gosto dele cada vez mais.

— As fitas funcionam muito bem — digo. — E eu ficaria feliz em fazer uma demonstração.

— Uma demonstração?

— Incluída no pacote da Dra. Adrienne Hale. — Dou uma piscadinha para ele. — Pode se sentar no sofá e eu te mostro como faço.

Ele dá um sorriso hesitante ao olhar para o meu sofá de couro.

— No sofá?

— É. Vai ser divertido.

— *Divertido?*

— Isso. Você não acha?

Ele corre a mão pelo braço do sofá.

— Faz parte do pacote da Dra. Adrienne Hale, certo?

— Devo dizer que várias pessoas pagam muito caro para ter acesso a esse pacote.

— Imagino... — Luke olha para o sofá de novo. Ele está relutante, mas também não quer dizer não. Ele acabou de passar a noite inteira aqui. Mesmo sendo um cara legal, deve ter segundas intenções. — Tá bom. Vamos lá. Quero ver como é esse pacote da Dra. Adrienne Hale.

CAPÍTULO 24

TRANSCRIÇÃO DE ÁUDIO

Esta é a primeira sessão com LS, um homem de trinta e...?

LS: Trinta e seis.
DH: Um homem de 36 anos que parece ser normal, mas é habilidoso de um jeito bizarro com eletrônica e computadores, além de que parece que carrega um martelo no porta-malas do carro. Seria essa uma atitude suspeita?
LS: Opa, você devia ficar feliz por eu ter um martelo.
DH: Então, Luke, me fale um pouco sobre você.
LS: Falar o quê?
DH: Qualquer coisa que ache importante.
LS: Bom, eu tenho mestrado em ciência da computação. Trabalho com tecnologia da informação já faz... Desde que terminei o mestrado. E, nos últimos cinco anos, tenho ajudado unidades médicas a instalar prontuários eletrônicos.
DH: Você gosta do seu trabalho?
LS: Claro. Quer dizer, é trabalho. Mas podia ser pior.
DH: Você é casado?
LS: Você sabe que não.
DH: Sei?
LS: Eu não uso aliança.
DH: Um monte de homem casado não usa.
LS: Certo. Mas eu não sou casado.
DH: Você já foi casado?
LS: Hum...
DH: Luke?

LS: Sim, já fui casado.

DH: Entendi. E por que o casamento acabou?

LS: Ela morreu.

DH: Ai, sinto muito.

LS: Tudo bem. Isso já faz tempo.

DH: Você quer falar sobre...

LS: Não, não quero falar sobre isso. Vamos mudar de assunto, tá bom?

DH: Justo. Mas só acho que...

LS: Essa ideia não foi boa. Desliga o gravador.

DH: Discordo. Temos muito o que conversar.

LS: Temos?

DH: Temos. Luke Strauss, você é uma pessoa muito complexa e interessante.

LS: Sou?

DH: Não ri. Você acabou de perder uma noite fazendo um favor para uma mulher que mal conhece. E sem esperar nada em troca.

LS: Tive que fazer esse favor. Ela mora no meio do nada. Eu não queria que alguma coisa acontecesse com ela.

DH: Que gentil da sua parte.

LS: Acho que sou um cara bom. Ou otário.

DH: Você só seria otário se esperasse alguma coisa em troca, alguma coisa que essa mulher não estivesse disposta a dar.

LS: Eu não... Quer dizer, não *espero* receber nada em troca. Mas tenho minhas esperanças.

DH: Esperanças de quê?

LS: De nada. Esquece.

DH: Pode me falar.

LS: É que essa mulher que ajudei hoje... Você disse que sou complexo e interessante, e não sei se tem razão, mas essa mulher, ela é tudo isso e muito mais. Ela é muito inteligente... não dá nem para acreditar no quanto ela é inteligente. Além disso, nas horas vagas, ela trabalha numa clínica para pessoas de baixa renda e se importa de verdade com esses pacientes.

Ela age como se isso não fosse nada de mais, mas o que faz por essas pessoas é incrível. Elas adoram essa mulher.
DH: Então você quis ajudar a mulher porque ela ajuda os outros?
LS: É... Quer dizer, um pouco foi por causa disso, mas...
DH: Mas...?
LS: Ela é interessante, complexa, atenciosa e inteligente. Mas ela também é...
DH: O quê?
LS: Ela também é linda.
DH: Você acha, é?
LS: Acho. Acho mesmo.
DH: Entendi. Então você quer dizer que está romanticamente interessado por essa mulher?
LS: Eu...
DH: Você tem noção de que ficou vermelho?
LS: Haha, que divertido. Tá bom, eu... Olha, o que você quer que eu diga? Sim. Sim, eu gosto dela.
DH: E ela gosta de você?
LS: No começo, acho que ela não gostava muito de mim. Mas agora já não sei mais. É muito difícil saber o que ela pensa.
DH: Você acha?
LS: Acho. Quer dizer, faz duas horas que estou na casa dela, daí ela faz com que eu me sente no sofá e começa uma entrevista de mentira, me enchendo de pergunta. E o tempo todo fico pensando no que aconteceria se eu me levantasse do sofá e desse um beijo nela, em como ela reagiria.
DH: Por que você não tenta?
LS: E se ela não quiser? E se ela me der um tapa?
DH: Não acho que ela vá te dar um tapa.
LS: Não?
DH: Só tem um jeito de saber.

CAPÍTULO 25

ANTES

ADRIENNE

Jamais imaginei que eu iria para a cama com Luke Strauss. Jantar? Talvez. Alguns drinques? Quem sabe. Mas não isso. Ir para a cama me pegou de surpresa.

Mas não foi uma surpresa desagradável. Foi exatamente o contrário. Eu me considerava o tipo de pessoa que poderia ficar sem afeto físico por tempo indeterminado, mas, no segundo em que Luke me beijou depois de eu ter encorajado, percebi que estava me enganando. Eu queria isso. Queria tanto que, mesmo quando ele tentou ser respeitoso e ir mais devagar, eu não deixei.

Eu faço o que você quiser, Adrienne.

Era exatamente o que eu queria. Uma noite de paixão com um homem que me surpreendeu por saber muito bem o que estava fazendo. Ele fez um bom trabalho na instalação do meu sistema de segurança. Ele fez um trabalho ainda melhor na cama.

Eu me sinto plenamente satisfeita.

Mas agora acabou. Luke me abraça, e meu corpo nu está pressionado contra o dele, e tudo em que consigo pensar é: "Como eu vou fazer para ele ir embora?" Já passou de meia-noite, e tenho certeza de que ele quer passar a noite aqui. Eu gosto dele, mas não para passar a noite na minha cama. Não quero que ele fique se revirando, roncando e tentando me aconchegar enquanto durmo. Preciso descansar.

Também sinto que seria ruim virar para ele e dizer: "Então, foi divertido. Mas que tal você ir para casa agora?" Talvez eu tenha que ficar com ele. A noite inteira.

— Sabe de uma coisa? — murmura Luke no meu cabelo. — Estou morrendo de fome.

Diante dessas palavras, meu estômago ronca alto o suficiente para ele ouvir.

Ele dá risada.

— Acho que o seu estômago concorda comigo.

— Vamos lá na cozinha? Deve ter alguma coisa para comer na geladeira.

— Gostei do plano.

Vamos ver se ele vai gostar quando descobrir que não tem quase nada na minha geladeira. Mas sinto que ele não vai se importar tanto assim. Luke é muito tranquilo. Ainda não concluí se gosto ou não disso.

Luke sai da cama e recolhe as roupas que ficaram jogadas pelo quarto em um acesso de paixão. Ao fechar o zíper da calça, ele percebe que estou observando e me dá um sorriso. Pela primeira vez desde que vi aquele vídeo no celular, sinto um lampejo de felicidade.

Aquele vídeo. EJ. Aquele idiota.

Não. Não pensa nisso. Não agora.

Luke veste pela cabeça a camisa meio abotoada, mas não fecha os outros botões. Em seguida, pega a gravata do chão e a deixa solta no pescoço. Pensei em colocar as roupas que estava usando hoje cedo, como ele fez, mas que se dane. Pego o roupão de lã vermelho e me cubro com ele.

Luke sorri em aprovação. Comprei o roupão porque é quente, mas ele tem a vantagem adicional de ser vermelho. Juro que não levei isso em conta quando o comprei, mas talvez tenha levado, inconscientemente.

A geladeira está mais vazia do que eu esperava. Tenho pão de forma, mas Luke descobre um mofo verde crescendo no fundo do pacote. Tenho um pote de ketchup. E macarrão em um armário, mas não tenho ingredientes para fazer molho. Só o ketchup.

— Eu só como na rua — digo, me desculpando.

— Assim espero.

Ele abre outro armário e encontra um pacote velho de bolacha salgada e um pouco de pasta de amendoim. Não é exatamente o jantar dos sonhos, mas quebra um galho. Tenho garrafas de água na geladeira, pego uma para mim e dou uma para Luke, que está ocupado fazendo sanduíches de bolacha com pasta de amendoim.

— Desculpa — digo.

— Não precisa se desculpar. — Ele faz uma pausa para lamber a pasta de amendoim da faca. — Essa era a minha refeição preferida dos 7 aos 10 anos.

Dou um sorriso, imaginando Luke como um aluno sardento do segundo ano do fundamental.

— Aposto que você era uma criança fofinha.

— Eu era — diz ele. Luke me dá um dos sanduíches de bolacha com pasta de amendoim. Dou uma mordida e o gosto é bem como se imaginaria. — Não dei trabalho até entrar na adolescência.

Arqueio uma sobrancelha.

— Você deu trabalho para os seus pais? Isso é difícil de acreditar.

Ele lambe um pouquinho da pasta de amendoim que ficou no lábio superior.

— Na verdade, não para os meus pais. Mas tive alguns problemas. Com a justiça.

— Com a justiça? Sério?

Ele hesita como se estivesse pensando em mentir sobre o assunto, embora tenha acabado de me dizer a verdade. Tenho certeza de que Luke Strauss tem um cacoete revelador, mas ainda não descobri qual é.

— É.

— Fale mais.

— Por hackear computadores. — Ele faz uma careta. — Eu me achava muito esperto... até me pegarem. Foi uma merda. Por sorte, eu era menor de idade e os meus pais arranjaram um bom advogado. Tive que prestar serviço comunitário e eles conseguiram manter minha ficha limpa.

— Uau. Estou impressionada.

— Porque eu era hacker? Ou porque escapei da cadeia?

— As duas coisas. Mas, principalmente, por causa da primeira. — Esmago um pouco de biscoito com a ponta dos dedos. — Você ainda sabe fazer essas coisas?

— Fazer o quê?

— Hackear computadores.

Ele dá uma risadinha.

— Acho que sei, mas não quero tentar. Se você for pego fazendo uma coisa dessas, não consegue emprego em lugar nenhum mais. Já tenho idade suficiente para saber que não devo me arriscar fazendo esse tipo de besteira.

Eu já sabia que Luke era habilidoso com computadores. Mas essa é uma informação interessante. Arquivei essa história no meu cérebro para usar mais tarde.

— Aposto que você era toda perfeitinha quando criança — comenta ele. — O tipo de menina que conquistava os adultos. A queridinha da professora. Não era?

— Não exatamente.

Ele ergue a sobrancelha esquerda.

— É mesmo?

— Os professores não gostam — digo — quando você é mais inteligente que eles.

Luke me encara por um segundo e depois dá uma risadinha.

— Ã-hã, é a sua cara ser mais inteligente que os professores.

Fico feliz que ele tenha achado minha afirmação divertida em vez de arrogante. Afinal de contas, é só um fato. Desde muito cedo, meu intelecto superou o de todas as pessoas encarregadas de me ensinar. E muitos adultos de fato se ressentem de uma criança que é mais inteligente que eles.

Muitos pais também.

Eu me preparo para mais perguntas sobre minha infância e minha família, mas elas não vêm. Em vez disso, ficamos sentados em silêncio na cozinha, mastigando nossos sanduíches de bolacha com pasta de amendoim. Mesmo que eu quisesse conversar, seria difícil com a pasta de amendoim grudada no céu da boca. Talvez por isso Luke tenha parado de fazer perguntas e não por respeito à minha privacidade. Ele corre os olhos pelo cômodo enquanto comemos, meio espantado.

— Como esse lugar é grande — diz ele por fim.

— É, eu moro sozinha.

Ele passa a língua nos dentes.

— Não perguntei nada.

— Nem precisava. — Começo a tamborilar na mesa da cozinha. — As pessoas olham para a casa e acham que moro aqui com marido e filhos. E quando desafio essa expectativa elas ficam incomodadas. As pessoas não gostam de ter as expectativas frustradas.

— Nesse caso — diz ele —, saiba que você supera as minhas.

Eu me permito um sorriso.

— Supero?

— Você supera. Além do mais, estou muito feliz por você não ter um marido. Óbvio.

Eu me ajeito na cadeira de madeira da cozinha.

— E você? Você me disse que já foi casado.

É incrível como Luke se fecha quando menciono o casamento dele. Foi exatamente assim antes, quando estava tentando entrevistá-lo. Ele fecha os olhos e pressiona os lábios.

— Não quero falar sobre isso.

— Certo.

Ele não está sendo justo. Ele tem 36 anos e é viúvo. Deve saber que uma revelação como essa é suficiente para fazer as pessoas levantarem perguntas. Como é que se perde a esposa tão jovem?

Ele vê minha expressão e suspira.

— Ela sofreu um acidente. Foi... horrível. E espero não soar frio, mas, para ser sincero, não quero pensar nisso quando estou com você.

— Entendo. — E entendo mesmo. Não é como se fosse melhor ter Luke falando sem parar sobre a esposa morta. Ele diz que já superou, e acredito nisso. Mas não consigo deixar de me perguntar como foi esse acidente, se ele estava envolvido.

De qualquer forma, não vou descobrir as respostas para minhas perguntas hoje à noite.

Luke e eu acabamos com as bolachas e a pasta de amendoim. Olho para o relógio no micro-ondas: é quase uma da manhã. Embora ele tenha se vestido, sua camisa ainda está meio desabotoada. Ele mora no Bronx e não vai querer voltar para casa tão tarde assim. Vai querer passar a noite comigo.

Deve querer dormir de conchinha. Um suor frio brota na minha nuca.

— Então. — Pigarreio. — Foi bom.

— Foi. — Um sorriso surge nos lábios dele. — Foi mesmo.

— Não seria ruim se a gente repetisse isso um dia — digo. Essa parte é verdade. Mas, da próxima vez, prefiro que seja na casa dele, para que eu possa ir embora quando terminar.

— Concordo.

— Quando der. É só você... me mandar uma mensagem.

— Vou mandar.

— Isso. Então.

Um longo silêncio paira entre nós. Por fim, Luke rompe o silêncio. Dando uma risada.

Fico olhando para ele, afrontada.

— Está rindo do quê?

Ele seca os olhos. Está chorando de tanto rir.

— Você quer muito que eu vá embora, mas é simpática demais para dizer isso.

— Bom... — Cruzo os braços. — Estou acostumada a dormir sozinha. Você não prefere dormir na própria cama?

— Prefiro, com certeza. — Ele se inclina para a frente para roçar os lábios nos meus. — Para falar a verdade, tenho que estar em outro hospital amanhã de manhã e não queria ter que correr para tomar banho em casa e trocar de roupa. Eu teria ficado se você pedisse, mas vai ser bom ir para casa.

Uma sensação de alívio percorre o meu corpo.

— Obrigada.

— Mas — ele ergue um dedo — você vai ter que jantar comigo, por minha conta.

— Eu é que deveria pagar um jantar para *você*, lembra?

— De jeito nenhum. *Eu* quero levar você para jantar.

De um ponto de vista evolutivo, as fêmeas são mais valiosas que os machos no que diz respeito à reprodução. Afinal, nós carregamos um óvulo que pode ser fecundado só uma vez, enquanto os homens podem espalhar seu sêmen com mais liberdade. Como resultado, os mamíferos machos precisam "conquistar" o acesso à reprodução da fêmea oferecendo presentes. Isso não é exclusividade da raça humana, mas eu diria que ovelhas e vacas não costumam enfrentar esse tipo de dilema.

Para a psicologia social, os papéis tradicionais de gênero costumam ser internalizados pelos homens. Eles se sentem obrigados a tomar decisões e assumir o controle, enquanto as mulheres os seguem. Ao estabelecer um precedente, como pagar por uma refeição em um primeiro encontro, o homem está se estabelecendo como o líder no relacionamento e impondo um papel passivo para a mulher.

Pensei em explicar tudo isso para Luke, mas então ele se inclinou para trás na cadeira da cozinha, que rangeu com o peso.

— Posso passar *a noite toda* aqui até te convencer, Adrienne.

Tá bom. Se ele quer tanto assim, não vou discutir. Apesar da minha aversão à perspectiva de assumir papéis tradicionais de gênero, me sinto um pouco lisonjeada.

— Tudo bem. Você pode me levar para jantar.

Acompanho Luke até a porta. Pouco antes de sair, ele me abraça uma última vez e me beija. É um beijo adorável que causa um formigamento que vai até os dedos dos pés. Mal posso esperar para encontrar Luke de novo.

E, enquanto ele cruza a porta, um pensamento passa pela minha cabeça: talvez Luke possa me ajudar com a história de EJ.

CAPÍTULO 26

DIAS ATUAIS

TRICIA

Ele gostava dela. Gostava de verdade.

Dá para perceber pelo tom de voz. Essa fita foi gravada antes de os dois começarem a namorar, mas Luke já tinha uma queda por ela. É tão bonitinho que chega a dar raiva. Tudo indica que a Dra. Adrienne deixou que ele a beijasse. E não só isso.

Luke não dá sinais de ser um assassino. Ele parece um cara decente, embora um pouco nerd. A voz dele não tem maldade como a de EJ.

Mas, é claro, isso foi no início do relacionamento. Muita coisa pode mudar. Será que ela fez alguma coisa que provocou o ódio de Luke? Deve ter feito.

Sentada na cadeira de couro da Dra. Adrienne, sinto um arrepio. A blusa que estou usando é fina como papel e não me esquenta quase nada, mesmo com o aquecimento ligado. Talvez Ethan possa aumentar um pouco a temperatura. Para começo de conversa, ele não me mostrou exatamente como fez para ligar a calefação. Sequer sei onde fica o sistema de aquecimento. Pode estar em qualquer lugar dessa casa gigantesca. Estou impressionada com o fato de ele ter descoberto onde fica sem nunca ter pisado aqui antes.

Tiro a fita LUKE do gravador e a coloco de volta na gaveta. Depois, saio do consultório e subo a escada para encontrar Ethan.

É incrível como o corredor do segundo andar fica diferente com a luz do sol. Ele parecia assustador na noite passada, mas agora não está tão ruim. Ainda me sinto relutante em morar aqui, mas não seria a pior coisa do mundo. As janelas deixam o corredor alegre e iluminado, embora revelem cada rachadura e imperfeição da parede.

E iluminam mais uma coisa.

Uma cordinha que pende do teto.

Não sei como não notei isso ontem à noite. Acho que faz sentido, já que o corredor estava muito escuro e não é tão fácil ver a cordinha. Agora percebo que está presa a um retângulo no teto.

É uma passagem para o sótão.

É claro! Agora lembro que, na descrição que Judy fez da casa no site, ela mencionou "um sótão perfeito para usar como depósito". Mas, por algum motivo, isso nem me ocorreu ontem à noite. Quando conferimos todos os cômodos do segundo andar, achei que tínhamos percorrido todas as áreas disponíveis.

Porém, havia mais uma opção. O sótão.

Eu me estico para puxar a cordinha. Nada acontece. Puxo com mais força e, dessa vez, ouço um clique e o retângulo abre. Há uma escada retrátil presa ao compartimento e, ao ser aberta, os degraus chegam até os meus pés.

Olho de relance para a sala ao meu lado; a porta está bem fechada. Deve ser onde Ethan está trabalhando. Gostaria de pedir que desse uma olhada no sótão, mas tenho a impressão de que ele não vai ficar muito animado com isso. Já pareceu irritado porque pedi que verificasse todos os cômodos da casa. E só piorei as coisas quando comecei a surtar no meio da noite. Ele começou a me achar "estranha" e a culpar os hormônios da gravidez.

Estreito os olhos para observar a abertura do sótão. Não parece muito escuro lá em cima. São tantas janelas que não tem como alguém se esconder para me atacar. Eu mesma posso dar uma olhada. E, se vir algo preocupante, vou gritar para Ethan. Ele vai me ouvir com certeza, as paredes da casa são finas.

Agarro um dos degraus da escada, fazendo peso para testar a estabilidade. Parece estável, e não é como se eu pesasse uma tonelada. Coloco um pé no primeiro degrau e depois o outro. Antes que eu mude de ideia, começo a subir a escada com cuidado. Preciso ver o que tem nesse sótão.

Alguns segundos depois, chego ao topo da escada. Hesito por uma fração de segundo, então estico a cabeça pela abertura. E corro os olhos pelo cômodo. Parece...

Um sótão.

Um sótão completamente normal e sem nada de mais. De um lado, tem um monte de caixa de papelão empoeirada e, do outro, uma árvore de Natal feita de plástico que já viu dias melhores. Imagino a mulher dos olhos verdes lutando com aquela árvore de Natal volumosa do sótão para levá-la até a sala de estar e quase dou risada. Isso torna a pintura um pouco menos assustadora.

Subo o restante da escada para entrar no sótão, convencida de que não há ninguém esperando para me atacar ali dentro. O pé-direito é bem mais baixo, um forte contraste com o do primeiro andar. Se eu me esticasse, é provável que conseguisse tocar o teto.

A maior parte do sótão está cheia de caixas. Caixas cobertas de poeira. Estou surpresa que ninguém tenha limpado o lugar em algum momento. Eu me pergunto se a polícia vasculhou as caixas enquanto procurava por pistas. Ao contrário do cômodo secreto cheio de fitas, essas coisas estão todas à vista de todo mundo.

Ando pelo pequeno espaço, me perguntando se há algum cômodo secreto aqui também. De qualquer forma, não vejo nenhuma estante de livros. Vou até uma pilha de caixas cobertas de poeira e assopro a que está no alto. Tem uma inscrição com caneta permanente preta, na caligrafia que já conheço de Adrienne Hale: enfeites.

Levanto a caixa e a balanço. Como era de esperar, os enfeites chacoalham dentro dela.

Fico imaginando o que vai acontecer com todas essas coisas do sótão se comprarmos a casa. Não que eu esteja pensando nisso a sério, mas será que vamos ter que jogar tudo no lixo? Ou esperam que a gente faça uma triagem dos pertences da Dra. Adrienne? Não existe alguém da família que possa fazer isso?

Talvez não exista. Acho que ninguém estava com pressa para ficar com os móveis dela. O proprietário da casa é um banco, então suponho que tenham executado a hipoteca da propriedade depois que a doutora desapareceu.

Quando coloco a caixa de enfeites de volta na pilha, noto algo enfiado atrás das caixas. Algo feito de pano. Puxo o objeto e respiro fundo quando percebo o que encontrei.

É um saco de dormir.

Não há nada de perturbador em encontrar um saco de dormir no sótão de alguém. Pelo contrário, é o que se espera encontrar. Mas a parte perturbadora é que tudo nesse sótão tem uma camada grossa de poeira. Menos o saco de dormir. O saco de dormir está limpo. Foi lavado recentemente.

Há também um travesseiro atrás das caixas, que parece estar nas mesmas condições. Está limpo e com fronha. Sem sujeira nem poeira como o restante do sótão. Só existe uma conclusão possível.

Faz pouquíssimo tempo que alguém usou o saco de dormir.

CAPÍTULO 27

Com o coração acelerado, deixo o saco de dormir e o travesseiro onde estavam. Tenho que sair do sótão. Porque já não sei mais se estou sozinha aqui.

Dou passos rápidos até o alçapão. Minhas mãos tremem tanto que tenho medo de escorregar e cair. Preciso respirar fundo algumas vezes para me acalmar. Ninguém vai me atacar no sótão. Não enquanto Ethan estiver por perto.

Por um milagre, consigo descer a escada sem cair. Assim que meus pés tocam o chão, eu me aproximo da porta do quarto que está fechada e começo a bater. Depois de um segundo, me dou conta de que ela não deve estar trancada, então testo a maçaneta e ela gira.

— Tricia?

Ethan está sentado à mesa, as mãos sobre o teclado do notebook. Ele parece surpreso de me ver ali.

— Tem alguém no sótão! — digo, esbaforida.

Ethan se levanta.

— O *quê?*

— Eu... — Estou começando a hiperventilar. Minha respiração está muito acelerada. Ethan contorna a mesa e me abraça. — Tem um...

Ele me abraça forte, de um jeito protetor.

— Um homem?

Balanço a cabeça.

— Um saco de dormir.

— Um... — O abraço protetor em torno dos meus ombros se afrouxa um pouquinho. — Um saco de dormir?

— Isso! E está limpo!

— Eu... Eu não estou entendendo, Tricia.

Saio do abraço, chateada por ele não parecer mais preocupado.

— Alguém tem dormido no sótão!

Ele esfrega a barba por fazer que cresce no queixo. Em casa, ele costuma se barbear toda manhã.

— Só porque você achou um saco de dormir lá em cima, não significa que alguém esteja dormindo no sótão. As pessoas guardam sacos de dormir no sótão.

— Mas ele está limpo! — Estou desesperada para que ele me entenda. — A casa inteira está empoeirada, mas o saco de dormir foi usado há pouco tempo. Ele não está empoeirado.

— Talvez estivesse embaixo de alguma coisa e por isso não ficou empoeirado.

Eu o encaro.

— Desculpa, Tricia. — Ele suspira. — Só não acho que um saco de dormir no sótão seja prova de que tem alguém escondido na casa. A gente não viu ninguém. Não vi nenhum sinal de que tem outra pessoa aqui.

— Você está de brincadeira? A gente viu um zilhão de sinais de que tem alguém aqui! A gente viu uma luz acesa no andar de cima que depois se apagou misteriosamente. Toda aquela comida na geladeira. As pegadas no chão. Ouvi o som de alguma coisa batendo quando estava no andar de baixo. E alguém mexeu no quadro...

Paro de falar porque é óbvio, pela expressão de Ethan, que não estou sendo convincente.

— Tudo bem — resmungo. — Você não acredita em mim.

— Não é que eu não acredite...

— Hum. Não?

— Só acho que... — ele se aproxima de mim outra vez e, com relutância, deixo que coloque o braço em torno dos meus ombros — ... você está lidando com muito estresse. Quer dizer, estamos presos aqui sem sinal de telefone. E o seu corpo está fabricando um ser humano inteirinho. Entendo que você se sinta tensa. Além disso... — ele esfrega o meu braço, que só agora percebo que está todo arrepiado — ... você está gelada.

Com o alvoroço de encontrar aquele saco de dormir no sótão, esqueci por completo o motivo de ter vindo até aqui.

— Está muito frio aqui dentro.

Ele faz que sim com a cabeça.

— Eu sei. Infelizmente, não sei se vai esquentar muito mais. O isolamento é péssimo. Vamos ter que investir muito para arrumar tudo.

Ótimo. Estou quase batendo os dentes.

— Então o que a gente vai fazer? Ficar de casaco?

— Bom... — Ele dá uma olhada no corredor. — O quarto principal tem um closet cheio de roupas. Deve ter alguma coisa lá dentro que seja mais confortável que usar o seu casaco em casa.

Cerro os dentes.

— Eu *não* vou usar as roupas de uma mulher morta.

— Tudo bem, mas você tem duas opções. Usar as roupas dela ou o seu casaco. Ou, então, ficar com frio.

Odeio a ideia de mexer no closet de Adrienne Hale. Mas o meu casaco não é confortável para ficar sentada dentro de casa. Talvez eu esteja sendo boba. Eu poderia pegar algo do fundo do closet. Algo que ela raramente usava. Nossa, certeza de que uma mulher como ela deve ter roupas que ainda estão com a etiqueta da loja.

— Tudo bem — resmungo. — Vou dar uma olhada no closet.

Ethan me beija no alto da cabeça.

— Ótimo. E depois que você encontrar alguma coisa para vestir a gente pode descer e almoçar.

— Mortadela de novo, não. Por favor.

Ele dá um sorriso de lado.

— Vi que tem peito de peru também.

Vou ficar sem comer frios por um bom tempo depois que sairmos daqui.

Ethan volta para o computador e eu atravesso o corredor para ir até o quarto principal. Vou pegar um suéter do closet e nada além disso. E é só emprestado. Vou devolver o casaco antes de a gente sair daqui. Guardar no lugar de onde tirei.

Quando volto ao closet da Dra. Adrienne Hale, vejo que ele tem mais roupas do que eu lembrava. Tenho um guarda-roupa cheio, não vou mentir, mas as roupas da doutora são *classudas*. Tudo o que ela vestia estava na moda. E não é só isso: ela não tem nada casual. Dei uma olhada nas gavetas ontem à noite e acho que a mulher não tinha nem sequer uma calça jeans simples.

Eu seria capaz de apostar que nenhuma peça de roupa desse closet custou menos de duzentos dólares.

Eu tinha a intenção de encontrar algo que ela raramente usasse no fundo do closet, mas minha atenção se voltou para o suéter de caxemira branco que invejei ontem à noite. Eu adoro caxemira. Quer dizer, quem não adora? Como é que alguém pode não adorar caxemira?

E o suéter é tão branquinho. Como neve imaculada.

Tiro o suéter do cabide. Visto pela cabeça, quase gemendo de êxtase com a sensação agradável do tecido na minha pele. Eu adoro caxemira.

Tá bom, eu não fiz exatamente o que disse que faria. Mas é quase um crime um suéter como esse ficar parado no closet, sem nunca ter sido usado. Ele está *implorando* para ser usado. *Berrando* para ser usado.

E, pelo amor de Deus, não é como se Adrienne Hale fosse aparecer aqui de repente querendo usar o suéter.

CAPÍTULO 28

ANTES

ADRIENNE

Observo a habilidade de Luke cortando legumes no balcão da cozinha. Não sei cozinhar, mas ele é um excelente cozinheiro. Ainda pedimos bastante comida em casa, mas ele gosta de cozinhar para mim nas noites em que está aqui, o que tem se tornado cada vez mais frequente.

Luke e eu estamos namorando há quatro meses. É um recorde para mim. Depois de um mês de namoro, minha ansiedade diminuiu tanto que, enfim, aceitei que ele dormisse na minha casa. E agora Luke passa três ou quatro noites por semana comigo.

É claro que existem regras básicas. Ele tem que ficar do lado dele da cama, o que significa nada de me abraçar no meio da noite. E, quando não estou a fim de companhia, ele tem que ir embora sem discutir. No primeiro mês, isso aconteceu com frequência. Mas faz semanas que não peço para ele ir embora.

A verdade é que estou começando a gostar de dividir a cama com ele. Nas noites em que não está comigo, olho para o lado vazio da cama (o esquerdo) e sinto uma dor no coração.

— Que cheiro gostoso — comento.

Luke pega uma colher de cabo longo e mexe o molho que está fervendo no fogão há vinte minutos. Ele fica sexy quando está cozinhando, talvez por ser tão habilidoso.

— É uma receita nova. Você vai adorar.

— Com certeza. Eu amo tudo que você faz.

E eu *te* amo.

O pensamento surge na minha cabeça contra a minha vontade. Essas três palavras continuam aparecendo e me provocando. Não posso dizer isso para ele. Antes de mais nada, ele não disse isso para mim. E, mesmo que tivesse dito, ainda acho que não conseguiria dizer. Nem sei se é verdade.

Eu nunca disse a um homem que o amava. Sei que parece estranho por causa da minha idade. Homens já se declararam para mim e eu não retribuí. Os homens, em comparação com as mulheres, são estatisticamente muito mais rápidos para expressar sentimentos de amor, apesar dos estereótipos que afirmam o contrário. Já aconselhei pacientes sobre isso antes, e minha orientação é não dizer "eu te amo" para outra pessoa, a não ser que esse seja o seu sentimento.

Eu nunca disse a um homem que o amava, porque nunca senti amor por nenhum dos meus parceiros anteriores.

Se eu falasse com um terapeuta sobre isso, tenho certeza de que ele teria muito a dizer sobre a falta de intimidade na minha vida. Nunca fui próxima dos meus pais. Meu pai era carteiro e minha mãe trabalhava como recepcionista. Nenhum dos dois chegou perto da faculdade, quanto mais de fazer várias pós-graduações. Eles nunca souberam muito bem o que fazer comigo.

Quando eu era mais nova, estava convencida de que tinha sido trocada na maternidade. Ou talvez tivesse sido adotada, com base no fato de que os médicos disseram para minha mãe que ela nunca teria filhos e eu fui concebida numa gravidez milagrosa. Eu sonhava em um dia conhecer meus pais biológicos, que enfim me entenderiam.

Mas tudo isso não passava de uma fantasia infantil. Minha mãe teve câncer de ovário quando eu estava na faculdade. Meu pai, que nunca viu muito propósito em fazer faculdade, me pressionou para abandonar os estudos e ajudá-lo a cuidar da minha mãe durante um processo de quimioterapia brutal. Eu me recusei, e ela morreu quase um ano após o diagnóstico. Seis meses depois de perder o amor da sua vida, meu pai morreu de um ataque cardíaco.

Luke também passou por perdas. Embora não goste de falar sobre isso, consegui arrancar dele alguns detalhes sobre a falecida esposa. Eles foram namorados na faculdade. Houve um acidente de carro. Ela morreu na hora.

Quando me contou a história do acidente de carro, ele falou com uma voz monótona, como se estivesse bloqueando as emoções. Perguntei se tinha consultado um terapeuta após o acidente e ele me disse que sim, mas depois não quis mais tocar no assunto.

De certa forma, porém, é um alívio que ele não fale comigo sobre seu casamento. Porque, se ele desabafasse sobre esse assunto, poderia esperar que eu fizesse o mesmo em relação à perda dos meus pais. E não tenho vontade nenhuma de fazer isso. Prefiro não admitir para ele que meus pais nunca se importaram comigo e que o sentimento era mútuo.

— Você pode cuidar do fogão por alguns minutos? — pergunta Luke.

Fico contrariada. Eu poderia arruinar a comida em poucos minutos com facilidade.

— Por quê?

— Quero pegar uma muda de roupa no carro. Não quero ter que sair de casa depois.

— Ah.

— Sabe... — Ele me lança um olhar incisivo. — Eu não preciso viver como um nômade o tempo todo.

Dou um passo para trás, o coração dispara. Será que ele quer morar comigo? Ele tem ficado na minha casa com frequência, mas não consigo pensar numa coisa dessas. Faz tempo que não peço que ele vá embora, mas a opção existe. Cada um tem seu espaço. Se ele vier morar aqui, estaria comigo o tempo todo. Sim, é uma casa grande, mas de repente ela parece muito pequena.

— Relaxa, Adrienne — diz ele sem demora. — Não quero me mudar para cá. Só estou dizendo que talvez você possa me dar um espaço na gaveta ou algo assim. Entendeu?

— Ah. — Minha respiração volta ao normal. — Ã-hã. Posso te dar uma gaveta. Me... Me desculpa. Não quis...

— Tudo bem. — Ele larga a colher que estava segurando e me puxa para me dar um beijo. Um daqueles beijos demorados que fazem meu corpo inteiro formigar. Ele ainda mexe comigo, mesmo depois de quatro meses. — Sei que você é louca. É uma das coisas que amo em você.

Ele também está fazendo isso. Flertando com a palavra "amor". *Eu amo o seu molho. Eu amo o fato de você ser louca*. Logo, ele vai dizer que me ama, está na cara que vai. É só questão de tempo.

Enquanto ele me beija, escuto tocar a campainha. A campainha da porta. Às oito e meia da noite.

— Quem pode ser a uma hora dessas? — pergunta Luke.

Pego o celular de cima do balcão da cozinha. Abro o aplicativo da câmera para ver quem está na porta. Sinto um frio na barriga. É EJ.

A campainha toca de novo.

Luke faz menção de atender a porta, mas seguro o braço dele.

— Não atende.

Ele franze a testa.

— Quem é?

— Um paciente. Vamos ignorar. Ele vai embora.

Luke fica surpreso.

— O que um paciente seu está fazendo aqui às oito da noite?

— Está tudo bem. — Engulo em seco. — Ele não sabe respeitar limites. É melhor a gente ignorar.

A campainha toca mais uma vez e o rosto de Luke assume uma expressão sombria.

— Não está tudo bem. Vou dizer para ele que essa atitude não é aceitável. Ele tem que parar de te incomodar.

— Não. *Não.* — Antes que Luke possa sair da cozinha, agarro o braço dele, ainda segurando o celular com a outra mão. Minhas unhas afundam na pele dele. — Confie em mim. Vamos só ignorar que ele vai embora. Juro.

Não solto seu braço até que ele se acalme. Luke suspira.

— Tudo bem. Você é a psiquiatra. Você que sabe.

A campainha não toca de novo, mas não me iludo achando que EJ foi embora. Olho para a tela do celular enquanto Luke cuida do jantar. Depois de alguns segundos, aparece uma mensagem na tela:

Eu sei que você está em casa.

Olho de relance para Luke e digito minha resposta: *Estou ocupada*.

Ocupada com o seu namorado?

É claro que EJ sabe de Luke. Eu não conseguiria esconder o meu relacionamento. Mas, em geral, nas noites em que EJ aparece, Luke não está aqui. EJ está ficando mais ousado.

Preciso marcar uma consulta, Dra. Adrienne.

Estou ocupada agora. Volte amanhã à tarde.

Não. Amanhã de manhã.

Mordo o lábio inferior. Ele sempre faz isso. Ultrapassa os limites para me testar. Será que vai divulgar meu vídeo porque prefiro fazer a consulta à tarde e não de manhã? Acho que não. Mas não tenho certeza. E ele é tão impulsivo que pode fazer qualquer coisa num momento de raiva. Portanto, vou entrar no jogo dele.

Devo fazer as vontades dele. Prometi a ele consultas semanais, mas agora são duas ou três vezes por semana. Não são compromissos produtivos. Muitas vezes, ele me obriga a ouvir suas façanhas sexuais em detalhes repugnantes. O pior de tudo é que ele sempre me dá indiretas. Mas ele não disse nada com todas as letras.

Por enquanto.

Tudo bem, digito. *Amanhã de manhã, às 10. Por favor, seja pontual.*

Sempre sou.

CAPÍTULO 29

TRANSCRIÇÃO DE ÁUDIO

Esta é a sessão de número 179 com EJ, um homem de 29 anos com transtorno de personalidade narcisista.

EJ: Obrigado por me receber assim tão em cima da hora, doutora.

DH: Não é como se eu tivesse escolha.

EJ: Não fale assim. Você gosta das nossas sessões tanto quanto eu.

DH: O que posso fazer por você?

EJ: Aconteceu o seguinte. Ontem, eu saí de casa para correr. Aceitei o conselho de levar uma vida mais ativa. Estava tentando seguir a sua sugestão.

DH: Isso é bom.

EJ: É, mas torci o joelho correndo.

DH: Isso não é bom.

EJ: Dói muito. Numa escala de zero a dez, a dor é pelo menos doze.

DH: Mas você não está mancando.

EJ: Não é esse tipo de dor. Acredite em mim, dói muito. Lá dentro.

DH: É uma pena que isso tenha acontecido.

EJ: Então, talvez a senhora possa me ajudar. Considerando que foi culpa sua. Quer dizer, foi a senhora que disse para eu começar a correr.

DH: Infelizmente, sei pouco sobre dores no joelho. Talvez seja melhor você consultar um clínico geral.

EJ: Eu não tenho um clínico geral.

DH: Então, procure um pronto-socorro.

EJ: Não acho que seja nada grave. Só preciso de remédio para dor. Pensei que a senhora poderia me receitar oxicodona.

DH: Oxi...

EJ: Acho que trinta comprimidos resolvem. De dez miligramas.

DH: Se você machucou o joelho, deveria procurar um especialista. Eu sou psiquiatra. Não sou treinada para tratar de dores no joelho.

EJ: Mas a senhora estudou medicina, não estudou?

DH: Estudei, mas faz muito tempo.

EJ: Não faz diferença. Meu joelho está bom. Só preciso da oxicodona para a dor. Como eu disse, trinta comprimidos resolvem o problema.

DH: Não posso simplesmente receitar um narcótico para você. Esses medicamentos são controlados.

EJ: Não me venha com essas desculpas. A senhora receita coisa muito mais forte que oxicodona.

DH: Medicamentos psiquiátricos. Não narcóticos. Não posso receitar trinta comprimidos de oxicodona para você. Isso pode me dar problema.

EJ: Mais do que um vídeo da senhora cometendo um ato de vandalismo?

DH: Eu...

EJ: Como eu disse, trinta comprimidos resolvem o meu problema. Não vou vender nem nada. Só quero lidar com essa dor no joelho. Tenha dó de mim, doutora.

DH: Vou receitar vinte comprimidos. De cinco miligramas.

EJ: Não sabia que a gente estava negociando.

DH: Eu corro o risco de perder a minha licença.

EJ: Trinta comprimidos. Pode ser de cinco miligramas, se achar melhor.

DH: Tá bom. Mas vai ser só dessa vez.

EJ: Claro, doutora. Não vou pedir para a senhora me receitar mais oxicodona. A não ser que eu machuque o joelho de novo.

CAPÍTULO 30

DIAS ATUAIS

TRICIA

Ethan está preparando o almoço. Falei que ia cozinhar, porque ele fez as duas últimas refeições, mas não adianta.

— Você está grávida. Tenho que cuidar de você — insiste ele.

Estou me sentindo boba por ter esperado tanto tempo para contar sobre a gravidez.

Ele tira o pacote de peito de peru da geladeira. Mas, em vez de usar as fatias no pão, ele as coloca num prato dentro do micro-ondas. E aquece por trinta segundos.

— O que você está fazendo? — pergunto, perplexa.

— Mulheres grávidas não devem comer embutidos — explica Ethan. — Tem que esquentar. Para matar as bactérias.

— Sério?

Ele acena a cabeça solenemente.

— Li que isso é muito grave. Você pode ficar doente.

— Nossa... — Penso no sanduíche de mortadela que comi antes. E talvez eu tenha comido um sanduíche de rosbife no começo da semana. Meu Deus, preciso tomar mais cuidado. Essa coisa de gravidez é tão complicada. — Obrigada por me contar essas coisas. Mas como você sabe disso? A gente está sem internet.

Ele hesita por um segundo.

— Óbvio que não foi hoje. Faz tempo que li sobre isso. Bastante tempo. E acabei de me lembrar.

— Ah.

Não sei por que o meu marido estaria lendo sobre coisas que mulheres grávidas devem e não devem fazer anos atrás. Mas não vou questioná-lo. Talvez ele tenha lido sobre isso num artigo e guardado na memória. Isso acontece comigo às vezes. Foi assim que soube que há terremotos na Lua. E que, apesar de serem lá, são só chamados de terremotos lunares.

— Fico me perguntando se você está grávida de uma menina ou de um menino — diz ele, enquanto tira o peito de peru do micro-ondas.

— Tenho o pressentimento de que é uma menina.

— Como assim?

Ergo os ombros.

— Não sei. É só um pressentimento.

Ele dá um sorriso indulgente. Ethan pode ser um cara legal, mas não é ligado em espiritualidade. Ele acredita na ciência e nos fatos, e é o tipo de pessoa que revira os olhos se digo que tenho um *pressentimento* sobre o sexo do nosso bebê.

— Se for uma menina — digo —, poderíamos dar o nome da sua mãe a ela. E, se for um menino, o nome do seu pai.

É como se uma cortina tivesse se fechado sobre o rosto de Ethan. Ele coloca uma pelota de maionese num dos sanduíches e não se dá o trabalho de espalhar.

— Eu não era próximo dos meus pais.

Franzo a testa ao ouvir o tom de voz dele.

— Por que não?

— Não tem um porquê.

— Vocês brigavam muito?

Ele pega uma faca do balcão e começa a fatiar os sanduíches.

— Sei lá. Às vezes.

— Por que vocês brigavam?

— Não lembro.

— Você deve se lembrar de *alguma coisa*...

Ethan bate a faca no balcão com força suficiente para me assustar.

— Eu disse que não lembro, Tricia.

Eu me afasto do balcão.

— Desculpa. Não queria te chatear.

Ele olha para mim com um brilho nos olhos azuis cristalinos.

— Por que você sempre tem que ser tão curiosa sobre tudo? Por que tem que saber tudo sobre todo mundo?

— Eu só... — Torço as mãos uma na outra. — Eu não preciso saber tudo sobre todo mundo. Só quero saber de você. Porque você é meu marido e eu te amo.

Não sei por que é tão difícil para ele entender isso. Quer dizer, Ethan conheceu toda a minha família, até a minha tia-avó Bertha, que tem 99 anos e foi ao nosso casamento. E eu não conheci *ninguém* da família dele. Ninguém.

É errado eu ficar curiosa para saber mais sobre ele? Afinal de contas, Ethan será o pai do meu bebê.

— Não quero falar sobre os meus pais. — A voz dele está calma agora, mas firme. — Isso... Isso me traz lembranças ruins, tá bom? Quero falar do futuro... com você. Não quero olhar para trás.

— Tudo bem — digo. — Eu entendo.

Ethan leva os pratos com nossos sanduíches de peito de peru para a mesa da cozinha. Eu vou junto, mas ainda me sinto receosa depois daquela explosão. Comemos os sanduíches, mas estamos mais silenciosos que o normal. É óbvio que há alguns assuntos sobre os quais Ethan acha que não pode falar comigo. Mas ele está errado. Preciso que ele entenda que pode me contar qualquer coisa. *Qualquer coisa*.

Mas não precisa ser neste exato momento, em que estamos presos numa casa isolada sem a perspectiva de sair num futuro próximo.

— Como vamos sair daqui? — desabafo.

— Boa pergunta. — Ethan olha para uma das janelas enormes. A camada de neve ainda está intacta. — A essa altura, achei que Judy já teria mandado alguém para nos ajudar.

— E se ela não se deu conta de que a gente está aqui? — Mastigo um pedaço do sanduíche de peito de peru. O micro-ondas ressecou a carne e a maionese não ajuda muito. — Talvez ela tenha mandado uma mensagem para avisar que não vinha e tenha deduzido que a gente também não veio.

Ele passa a mão pelos cabelos dourados.

— Sim, é uma possibilidade. Mas, na segunda, as pessoas vão começar a sentir nossa falta. Sua família, meus colegas de trabalho... Eles vão descobrir que a gente viajou.

— Segunda! — explodo. — Quer dizer que vamos ter que passar mais uma noite aqui?

— Você acha muito ruim?

Tive a pior noite de sono em muito tempo de ontem para hoje. Então, não, não estou animada para passar outra noite aqui.

Em seguida, Ethan piora a situação ainda mais quando acrescenta:

— Afinal, logo vamos morar aqui.

Tusso na mão que não segura o sanduíche.

— Hum, quanto a isso...

Ele ergue as sobrancelhas.

— O quê?

Como vou dizer? Como posso destruir a casa dos sonhos dele? Mas não tenho como *morar* aqui. Teria pesadelos toda noite até ser morta enquanto durmo, estrangulada por um suéter de caxemira branco.

— Tem tanta casa por aí — digo. — Só não quero me precipitar e perder a chance de encontrar algo melhor.

— Melhor? Tricia, faz meses que estamos procurando uma casa. Não tem *nada* melhor. Tudo que a gente viu era uma porcaria.

Ele não está de todo errado. Essa é a casa mais bonita que vimos até agora, e o preço é bastante razoável. Mas não consigo morar aqui. Simplesmente *não consigo.*

— Vou pensar mais um pouco — murmuro.

— A casa é perfeita. — Ele exibe uma fileira de seus dentes brancos e perfeitos. Anos usando aparelho, com certeza. Mas não posso perguntar nada, porque isso seria falar sobre o passado e, ao que parece, não tenho permissão para fazer isso.

— Consigo ver a gente criando os nossos filhos aqui e envelhecendo juntos. Você não?

— É — minto. — Consigo.

CAPÍTULO 31

TRANSCRIÇÃO DE ÁUDIO

Esta é a sessão de número 183 com PL, uma mulher de 27 anos com transtorno de estresse pós-traumático desenvolvido após sobreviver a um episódio extremamente traumático, mas que tem se recuperado bem.

PL: Doutora, espero que não seja um problema, mas eu trouxe um presentinho para a senhora. Quer dizer, na verdade, é um presentão.
DH: Ah. Nossa.
PL: Minha mãe que me deu a ideia. Ela vive dizendo que felicidade não é resultado daquilo que a gente ganha, mas sim daquilo que a gente dá.
DH: Ah. Sim.
PL: Aí ela fez a encomenda para um artista e a gente usou a foto da contracapa do seu livro. Espero que não seja grande demais! Ela achou que ia ficar lindo em cima da lareira.
DH: Hum. Nossa... Que bonito.
PL: A senhora gostou mesmo? Não se sinta obrigada a pendurar. Pode guardar no porão ou algo assim.
DH: Não, eu gostei. Vou pendurar.
PL: A gente queria retribuir de alguma forma. Eu estava tão mal quando comecei o tratamento. Não conseguia dormir. Não conseguia me concentrar. A senhora me ajudou tanto.
DH: Você sobreviveu a um trauma. Viu três pessoas próximas serem assassinadas na sua frente. Isso é prova do quanto é forte.

PL: Agora, eu me sinto forte. Mas não me sentia assim antes. Obrigada por me ajudar.
DH: Claro. Disponha.
PL: E fiquei contente de ver que a senhora usou a minha história no seu livro novo. Me sinto honrada. Espero que ela inspire outras pessoas.
DH: Pois é...
PL: Depois de todo esse tempo, enfim posso seguir com a minha vida. Arranjei um namorado. Estou dormindo bem. Ainda me sinto um pouco culpada por seguir com a vida sabendo que os meus amigos morreram. Isso é normal? Será que vou sentir isso para sempre?
DH: Hummm.
PL: Doutora?
DH: Ah. Hum, sim, acho que... Sim, acho que é uma boa ideia. Ã-hã. Então... você está dormindo melhor?
PL: Doutora?
DH: Sim?
PL: Sei que é esquisito eu te perguntar isso, mas a senhora está bem?
DH: Eu? Sim, tudo bem.
PL: A senhora parece... Me desculpa, mas é que a senhora parece um pouco pálida. E desligou por um minuto. Isso não costuma acontecer. A senhora sempre escuta tudo que eu falo.
DH: Está tudo bem. Sério. Só um pouquinho... Não foi nada. Juro. E adorei o quadro. Na verdade, vou pendurar em cima da lareira depois da sessão.

CAPÍTULO 32

ANTES

ADRIENNE

Deitada nos braços de Luke, não consigo parar de pensar na receita que dei para EJ.

Achei que passar a noite com Luke me ajudaria a esquecer o assunto. E esqueci por um tempo. Luke consegue me fazer rir, mesmo quando estou de péssimo humor. Mas, hoje à noite, sou uma causa perdida. EJ afirmou que essa seria a única receita que pediria para mim, mas ele estava mentindo. Eu sabia disso mesmo sem perceber a contração do músculo abaixo do olho direito.

Ele vai continuar pedindo receitas sem parar, me pressionando cada vez mais.

Preciso evitar que isso aconteça.

Luke aperta os meus ombros e me puxa para mais perto do seu corpo quente. Tento parar de pensar em EJ para me divertir com Luke. Faz alguns dias que liberei uma gaveta no meu armário e, enquanto Luke guardava as roupas dele, me ocorreu que talvez não seja tão ruim assim ele morar comigo. Seria bom tê-lo por perto o tempo todo.

Não agora. Mas talvez um dia.

— Esse retrato seu que fizeram é incrível — comenta ele. — Parece mesmo você.

Foi engraçado como Luke ficou boquiaberto ao ver o retrato quase cômico de tão grande que coloquei acima da lareira. Pendurei o quadro em parte para fazê-lo rir. Mas também pela minha paciente. A experiência traumática dela foi o ponto crucial do meu mais novo livro. Ela fez muito progresso comigo e acho que concluiremos nossas sessões em breve.

— Você não acha grande demais? — pergunto.

— De jeito nenhum! — Ele me aperta de novo. — O quadro é impressionante. Assim como você.

— Fico feliz que você tenha gostado.

— Eu amei. — Os lábios dele encostam na minha testa enquanto ele me segura bem perto. — E... eu te amo.

Pronto. As três palavras que nós dois estávamos contornando nas últimas semanas. Ele por fim cedeu e disse, como eu sabia que faria. Já ouvi essas palavras serem ditas várias vezes, mas agora faço algo completamente inesperado, inadequado e diferente do que costumo fazer.

Começo a chorar.

Luke se assusta com a minha reação. Ele se afasta, se esforçando para se sentar na minha cama king-size.

— Epa — diz ele. — Epa, não chora.

— Não estou chorando — digo, sem fazer sentido, enquanto seco as lágrimas que escorrem dos meus olhos. — Está tudo bem.

— Eu não disse isso para... — Ele agarra a minha mão. — Escuta, Adrienne, eu não disse isso para te deixar chateada. Você não precisa dizer nada para mim. Era o que eu estava sentindo na hora e me deu vontade de falar. E não me arrependo de ter falado, mas isso não muda nada. Eu só... queria que você soubesse. Mas não vou ficar magoado se você não disser também. Juro.

Ele é tão bom. Ele é tão fofo. Eu gostaria de ser feliz com ele. Gostaria que minha vida não fosse tão complicada.

— Não estou chorando por causa... disso. — Limpo o nariz com as costas da mão, desejando ter um lenço de papel. Então, como num passe de mágica, Luke faz surgir um lenço que fico feliz de aceitar. — É outra coisa. Estou com um problema. Não tem nada a ver com você.

— Dificuldade de se relacionar?

Olho firme para ele.

— *Não.* Outro tipo de problema.

Luke coça o queixo. Ele faz a barba toda manhã porque sabe que gosto mais dele de barba feita, mas está quase na hora de dormir e pelos já começam a despontar no rosto.

— Tudo bem, desculpa. Eu só... Que tipo de problema?

— Eu... Eu estou sendo chantageada. Por um paciente.

Luke fica boquiaberto. Ele parece ainda mais surpreso do que estava com o retrato gigante sobre a lareira.

— *Chantageada?*

Faço que sim com a cabeça.

— Meu Deus. — Ele balança a cabeça. — É aquele cara que aparece aqui no meio da noite e que fica enviando mensagens para você o tempo todo?

Faço que sim com a cabeça mais uma vez.

Ele corre a mão trêmula pelo cabelo curto.

— Meu Deus — repete ele. — Não acredito nisso... Por que ele está te chantageando?

— Ele gravou um vídeo de mim. E o vídeo pode acabar com a minha carreira.

Ele arregala os olhos.

— Um vídeo?

— Não tem nada a ver com sexo — digo, antes que ele possa deixar a imaginação correr solta. — Mas é algo de que não me orgulho.

— É tão ruim assim?

Engulo em seco.

— É, sim. Ele está usando contra mim. E não tenho o que fazer. A não ser que...

— A não ser que o quê?

— Bom... — Sinto as mãos suadas. Tento secá-las no cobertor do meu lado. — Você disse que era muito bom em invadir computadores quando estava no ensino médio, lembra?

Luke fica em silêncio por um instante e me encara de olhos semicerrados.

— Sim...

— Talvez você possa rastrear e... deletar o vídeo para mim.

Ele se afasta de mim, ainda desconfiado.

— Não posso fazer isso.

— Por que não? Você disse que sabe como se faz.

— Não é tão simples assim. Não tenho como invadir o computador da casa de um cara e deletar um vídeo. A não ser que eu entrasse na casa...

— E se eu conseguisse colocar você lá dentro?

Ele respira fundo.

— Adrienne, o que tem nesse vídeo?

— É ruim, tá bom? — Uma nova onda de lágrimas vem à tona. — Você não pode só confiar em mim e me ajudar? Preciso de você, Luke. Você é a única pessoa que pode me ajudar.

Ele se inclina para a frente e esfrega as têmporas com a ponta dos dedos. Ele não gosta do meu pedido, mas já sei que vai dizer sim. Luke nunca disse não para nada que eu tenha pedido. Talvez eu esteja me apaixonando por ele, mas ele já está muito apaixonado por mim.

— O que você quer que eu faça, exatamente? — diz ele, por fim.

Eu me sento na cama.

— Vou te dar as chaves do apartamento dele. Você vai até lá, entra no computador e deleta o vídeo sem deixar nenhum rastro.

— E como você vai conseguir as chaves?

— Deixa que eu me preocupo com isso.

— Sabe de uma coisa? — Ele olha para mim. — Mesmo que a gente consiga apagar o vídeo do telefone dele e eu, de alguma forma, entre no computador do cara, encontre o vídeo e apague os arquivos, ele ainda pode ter uma cópia em outro lugar.

— Não acho que tenha. — Conheço EJ e ele não é organizado o suficiente para fazer algo assim.

Ele recosta a cabeça no travesseiro.

— Não sei o que fazer, Adrienne. A gente pode arranjar um monte de problema...

— Por favor, Luke, me ajuda. — Envolvo a palma da mão dele com meus dedos. Sua mão é muito maior e mais quente que a minha. — Só você pode me ajudar. Eu preciso de você. Eu... te amo.

É um golpe baixo. Ele disse que me amava e estou respondendo só agora que preciso de um favor. Eu amo Luke, de verdade, mas a hora em que escolho me declarar é mais que suspeita.

Porém, para minha surpresa, minha tática sem-vergonha funciona. O rosto dele se suaviza e a expressão cautelosa desaparece. Ele também aperta minha mão.

— Tudo bem — diz ele. — Vou dar um jeito nisso.

CAPÍTULO 33

TRANSCRIÇÃO DE ÁUDIO

Esta é a sessão de número 181 com EJ, um homem de 29 anos com transtorno de personalidade narcisista.

DH: Me desculpe por fazer você esperar.

EJ: Sem problema, doutora. Agradeço a garrafa de Cheval Blanc que a senhora deixou na mesinha de centro. Sabe que esse é o meu vinho preferido, né? Seu consultório tem a melhor sala de espera da cidade.

DH: Sabia que você ia gostar.

EJ: Fazer o quê? Sei valorizar uma boa garrafa de vinho. De que ano ela é?

DH: Quarenta e oito.

EJ: Uau. A senhora gastou uma grana.

DH: Você paga caro para vir aqui. Quer dizer, *você* não. Mas outras pessoas pagam.

EJ: É. Uma pena...

DH: Como assim?

EJ: Desculpa, eu... estou me sentindo um pouco zonzo. Como se a sala estivesse girando ou algo assim.

DH: Quantas taças de vinho você tomou?

EJ: Não sei. Tomei direto no gargalo.

DH: A garrafa inteira?

EJ: É.

DH: Que bom.

EJ: Quê?

DH: Nada. Esquece. Você está bem?

EJ: Eu, ãh... Doutora, estou...

DH: Você está bem?

CAPÍTULO 34

ANTES

ADRIENNE

EJ apagou.

Foi muito rápido. Tão rápido que fiquei preocupada com o quanto ele ingeriu do lorazepam que triturei e diluí no Cheval Blanc. Eu não sabia exatamente quanto usar porque não fazia ideia do quanto ele iria beber, então coloquei o suficiente para que apagasse mesmo tomando só uma taça. No fim das contas, ele bebeu a garrafa inteira.

Levanto da minha mesa para ver EJ. As feições quase bonitas demais estão relaxadas, com um pouco de baba no canto da boca, e o cabelo cheio de mechas mais claras tem tanto gel que quase não se mexe. Tenho uma tesoura na gaveta da mesa e, por um instante, sinto um desejo quase incontrolável de cravá-la no peito dele. Isso acabaria com a chantagem de uma vez por todas.

É claro que seria de uma burrice inacreditável. Com certeza, a polícia descobriria que EJ veio aqui para uma consulta antes de desaparecer. Prefiro não ir para a cadeia por assassinato. Ainda que ele mereça morrer. E que o mundo fosse ficar melhor sem ele.

Em vez disso, pego o telefone e mando uma mensagem de texto:

Pode descer.

Contorno a mesa. O telefone de EJ está no bolso dele. Pego o aparelho com cuidado, embora ele esteja em um sono tão pesado que não seria capaz de acordar nem se eu quisesse acordá-lo. O modelo do iPhone dele é um pouco mais novo que o meu. Seguro a mão direita dele para colocar o polegar no botão de início. O aparelho lê a impressão digital e a tela é desbloqueada instantaneamente. Solto a mão e o braço mole cai sobre o sofá.

Entro na pasta de fotos. Não tem muitas. Tenho a sensação de que EJ é um pouco solitário, ele quase nunca menciona os amigos. A maioria das fotos são dele em frente a um espelho sem camisa. E mais algumas em que ele está flexionando os músculos. Depois, mais algumas em que está completamente nu. Passo rápido por essas.

Depois das fotos nu, há algumas imagens de mim. Elas foram tiradas sem minha permissão. Numa delas, estou saindo de casa. Em outra, apareço entrando no carro. E depois há uma foto escura do que parece ser a janela do meu quarto. Graças a Deus, as cortinas estão fechadas e não dá para ver muita coisa.

Quando eu me livrar desse vídeo idiota, esse homem nunca mais vai entrar na minha propriedade. Se for preciso, peço uma ordem de restrição.

Por fim, encontro o que estava procurando. O vídeo do estacionamento. Assisto mais uma vez e sinto a raiva crescer dentro de mim. Esperava que não fosse tão ruim quanto eu imaginava, mas é. Péssimo. No vídeo, pareço desconfiada, vejo se não tem ninguém me olhando e corto o pneu. A expressão no meu rosto é meio demoníaca.

Quase pulo de susto quando ouço uma batida à porta. Delicadamente, abro a porta e encontro Luke com uma ruga profunda entre as sobrancelhas.

— Tá bom — diz ele. — E agora?

Entrego o telefone para ele.

— O vídeo é esse. Você pode deletar o arquivo do telefone?

Ele pega o telefone, mas não consegue disfarçar a expressão contrariada. Seu dedo indicador passa sobre a tela e agarro seu braço.

— Não veja o vídeo — digo.

— Eu não ia ver.

Aperto meus lábios.

— Achei que você ia dar Play.

Ele solta um grunhido.

— Não posso deletar o vídeo se você não me deixa encostar na tela, Adrienne.

Tá bom. Respeitosamente, dou um passo para trás e deixo que ele faça o que quiser com o telefone. Enquanto ele mexe no vídeo, volto para o consultório, onde EJ segue deitado no meu sofá de couro. Olho para ele de cenho franzido, tentando perceber se ainda está respirando. Ele está muito, muito quieto.

Nossa, será que ele está morto?

Com muito cuidado, coloco os dedos no pulso esquerdo dele, sobre a artéria radial. Prendo a respiração e tento sentir a pulsação.

Não sinto nada. Ai, não.

Pouco antes de eu começar a entrar em pânico, ele estremece e muda de posição no sofá, tirando o braço do meu alcance. Graças a Deus, ele está vivo. Mas sem dúvida vou ter que ajudá-lo a voltar para casa.

Com cuidado, ponho a mão no bolso dele e pego o molho de chaves. O controle remoto do Porsche está no chaveiro, além de algumas outras chaves. Não sei qual delas abre a porta da casa dele, mas não são muitas. Luke pode descobrir isso quando chegar lá.

Quando saio do consultório, Luke está parado de pé, o telefone de EJ na mão direita.

— Pronto — diz ele.

— E você não viu o vídeo?

— Não.

— Jura?

— Juro.

Ele entrega o telefone para mim e coloco o molho de chaves em sua mão. Ele suspira.

— Adrienne — diz ele em voz baixa —, eu não quero mesmo fazer isso.

De novo, não. Presumi que ele já tinha concordado com tudo.

— Não é nada de mais.

— É, *sim*. — Ele arregala os olhos por trás dos óculos. — A gente dopou o cara e agora vai invadir a casa e o computador dele. Isso é muito grave.

Existe um experimento que ganhou fama um tempo atrás, feito por um psicólogo de Yale chamado Stanley Milgram, ou, melhor dizendo, ganhou *má* fama. O experimento avaliou a disposição dos participantes do estudo de realizar atos terríveis quando instruídos por uma figura de autoridade. As cobaias foram levadas a acreditar que estavam participando de um experimento no qual desempenhavam o papel de um "professor" que dava choques elétricos em outro participante — o "aprendiz" — toda vez que este errava a resposta de uma pergunta.

Na verdade, o "aprendiz" era um ator. E os choques elétricos eram falsos.

Durante o experimento, o aprendiz implorava por misericórdia. Pedia para sair do experimento. Dizia ter um problema cardíaco. Mas o pesquisador que supervisionava o estudo dizia para as cobaias continuarem aplicando choques cada vez mais intensos. O desconforto dos participantes aumentava ao longo do experimento, mas não é isso que surpreende.

Todas as cobaias aplicaram choques de pelo menos trezentos volts. E mais da metade aplicou um choque de quatrocentos e cinquenta volts, um choque fatal se tivesse sido real.

O objetivo do experimento era explicar a psicologia do genocídio. Explicar que os nazistas fizeram coisas terríveis porque receberam ordens para fazê-lo. Mas tenho uma interpretação diferente.

Sob pressão, acredito que qualquer ser humano é capaz de fazer coisas terríveis.

Luke não é exceção.

— Por favor, faça isso por mim, Luke. — Meus olhos se enchem de lágrimas, não tenho certeza se são reais ou não. — Só você pode me ajudar. Esse cara é uma pessoa terrível. Ele vai usar o vídeo para acabar comigo.

Ele balança a cabeça.

— Não sei o que tem nesse vídeo... mas talvez você devesse lidar com o problema.

— Não *consigo*.

— Acho que não sou capaz de fazer o que você está me pedindo.

Dou um passo para trás.

— Então é assim. Você vai deixar esse homem acabar com a minha vida mesmo tendo chance de evitar que isso aconteça.

— Adrienne...

Agora, as lágrimas escorrem pelo meu rosto.

— Você não confia em mim. Depois de todo esse tempo.

— Eu confio em você...

— Então por que não me ajuda?

Luke olha para o molho de chaves que está segurando. Ele solta o ar lentamente.

— Tudo bem. Vou fazer o possível. Mas não prometo nada.

— Obrigada, Luke.

Lanço meus braços ao redor dele em um gesto de afeto pouco característico. É ele quem costuma ser o mais carinhoso. Mas, dessa vez, ele não retribui meu abraço.

Luke insere o endereço da casa de EJ no GPS e, em seguida, pega a estrada, com a promessa de me enviar uma mensagem quando estiver voltando. Não sei o que vou fazer se ele disser que não consegue entrar no computador. Por enquanto, não tenho um plano B. Mas confio em Luke. Ele vai conseguir.

Já faz mais de uma hora que Luke saiu.

Nesse intervalo, estou sendo babá de EJ, enquanto ele dorme no meu sofá. Quando ele fica muito quieto, vou até lá para me certificar de que ainda está respirando. Mas está tudo bem. Eu estava preocupada que ele pudesse acordar rápido, mas não estou mais. Ele continua inconsciente. Minha maior preocupação agora é pensar em um jeito de levá-lo para casa. Luke não vai gostar muito de me ajudar, mas acho que não consigo fazer isso sozinha.

Luke. Por que ele está demorando tanto?

Roo a unha do polegar enquanto penso nas coisas que poderiam ter dado errado. Talvez Luke não tenha conseguido entrar no computador que, sem dúvida, é protegido por senha. Talvez um vizinho tenha chamado a polícia. Ou ele desistiu de tudo e nunca mais vou vê-lo, o que faria sentido.

Então, meu celular toca. O nome de Luke aparece na tela.

Pego o celular e pressiono o botão verde.

— Alô? Luke?

— Pronto.

Toda a ansiedade desaparece do meu corpo e sinto que vou desmaiar.

— Sério? Você deletou o arquivo do computador dele?

— Deletei.

— Ai, meu Deus — digo, suspirando. — Obrigada. Muito obrigada. Foi... difícil?

Ele faz um longo silêncio do outro lado da linha.

— Não quero falar sobre isso.

— Tá bom... — Pigarreio. — Você está voltando para cá?

A voz dele é inexpressiva.

— Estou.

— Tá bom. — Aperto o telefone até sentir os dedos formigarem. — Obrigada por fazer isso por mim, Luke.

— Ã-hã.

— Eu... te amo.

— Até depois — diz ele. E desliga o telefone na minha cara.

Abaixo o telefone e fico olhando para a tela em branco, com uma sensação de mal-estar. Luke está furioso comigo. Ele perdeu o respeito por mim. Não sei se ele assistiu ao vídeo ou não, ou se isso ainda importa. Ele está com raiva, porque o obriguei a fazer o que fez.

Eu precisava me livrar de EJ. Mas, sem querer, posso ter me livrado de Luke junto.

Meus olhos se enchem de lágrimas bem verdadeiras. Não quero perder Luke. Não me arrependo de ter pedido a ele que fizesse isso, porque não tive escolha. Não quero deixar de vê-lo. Não quero que ele esvazie a gaveta que ocupa no meu quarto. Quero que ele ocupe *mais* gavetas.

Quero que ele venha morar comigo. Nunca me senti assim antes, mas agora percebo. Quero Luke comigo toda noite. Para o resto da minha vida.

Não posso perdê-lo por causa disso. Não posso.

CAPÍTULO 35

DIAS ATUAIS

TRICIA

A última fita de EJ chega ao fim. Logo após o almoço, peguei as fitas restantes de EJ no cômodo secreto e agora terminei todas elas. Essa última está rotulada com caneta preta, e não vermelha como as outras sessões finais, mas não há outras fitas depois dessa. E ela dura só uns vinte minutos.

O mais estranho é a maneira como EJ soa mais para o fim da gravação. A voz dele está quase arrastada, mas a Dra. Adrienne não parece nem um pouco preocupada. Ela é médica, pelo amor de Deus. Não deveria ficar preocupada com o fato de o paciente estar com a fala arrastada?

EJ mencionou que estava bebendo vinho. Mas, se ele for como Ethan, uma garrafa de vinho não é suficiente para deixar a fala arrastada.

É estranho.

Agora que terminei a pilha de fitas de EJ, decidi fazer uma pausa. Fiquei ouvindo fitas a tarde inteira e agora já anoiteceu. Parece que vamos dormir aqui de novo.

Não sei o que dizer a Ethan. Ele quer comprar a casa, mas isso não entra na minha cabeça. Eu amo o meu marido, mas não o suficiente para morar *aqui*.

Tiro a aliança de ouro e me lembro da primeira vez que Ethan a colocou no meu dedo. Anos atrás, eu estava noiva de outro homem e estávamos planejando um casamento enorme, mas acabou não dando certo. Com Ethan, tudo o que eu queria era uma cerimônia pequena e perfeita. E ela foi tão íntima que, por um momento, enquanto olhávamos um para o outro no altar, era como se nós dois fôssemos as únicas pessoas no mundo.

Ethan e eu fomos feitos um para o outro. Sei disso. Quero ser capaz de fazer tudo por ele, mas não sei se consigo fazer isso, morar *nesta* casa.

Inclino um pouco a aliança para poder ler a inscrição. *Para sempre Ethan + Tricia*. Adoro essas palavras... Às vezes, elas me confortam. Acredito nelas de coração. Ethan e eu fomos feitos um para o outro e ficaremos juntos para sempre. Até que a morte nos separe.

Um barulho lá fora me assusta e a aliança escorrega da minha mão. Infelizmente, ela cai de lado e começa a rolar. Percorre a mesa, cai no chão e, antes que eu consiga reagir, rola para debaixo do sofá de couro.

Que ótimo. Isso só acontece comigo.

Fico de joelhos e com os cotovelos no chão. A base do sofá é quase colada ao chão, com menos de dois centímetros de espaço. E o sofá está encostado na parede. Olho por baixo, mas está escuro. Não dá para ver onde a aliança foi parar.

Minha bolsa está na mesa, então pego o celular e ligo a função de lanterna. Consigo enxergar melhor e o que mais vejo é poeira. Não encontro nenhum anel refletindo a luz do meu celular.

Droga.

Tento enfiar a mão debaixo do sofá, mas não tem espaço suficiente. Minha mão entra até o pulso e não vai além disso.

Eu me levanto do chão, percebendo tarde demais que deveria ter tirado o suéter de caxemira branco antes de me apoiar nos cotovelos. Faço o possível para limpar a poeira e depois considero minhas opções.

Não tenho como alcançar a aliança sem mover o sofá. Eu poderia tentar movê-lo sozinha, mas não sei se é uma boa ideia quando se está grávida. Ouvi dizer que não se deve fazer muito esforço.

Resta uma opção. Tenho que pedir ajuda a Ethan.

Ele ainda deve estar lá em cima trabalhando. Ou o som que me assustou foi ele descendo para jantar. De qualquer forma, ele vai ficar feliz de me ajudar com o sofá. Ele adora fazer esse tipo de coisa. Ajudar a donzela em perigo e coisa e tal.

Quando saio do consultório da Dra. Adrienne, o primeiro andar está silencioso. Ethan não está aqui embaixo. Não ouço ninguém. Ele ainda deve estar trabalhando.

Então, ouço um rangido vindo do andar de cima. E depois algo que parece ser uma porta se fechando.

Deve ter sido Ethan. Já sei que ele está trabalhando lá em cima. Ele deve ter ido ao banheiro ou algo assim. Não tem por que me preocupar.

Subo a escada em caracol, irritada com o fato de a luz do corredor estar apagada no segundo andar. Tem poucos interruptores nessa casa. É claro que Ethan argumentaria que isso é algo fácil de arrumar. Poderíamos colocar um interruptor no andar de baixo que controlasse a luz do corredor do andar de cima. Ou poderíamos ter um sensor que fizesse a luz se acender automaticamente quando alguém subisse a escada.

Termino de subir a escada e a primeira coisa que faço é acender a luz. Respiro aliviada quando o corredor se ilumina, embora a luz seja fraca. Odeio essa casa quando está escura. Eu me sinto muito melhor quando as luzes estão acesas.

É quando percebo que a cordinha que abre a porta do sótão, aquela que pende do teto, está balançando, como se alguém tivesse acabado de mexer no alçapão.

Pode ser uma corrente de ar. Mas acho improvável. Isso não faria a cordinha balançar desse jeito.

Porém, não posso pensar nisso agora. Vou falar para Ethan da aliança, vamos recuperá-la e depois vou pedir que ele dê uma olhada no sótão. Isso não é negociável. Não vou me mudar para essa casa a menos que ele veja o que tem lá em cima.

Bato à porta do cômodo em que Ethan está, sentindo a mão estranhamente nua sem a aliança. Uso a aliança só há seis meses, mas ela se tornou parte de mim. Já estou sentindo sua falta.

— Pode entrar! — diz ele.

Abro a porta e encontro Ethan sentado à mesa com o notebook na mesma posição em que o encontrei antes. Parece que ele não se mexeu nem um centímetro.

— Está com fome? — pergunta ele.

— Na verdade — digo —, preciso da sua ajuda.

Ele arqueia uma sobrancelha.

— Precisa?

Levanto a mão esquerda.

— Minha aliança foi parar debaixo do sofá. Preciso que você empurre o sofá para eu poder pegar de volta.

Ele inclina a cabeça para o lado.

— Por que você tirou a aliança do dedo? Está fingindo ser solteira?

Dou uma bufada.

— Não. Só estava olhando a inscrição.

Um sorriso surge nos lábios dele.

— Para sempre Ethan e Tricia.

— Isso.

Ethan se espreguiça ao sair da cadeira, de modo que vejo de relance os pelos dourados da sua barriga. Ele fecha o notebook, mas o deixa na mesa. Obviamente, planeja trabalhar mais tarde. Ethan se doou muito para essa startup. No passado, ele teve uma empresa que não deu certo, mas a atual não para de crescer.

— A propósito — digo —, pouco antes de eu entrar aqui, você por acaso estava em outro cômodo? No banheiro, talvez?

Por favor, diz que sim. Por favor.

Ele franze a testa.

— Não, estou sentado aqui trabalhando tem pelo menos uma hora.

É claro. Não estou nem um pouco surpresa.

Ele me acompanha até o consultório da Dra. Adrienne. Prendo a respiração por um segundo enquanto tento lembrar se coloquei as fitas de volta na gaveta antes de sair. Fico aliviada quando entramos no cômodo e vejo que me lembrei de escondê-las Não consigo imaginar a reação de Ethan se ele descobrisse o que eu estava fazendo aqui.

Ele olha para o sofá e cruza os braços.

— A aliança foi parar debaixo desse sofá?

Faço que sim com a cabeça.

— Tenho quase certeza. Eu vi quando ela foi nessa direção.

— Tudo bem.

Ele se inclina e agarra as laterais do sofá. Acho que não é tão pesado quanto eu pensava, porque ele tira o móvel do lugar com facilidade. Quase na mesma hora, vejo o pequeno círculo de ouro no chão.

— Ali! — grito.

Eu me agacho para pegar a aliança, mas, quando me aproximo do chão, percebo que tem mais alguma coisa ali. É uma espécie de gancho. Por que tem um gancho no chão?

Por instinto, bato o calcanhar do meu pé descalço nas tábuas de madeira. É quando percebo uma coisa.

O piso é oco.

— Qual é o problema? — pergunta Ethan.

Pego a aliança do chão e a coloco rápido no dedo. Quando me endireito, bato no chão de novo com o pé.

— Tem algum tipo de compartimento aqui embaixo. É oco.

— Sério?

Assim como eu, Ethan bate o pé no chão. O som é inconfundível.

— Tem alguma coisa aqui embaixo — digo, olhando para as tábuas de madeira.

— Acho que você tem razão.

Ethan leva o sofá para o outro lado do cômodo. Agora, sem o sofá, consigo ver o contorno de um retângulo completo no chão. É algum tipo de compartimento.

O que pode ter lá embaixo? Mais fitas? Suponho que seja uma possibilidade, mas tenho a sensação de que não é isso. Também tenho a sensação de que somos as primeiras pessoas a descobrir esse compartimento escondido desde que a Dra. Adrienne morava aqui.

— O que você acha? — Ethan sorri para mim. — Um tesouro escondido?

— Não sei...

— Bom — diz ele. — Vamos abrir para ver.

Ele se abaixa para apanhar o gancho, mas, antes que consiga, seguro o braço dele.

— Talvez não seja uma boa ideia. Talvez a gente deva contar para a polícia e deixar que eles vejam.

— Está falando sério? Não quer mesmo dar uma olhada? Quem *é* você e o que você fez com a minha esposa?

Faço careta.

— Desculpa. Será que... não é uma cena de crime ou algo assim? Não devemos mexer nesse tipo de coisa. E se tiver impressões digitais que podem ajudar a polícia?

— Não. Isso aqui só deve ser onde a médica guardava as joias ou coisa assim. — Ele pisca para mim. — Pode pegar o que quiser.

Ele acha mesmo que eu mexeria nas joias dela? De jeito nenhum. Eu me arrependo de ter pegado o suéter, mesmo sentindo frio. É como se o casaco queimasse a minha pele.

— Não é nada de mais. — Ele dá de ombros. — Vamos dar uma olhada.

— Não, por favor...

Mas Ethan me ignora. Ele se abaixa, apanha o gancho e abre o compartimento.

E, quando vejo o que tem lá dentro, perco o chão.

CAPÍTULO 36

ANTES

ADRIENNE

Quando Luke volta com as chaves, já estou esperando. E abro a porta antes que ele tenha a chance de bater. Ele fica surpreso, com a mão parada no ar.

— Oi — digo.

Pela primeira vez, percebo que ele não fez a barba hoje. Está com aquela barba rala que sempre tinha quando trabalhava na clínica. Quando começamos a namorar, ele passou a fazer a barba todo dia, porque sabe que prefiro assim.

— Então. — Ele enfia a mão no bolso e tira o molho de chaves. Ele o larga na minha mão como se fosse algo sujo. — As chaves.

— Obrigada mais uma vez.

— Ã-hã.

— Você... — Coço o pescoço. — Você apagou tudo do computador?

— Já disse que sim. — A voz dele tem um tom que não me é familiar. Ele é sempre tão gentil e equilibrado que é difícil ouvir Luke falar comigo desse jeito. — Mas, como eu te disse, ele pode ter salvado cópias em algum outro lugar da casa.

— Você chegou a dar uma olhada?

— *Não*. — Ele me encara. — Não dei uma olhada.

— Ah. — Pigarreio. — E, errr, você... não viu o vídeo, certo?

— Ah, eu vi, sim.

Sinto o rosto queimar.

— Luke, você prometeu que não ia ver!

— Tarde demais. Eu vi. — Ele franze a testa. — Eu tinha que saber por que você estava tão preocupada assim para se livrar desse vídeo.

Baixo a cabeça.

— Eu não queria que você visse.

— Mas o que aconteceu? — Os olhos castanhos dele brilham de um jeito incomum. — Você cortou os pneus do carro de uma pessoa? Por que você faria uma coisa dessas?

— Eu estava tendo um dia ruim. — Desvio o olhar, incapaz de encarar Luke. Não importa o que eu diga. Ele não gosta mais de mim. — Isso nunca aconteceu com você? De ter um dia ruim e fazer uma coisa estúpida?

— Eu nunca cortei os pneus de ninguém.

— Acho que você é uma pessoa melhor que eu.

Ele fica em silêncio por um instante, olhando para os tênis. Por fim, diz:

— Mas o que o cara do Jetta fez para você?

— Ele roubou a minha vaga no estacionamento. E eu estava atrasada para chegar à clínica.

Com a boca entreaberta, ele me encara por um segundo.

— Você está falando *sério*?

Faço que sim com a cabeça, lentamente.

— Eu tinha um paciente agendado. Não queria me atrasar.

Isso tudo soa muito absurdo quando digo em voz alta.

— Meu Deus. — Ele estala os dedos. — Você é impossível. Tudo isso por causa de uma vaga. É inacreditável.

Tenho medo de dizer qualquer outra coisa. Em geral, sou extremamente hábil em usar as palavras certas para fazer outra pessoa se sentir melhor. Afinal de contas, é o meu trabalho. Mas nunca foi tão difícil fazer isso. Tento manter a boca fechada, mas não consigo me conter. Por fim, digo:

— Você me odeia?

Ele ergue as sobrancelhas.

— Odiar?

— É que... — aperto minhas mãos suadas — ... parece que você está com raiva de mim. E não está nem olhando para mim.

— Pois é... — Ele suspira. — Não vou mentir. Fiquei chateado com você. Mas entendo por que quis se livrar daquele vídeo. E eu... gostei de te ajudar. — Um sorriso de lado se insinua no rosto dele. — Além do mais, é bom saber que você não é tão perfeita assim.

Retribuo com um sorriso de lado também.

— Eu nunca disse que era.

— Tá bom, agora que resolvemos essa parte... — Luke olha para o meu consultório — ... vamos levar esse idiota de volta para o carro dele.

Estou num bom humor incrível depois de sair da casa de EJ, dirigindo meu Lexus com Luke no banco do carona. Há cerca de uma hora, ele me ajudou a colocar EJ no banco do carona do Porsche. Insistiu em ir sozinho no carro de EJ, porque não queria que eu estivesse lá, caso EJ acordasse durante o trajeto de meia hora, embora parte de mim desconfie de que ele só queria uma desculpa para dirigir um Porsche.

Quando chegamos à casa de EJ (paga pelos pais dele), Luke estacionou o Porsche na entrada da garagem. Ele deixou EJ desmaiado no banco do carona, depois entrou no meu carro, e agora estamos a caminho de casa.

Liguei música no carro — uma ópera que vi recentemente na cidade —, a janela está aberta e a sensação do vento no meu rosto é maravilhosa. Durante quatro meses, EJ usou aquele vídeo horrível para me manipular. Agora, resolvi o problema. Tudo graças a Luke.

Se a ópera fosse em inglês e eu soubesse a letra, cantaria junto.

No banco do carona, Luke está de cinto de segurança, olhando distraidamente pela janela. Ele fez tudo o que pedi e, embora não tenha ficado feliz com isso, resolveu meu problema. Ao parar num sinal vermelho e observar seu rosto de perfil, sinto uma onda de afeto.

— Eu te amo — digo mais uma vez.

Ele se afasta da janela. Estendo a mão e ele a aperta. É um aperto indiferente, mas não posso culpá-lo depois do dia que tivemos.

— Eu também te amo.

— E talvez — digo — possamos pensar em você se mudar para cá? Tipo, em breve.

Ele arregala os olhos.

— Sério?

Sinto borboletas no estômago.

— Sério.

Pela primeira vez desde que o convenci a me ajudar, consegui arrancar dele um sorriso genuíno.

— Tá bom — diz ele.

Pego a estrada que dá para minha casa. O trecho não é asfaltado. Sempre gostei da solidão, mas sinto que estou pronta para compartilhar a casa. Afinal, qual é a vantagem de ter seis quartos se só se usa um deles?

Quando estaciono o carro, o celular vibra no bolso. Uma mensagem de texto. Desde que EJ começou a me chantagear, o zumbido de uma mensagem de texto passou a me deixar apavorada. Mas agora estou estranhamente calma quando tiro o celular do bolso e olho para a tela.

Sua piranha. Você invadiu a minha casa.

Tecnicamente, a declaração não é precisa em dois aspectos. Em primeiro lugar, foi Luke quem entrou na casa. Não eu.

Segundo, nós não invadimos a casa, pois tínhamos uma cópia das chaves. Mas EJ não entenderia esses argumentos, embora eu me sinta tentada a apresentá-los.

Uma segunda mensagem aparece na tela:

Vou te matar.

— Qual é o problema? — pergunta Luke. Ele saiu do carro, mas eu ainda estou no banco do motorista. Ele está olhando para mim pela janela aberta.

EJ não tem a intenção de me matar. Ele está com raiva porque levei a melhor dessa vez, para variar. Se ele quisesse mesmo me matar, ficaria de boca fechada. Não se manda uma mensagem de texto expressando a intenção de cometer um crime se se estiver de fato disposto a cometê-lo.

Mas, se eu mostrar essa mensagem para Luke, ele não vai pensar assim. Não tenho dúvida de que vai ficar preocupado e pensar que cometemos um erro terrível. Ele não entende como um homem igual a EJ funciona. Eu entendo.

— Nada — respondo. — Tudo certo.

Clico no telefone para bloquear o número de EJ. Depois, saio do carro e sigo Luke até em casa.

CAPÍTULO 37

DIAS ATUAIS

TRICIA

Vou vomitar.

Tampo a boca, mas não vou conseguir segurar. Tiro Ethan do caminho e corro ensandecidamente até a cozinha a tempo de alcançar a pia. Eu me agarro às bordas do balcão com a vista embaçada.

— Tricia?

Ethan põe a mão nas minhas costas e sinto o corpo estremecer, não de um jeito bom. Fecho os olhos, tentando apagar o que acabei de ver no compartimento debaixo do piso. Mas não consigo. Vou me lembrar dessa imagem até a morte.

Estou arrependida de termos vindo para cá. Estou arrependida de estarmos nessa situação.

— Acho que descobrimos o que aconteceu com a Dra. Adrienne — diz Ethan com uma voz rouca.

— Acho que sim — digo, engasgada.

Eu não sabia o que esperar quando Ethan abriu o compartimento. Mas aquilo era diferente de tudo que eu já tinha visto. Um cadáver em decomposição escondido debaixo do piso de madeira. Não sei quanto tempo leva para um ser humano virar só osso depois de morrer, mas esse corpo ainda não estava nesse estágio. Ele tinha uma pele preta e ressecada envolvendo os ossos.

E trapos, o que provavelmente era uma camisa azul. Calça jeans. Evidências de que, em algum momento, aquele cadáver ressecado foi uma pessoa de verdade. Numa manhã qualquer, essa pessoa colocou calça e camisa sem suspeitar como o dia terminaria.

— Preciso de um pouco de ar — digo, ofegante.

Antes que Ethan argumente comigo, passo por ele e tropeço em direção à porta. Eu me atrapalho um segundo com as fechaduras, mas, quando enfim consigo abrir a porta, quase choro de alívio. Saio para o alpendre, afundando as meias na neve acumulada da noite passada.

Agora que o sol se pôs, sem dúvida a temperatura está abaixo de zero. E tudo o que estou usando é uma calça jeans, uma blusa fina, aquele suéter de caxemira branco e minhas meias. Eu deveria estar morrendo de frio. Mas me sinto bem. Isso me distrai da imagem horrível que nunca vou tirar da cabeça.

— Meu Deus, Tricia, está muito frio aqui fora!

Como era de esperar, Ethan me seguiu até o alpendre. Pelo menos foi esperto o suficiente para calçar as botas e colocar o casaco. Ele está segurando o meu casaco também.

— Veste o casaco — exige ele.

Eu o deixo enfiar meus braços no casaco, embora ele provavelmente sinta que está vestindo uma boneca de pano. Ethan tenta me abraçar, mas me afasto. Nesse momento, não quero que encoste em mim.

— Você deveria colocar os sapatos — diz ele baixinho —, ou vai acabar com queimaduras de frio.

Fico olhando ao longe. Neve até onde consigo ver. Como vamos sair daqui? E agora estamos presos nessa casa, *com um cadáver*.

— Tricia? Você está bem?

— Não.

Ethan exibe uma expressão de dor.

— Sinto muito que você tenha visto o que viu. Eu não deveria ter mexido naquele alçapão.

— Eu nunca tinha visto um cadáver. — Olho de relance para ele. — Você já?

Ele hesita um pouco.

— Não.

— *Já?*

— Na verdade... — ele enfia as mãos nos bolsos do casaco — ... só em velórios, porque às vezes o caixão é aberto. Então...

Engulo em seco.

— A gente tem mesmo que passar a noite aqui?

Ethan olha ao longe.

— Acho que eu poderia voltar a pé pela estrada. Ver se consigo fazer sinal para um carro e chamar um caminhão para tirar a gente daqui.

— E me deixar sozinha com o cadáver?

Ele suspira.

— Não temos muitas opções. Ainda acho que devemos esperar até amanhã. Pelo menos, não vai estar tão frio.

Ao ouvir essas palavras, percebo que meus pés estão dormentes. Vou acabar tendo queimaduras de frio se ficar aqui por muito mais tempo.

— Vamos voltar para dentro.

— É uma boa ideia.

Ethan coloca a mão na minha lombar e me conduz com delicadeza para dentro de casa, embora uma onda de náusea me atinja quando entro na sala de estar. Minhas meias estão encharcadas por causa da neve e ainda não sinto os pés. Ethan me leva até o sofá e, gentilmente, me ajuda a sentar.

— Você precisa se aquecer — diz ele com firmeza.

— Eu sei — murmuro.

Parece que não consigo parar de tremer. Tremo com violência quando ele tira minhas meias geladas. Meus pés adquiriram uma cor vermelha intensa. Ethan estala a língua.

— Vou pegar uma tigela de água morna.

Ele está tão calmo com tudo isso. Como pode? O que vimos naquele compartimento foi uma das cenas mais horríveis da minha vida. Parecia algo saído de um filme de terror. Apesar disso, Ethan não parece nem um pouco abalado. Ele não deveria estar *abalado*?

Mas, ao mesmo tempo, gosto da calma que ele transparece. Ele vai ser um ótimo marido. E um ótimo pai. A gente precisa de pessoas assim, que demonstrem equilíbrio em momentos de crise. Esse é Ethan.

Fecho os olhos, ouvindo o som da água correndo na cozinha. Respiro fundo, tentando controlar o tremor. Ouço passos e, quando abro os olhos de novo, Ethan está diante de mim, segurando uma tigela de vidro cheia de água.

— Coloque os pés aqui — instrui ele.

Obedeço. A sensação nos meus dedos está voltando lentamente e parece que meus pés queimam quando mergulho os dois na água morna. Mas, de alguma forma, isso me acalma. O tremor diminui um pouco.

— Melhor? — pergunta ele.

Faço que sim com a cabeça sem dizer nada.

Ethan se senta no sofá ao meu lado. Ele me abraça e, dessa vez, não me afasto. Encosto a cabeça nele enquanto os tremores diminuem aos poucos. Antes que eu possa me acalmar completamente, algo me faz levantar a cabeça.

Um barulho de algo batendo. Veio do consultório da Dra. Adrienne.

Ethan também ouve. Ele fica em alerta, com o corpo rígido. O tempo todo ele negou que houvesse mais alguém na casa, dizendo que eu estava imaginando coisas, mas agora ele sabe que estou certa. Tem alguém aqui. Tem alguém no consultório da Dra. Adrienne.

Ou o cadáver ressuscitou.

CAPÍTULO 38

ANTES

ADRIENNE

Luke e eu estamos fazendo compras juntos.

Os mercados são um teste de manipulação psicológica. É praticamente impossível entrar em um mercado com a intenção de comprar um litro de leite e sair de lá só com o leite. Primeiro, considere a entrada. Quando se entra no mercado, é preciso percorrer toda a loja para chegar à fila do caixa.

E o que tem na entrada dos mercados? A seção de hortifrutigranjeiros. Você está cercado de aromas, texturas e cores brilhantes que resultam numa explosão de endorfina. A iluminação da loja é manipulada para fazer com que as frutas e os legumes pareçam mais bonitos e melhores. E, é claro, o corredor de laticínios — uma das seções mais populares — fica sempre escondido nos fundos do mercado, de modo que é preciso passar por uma grande quantidade de produtos tentadores pelo caminho.

Até mesmo a forma como as prateleiras são organizadas é uma armadilha psicológica. Os itens mais caros são sempre colocados convenientemente na altura dos olhos de um adulto, enquanto as marcas genéricas ficam na altura dos joelhos. Os cereais matinais ou outros itens destinados a atrair as crianças ficam em prateleiras mais baixas. Até a enormidade dos carrinhos de compras tem como objetivo incentivar mais compras.

— Até a música tem o objetivo de nos manipular — explico para Luke. — Um estudo realizado em supermercados revelou que as pessoas passam mais tempo fazendo compras quando as lojas tocam música. Você vai notar que não tem janela, relógio ou claraboia que dê qualquer indicação da hora.

— Que fascinante — comenta Luke, enquanto joga uma caixa de cereal matinal no nosso carrinho. — Nunca tinha me dado conta de como os supermercados são perversos.

— O segredo é não se deixar enganar por essas táticas. — Empurro o carrinho para longe das caixas chamativas do corredor de cereais. — Temos uma lista de compras. Precisamos nos concentrar na lista. Nada de compras por impulso.

Ele sorri para mim.

— Você é tão sábia.

— Estou falando sério. Quanto mais tempo passarmos no supermercado, mais itens desnecessários vamos comprar.

Ele faz que sim com a cabeça, pensativo.

— Então... imagino que parar para um beijo seria inaceitável?

Com essas palavras, ele me agarra e seus lábios encontram os meus. Bem no meio do mercado. E, apesar da minha determinação de não perder tempo aqui, não me importo nem um pouco.

Depois que deletamos o vídeo do celular e do computador de EJ, Luke e eu ficamos mais próximos do que nunca. Ele estava ansioso com a possibilidade de EJ retaliar, por isso insistiu em passar as noites seguintes na minha casa. Mas EJ não tentou entrar em contato comigo, e ele está bloqueado no meu telefone e nunca apareceu na porta de casa, como eu temia que acontecesse. Mesmo após esses primeiros dias, Luke não voltou para casa. Quer dizer, só uma vez para buscar mais roupas, mas depois voltou imediatamente.

Ao deixar Luke me beijar no meio do corredor seis do supermercado, percebo que esse é o momento mais feliz da minha vida. Tenho um homem maravilhoso na minha vida, meu livro será lançado em breve e resolvi a situação com EJ. Tenho a sensação de que mais coisas boas estão por vir.

— Doutora!

Eu me afasto de Luke, sentindo culpa pela minha demonstração de afeto em público. Foi totalmente antiprofissional, embora Luke não pareça nem um pouco arrependido. Ele está com um sorriso bobo no rosto.

Quando me viro, reconheço uma das minhas pacientes. GW. A mulher que primeiro achou que o carteiro estava tentando matá-la, depois o farmacêutico e, mais recentemente, o filho. Quando estou a sós com os pacientes no consultório e ouço os pensamentos mais sombrios deles, às vezes me pergunto como conseguem ser funcionais no dia a dia. Mas aqui está Gail, parecendo muito elegante com um suéter rosa e calça cáqui; a maquiagem impecável, muito melhor que a minha depois de Luke ter borrado meu batom com aquele beijo. Eu me pergunto se ela tem tomado os medicamentos.

— Oi, Gail. — Limpo os lábios um tanto constrangida, ignorando a sensação de calor no rosto. — Que prazer encontrar você.

— Ai, meu Deus — murmura Gail. — Eu não queria interromper a senhora e seu amigo. Só fiquei animada quando vi a senhora.

— Não se preocupe. — Arrumo a gola da blusa e dou uma olhadinha em Luke, que está me encarando com expectativa. — Luke, essa é Gail, uma paciente minha. Gail, esse é Luke. Meu... hum... amigo.

Luke sorri ao ser descrito como "amigo" e Gail também parece se divertir. Mas, depois dos 30, o termo namorado soa estranho para mim. Parece coisa de adolescente.

— Gail, há quanto tempo — digo, tentando amenizar o constrangimento. — Tudo bem?

— Tudo ótimo! — A papada dela sacode quando sorri. — Segui o seu conselho, decidi conversar com o meu filho e foi maravilhoso. Isso me fez perceber como a senhora estava certa sobre os pensamentos paranoicos. E as coisas mudaram completamente. — Ela sorri para mim. — A senhora me ajudou muito.

Ela *parece* muito melhor. Às vezes, ela aparecia nas consultas um pouco desgrenhada, cheirando a álcool, um fato que tentei mencionar com delicadeza algumas vezes e ela sempre ria e mudava de assunto. Mas hoje ela cheira apenas a perfume. Acho que é flor de lilás.

— Fico feliz de saber que você está bem. — Meu celular vibra dentro da bolsa. Uma mensagem de texto. — E que pude ajudar.

Gail volta a atenção para Luke.

— Sua amiga aqui é uma médica maravilhosa. Ela é *muito* inteligente.

Ele sorri para mim.

— Eu sei.

Enquanto Gail continua exaltando minhas virtudes, mexo na bolsa para pegar o telefone, para ter certeza de que não estou recebendo uma mensagem de emergência médica. Olho para a tela e vejo uma mensagem de um número desconhecido.

É um vídeo.

Não preciso clicar na imagem para saber do que se trata. Reconheço que sou eu com aquele Jetta vermelho. Já vi esse vídeo tantas vezes que chego a ter pesadelos com ele. Mas achei que tinha resolvido esse problema.

Mandei Luke se livrar do vídeo no computador de EJ. Mas ele devia ter uma cópia escondida em algum lugar.

Olho de relance para Luke e Gail, que ainda estão conversando. Digito no celular com os dedos trêmulos:

O que você quer?

Fico olhando para o celular, esperando a resposta. Ele está digitando e imagino seus dedos no telefone. Por fim, quatro palavras aparecem na tela:

Conversar hoje à noite.

Acabei de piorar muito as coisas.

CAPÍTULO 39

Depois de guardar as compras, finjo estar com dor de cabeça para Luke ir embora. Não falo nada sobre o vídeo. Se eu contar, ele vai ficar furioso comigo. Ele nem queria fazer isso para começo de conversa e me avisou que poderia haver cópias circulando por aí.

E eu não quero mesmo que ele saiba que EJ vai me encontrar hoje à noite. Luke faria questão de ficar comigo. E, ainda que eu queira desesperadamente a ajuda de Luke, fui eu que criei essa confusão. Preciso resolvê-la sozinha.

Meu plano é oferecer dinheiro para EJ. *Muito* dinheiro. Cheguei a uma quantia que acredito ser suficiente para ele me deixar em paz e estou disposta a dobrar esse valor, se necessário. Ou pagar até mais, se puder garantir que ele desapareça da minha vida de uma vez por todas.

Minha geladeira está cheia de comida, mas não tenho apetite. Ironicamente, só consigo comer os salgadinhos que comi na noite em que Luke veio instalar o sistema de segurança. E até os salgadinhos me fazem mal.

A campainha só toca depois das nove.

O toque ecoa por toda a casa. Eu estava sentada no sofá, roendo as unhas, e, ao som da campainha, quero botar para fora todos os salgadinhos que comi. De repente, me arrependo de não ter pedido a Luke que ficasse comigo. Não quero lidar com isso sozinha.

Mas não tenho escolha. EJ não vai embora. Não até conseguir o que quer.

Abro o aplicativo da câmera de segurança e o vejo ali parado. O cabelo loiro brilha sob a luz do alpendre e ele está com as mãos nos bolsos. Tento ler a expressão dele, mas o ângulo da câmera não ajuda. Respiro fundo e me forço a me levantar. Vou até a porta, secando as mãos suadas na calça.

Destranco as fechaduras devagar. Abro a porta e lá está ele. De pé no pórtico com um sorriso estampado no rosto. Sinto uma súbita vontade de arrancar os olhos dele até não sobrar nada além de duas órbitas vazias. Cerro o punho direito.

— Não vai me convidar para entrar, doutora?

Dou um passo para o lado, abrindo bem a porta. Ele entra na minha casa e sinto um frio na barriga. Achei que nunca mais precisaria vê-lo. Estava contando com isso.

— A senhora não parece muito bem, doutora — diz ele. — Está resfriada ou algo assim?

— O que você quer de mim? — sibilo.

Ele joga a cabeça para trás e ri.

— A senhora está agindo como se não gostasse muito de mim.

Como todo narcisista, EJ pode ser bastante charmoso quando quer. A maioria das pessoas gosta dele assim que o conhece, mas todas acabam percebendo que ele não vale a pena. Eu já não gostei dele de cara. Só continuei as sessões porque a mãe insistiu. Agora me arrependo.

— Vamos acabar logo com isso. — Cruzo os braços tentando não deixar transparecer que estou tremendo. — Vou te fazer um cheque. Quanto você quer?

— Ah, não estou mais preocupado com dinheiro. — Ele faz um gesto de desdém com a mão. — Não sei se a senhora soube, mas os meus pais sofreram um terrível acidente de carro no mês passado. Eles não sobreviveram. — Ele faz uma careta falsa de tristeza. — E sou o único herdeiro, então... sabe como é.

Aperto os braços contra o peito. É exatamente a situação que ele descreveu quando imaginou a morte dos pais. "E a minha mãe dirige muito mal. Qualquer hora dessas, ela vai sair de carro com o meu pai, entrar debaixo de um caminhão e os dois vão morrer." E agora isso aconteceu mesmo.

Embora eu nunca tenha gostado de EJ, sempre achei que fosse inofensivo. Tenho vergonha de, mesmo como psiquiatra, tê-lo diagnosticado de forma tão equivocada, o que pode ter sido o maior erro que cometi na minha carreira. Mas agora sei a verdade.

O homem é um psicopata.

— O que você quer? — pergunto baixinho.

Ele sorri e sinto vontade de bater em EJ.

— Ah, pensei muito sobre isso, doutora.

Engulo em seco.

— Vou te dar uma receita de oxicodona. Mais uma.

Ele bufa.

— Foi mal, doutora. Isso não é suficiente. Não depois da merda que a senhora fez.

— Me diz o que você quer.

— O que eu quero? — Ele dá um passo na minha direção, e eu recuo, ainda de braços cruzados. — Eu quero *você*, Adrienne.

Eu me sinto tonta.

— Você quer dizer mais sessões?

— Chame do que quiser. — Ele dá mais um passo na minha direção, com aquele sorriso grotesco estampado nos lábios. — Quero que você tire a roupa e me deixe fazer tudo que eu quiser fazer com você. *Tudo*.

Meus joelhos vacilam.

— Não. De jeito nenhum.

— Não descarte isso assim tão rápido. — Ele estende a mão para me tocar e eu me afasto. — Talvez você goste. Sei que eu vou gostar. Aposto que você está cansada daquele seu namorado nerd. Ele deve ser péssimo de cama.

— Sai da minha casa — rosno para ele. — Sai ou vou chamar a polícia.

Ele arqueia uma sobrancelha.

— Tem certeza de que é isso que você quer?

— Tenho. — Ergo o queixo. — Se você quiser me destruir com esse vídeo, vá em frente. Não vou continuar nessa situação. Não vou entrar nesse jogo.

— Ai, Adrienne — diz ele, suspirando. — Infelizmente, essa situação não é mais um problema só seu.

Ele tira o celular do bolso. Fico olhando para ele enquanto mexe na tela. Depois de um segundo, ele me estende o telefone. Balanço a cabeça.

— Segura. — Ele entrega o celular para mim. — Você vai querer ver isso. Garanto.

Ai, meu Deus. O que está acontecendo?

Minhas mãos tremem tanto que quase derrubo o aparelho. Olho fixamente para a tela, um vídeo está passando. Mas não é o vídeo do estacionamento. É diferente.

É uma imagem da frente da casa de EJ. Depois de um segundo, uma figura familiar aparece. É Luke. Ele tira as chaves do bolso e destranca a porta. O vídeo então corta para o interior da casa. Mostra Luke vasculhando os cômodos à procura do notebook. Usando um abridor de cartas para forçar a fechadura de uma gaveta na escrivaninha. Pegando o notebook. Abrindo o notebook para invadir os arquivos de EJ.

Está tudo gravado.

— Isso não seria muito bom para a carreira do seu namorado, não é?

Vou passar mal. Eu me inclino para a frente e vomito, mas não tenho quase nada no estômago. EJ se diverte e começa a rir.

— Você não está mesmo muito animada para ficar comigo, hein?

— Por favor, não faz isso com ele — peço, arfando.

— A culpa é sua. Foi você que envolveu o seu namorado nessa história. — Ele balança a cabeça. — Era isso que eu queria desde o início. Desde que entrei pela primeira vez no seu consultório e vi você com aquele terninho sexy, cheia de pose e de cabelo preso. Agindo como se fosse dona da verdade, como se soubesse de tudo e eu não soubesse de nada. E sempre tive uma queda por ruivas. — Ele olha para o celular na minha mão. — Mas aquele primeiro vídeo não foi suficiente. Eu sabia que você não daria o braço a torcer. Eu precisava de mais alguma coisa. Então... obrigado pela ajuda.

— Por favor — sussurro. — Eu te dou qualquer outra coisa. Remédios, dinheiro...

— Arranjei um cara que me vende remédio. — Ele arranca o telefone da minha mão. — O que eu quero é você.

Só consigo balançar a cabeça.

— Vamos fazer o seguinte. — Ele guarda o celular no bolso. — Por que você não pensa um pouco no assunto? Veja se vale a pena destruir a vida de vocês dois só para não passar uma noite comigo.

— Não vou mudar de ideia — sussurro.

Ele inclina a cabeça.

— Tenho minhas dúvidas.

Com essas palavras, ele dá meia-volta e sai da minha casa. A porta se fecha atrás dele e me sento no sofá, tremendo toda.

O que eu vou fazer?

CAPÍTULO 40

DIAS ATUAIS

TRICIA

— Fica aqui — diz Ethan.

Ele corre para a cozinha e eu estico o pescoço a tempo de vê-lo pegar uma faca do bloco de facas. Ele está procurando pela maior de todas, que acaba sendo uma espécie de faca de trinchar com uns vinte centímetros de comprimento. Ela brilha sob a luz da cozinha e parece bem assustadora vista daqui. Por outro lado, não sabemos o que o intruso está carregando. Se o invasor tiver uma arma, a faca não vai adiantar muito.

Ele pediu que eu não saísse do lugar, mas não existe a menor chance de eu ficar sentada no sofá enquanto meu marido pode ser morto a tiros. Removo os pés da bacia de água morna e corro atrás dele, deixando um rastro de poças.

Ethan chega à porta do consultório um segundo antes de mim. Os olhos dele se arregalam e ele aperta os dedos no cabo da faca.

— Não se mexe — ouço Ethan dizer. — Mãos para o alto!

Tento olhar por cima do ombro dele. Embora já esperasse isso de alguma forma, fico chocada ao ver um homem parado no meio do cômodo, com as mãos trêmulas erguidas no ar. Ele tem cabelos escuros desgrenhados, que precisam muito de um corte, e uma barba enorme. Ele está usando uma calça jeans surrada e um moletom com um buraco na manga. Parece uma pessoa em situação de rua, exceto pelo fato de estar usando óculos que não combinam com ele.

— Quem é você? — pergunta Ethan, cerrando os dentes.

— Eu... — A voz do homem é rouca, como se ele não falasse há muito tempo. — Eu...

— *Quem é você?*

— Eu só precisava de um lugar para passar a noite — diz ele com uma voz rouca. — Moro na rua e... não sabia que tinha gente aqui.

Ethan e o estranho trocam olhares de desconfiança. Mas eu me sinto melhor. É o que eu suspeitava. Um vagabundo invadiu a casa porque achou que ela estava vazia. E ele não parece estar armado, bêbado ou louco. E, embora seja mais alto que Ethan, não parece particularmente forte ou assustador; é magro feito uma vara, como se houvesse anos que não comesse uma refeição decente.

Mas há algo na voz dele... Algo estranhamente familiar.

— Me desculpa. — O homem tosse para tirar um pigarro horroroso da garganta. — Estava muito frio lá fora e eu... Enfim, me desculpa por ter invadido a casa. Eu... vou embora.

Por um instante, sinto uma onda de simpatia. Não deve ser fácil sobreviver ao inverno sem ter onde morar. Parte de mim quer dizer para ele ficar ao invés de jogá-lo no frio. Mas outra parte de mim sente que há algo suspeito nessa história.

Ethan parece estar pensando a mesma coisa. Ele continua segurando firme a faca.

— O que você está fazendo nessa sala?

Excelente observação. Se esse homem tivesse invadido a casa, por que não ficou escondido? Por que ele estava à espreita num lugar onde poderia ser encontrado com facilidade? Então noto como ele está perto do alçapão, que agora felizmente está fechado. E entendo o que foi o estrondo que ouvimos.

Foi o barulho do alçapão sendo fechado.

— Eu... queria ver por que vocês se assustaram tanto — gagueja o homem.

Talvez isso explique por que ele estava no consultório. Mas não explica por que o retrato de Adrienne Hale se materializou de volta na parede no meio da noite de ontem. Só uma coisa explica isso.

— Você é Luke — digo. — Você é o namorado de Adrienne Hale.

CAPÍTULO 41

ANTES

ADRIENNE

Luke preparou o jantar. Frango ao marsala. Peito de frango fatiado refogado em molho de vinho marsala, manteiga e alho. O cheiro é incrível, mas não consegui comer nem uma garfada. Passei os últimos quinze minutos mexendo a comida no prato, fingindo que estou comendo, apesar de estar sem apetite.

— Seu frango ficou muito seco? — Luke estica o pescoço para olhar o pedacinho que cortei. — O meu ficou perfeito, mas o seu pedaço estava um pouco mais fino. Ele passou do ponto?

— Não passou, não. — Dou um sorriso forçado. — Está uma delícia. De verdade.

— Então por que você não está comendo? — Ele franze a testa. — Está passando mal? Está com enxaqueca?

Já se passaram dois dias desde que EJ disse o que quer. Ontem à noite, mais uma vez, falei para Luke não dormir comigo, reclamando que minha cabeça ainda estava me incomodando. Mas eu não tinha como adiar esse momento para sempre, então aqui estamos.

Estou tentando pensar em outra coisa, mas não consigo. Só consigo pensar em como EJ vai acabar comigo e com Luke se eu não fizer o que ele quer. Mas que alternativa eu tenho? A ideia de permitir que aquele homem encoste em mim me deixa fisicamente mal. Sem mencionar o fato de que não consigo nem pensar em estar com alguém que não seja Luke. Dias atrás, pensei que Luke pode ser a pessoa com quem quero passar o resto da vida...

Nos últimos dois dias, não pensei em nada além do meu dilema. E concluí que só há uma solução para o problema.

Larguei o garfo, afastei o prato e olhei para Luke do outro lado da mesa de jantar. Ele ajeita os óculos no nariz com uma expressão curiosa no rosto. Coloco as mãos na mesa à minha frente.

— A gente tem um problema — digo.

Ele faz que sim com a cabeça, pensativo.

— Você não quer mais que eu venha morar aqui.

Meu Deus, é isso que ele pensa?

— Luke...

— Está tudo bem — diz ele, rápido. — Sei que é cedo. Eu entendo. Não queria pressionar você. Quero dizer, eu adoraria morar com você, mas não me importo se quiser esperar.

Ele está me deixando de coração partido, porque tudo o que eu quero é viver com esse homem. Passar o resto da vida com ele. Nunca me senti assim antes — nunca imaginei que me sentiria —, e acaba comigo o fato de um monstro vingativo estar destruindo o único relacionamento que significa alguma coisa para mim.

— Luke...

Ele estende o braço por cima da mesa e segura a minha mão.

— Tenho que te contar uma coisa, Adrienne. Sendo bastante sincero, depois que Darcy morreu, eu não me imaginei apaixonado por outra pessoa. Mas aí eu te conheci e... não tive dúvida. — Ele aperta minha mão. — Como eu disse, se quiser ir mais devagar, tudo bem. Eu espero o tempo que for preciso.

Meus olhos se enchem de lágrimas.

— Não é nada disso. Eu também quero que você venha morar comigo. Mas...

Ele franze a testa.

— Mas o quê?

— Ele tem outra cópia do vídeo — digo.

Por um segundo, o silêncio é tão grande que dá para ouvir o zumbido do ar-condicionado. A mandíbula de Luke se contrai enquanto ele absorve a informação.

— O quê?

— Ele deve ter guardado uma cópia em outro lugar. — Mordo o lábio inferior. — Ele mandou o vídeo para mim. E... ele está com raiva.

Luke solta a minha mão e toda a demonstração de afeto desaparece do rosto dele.

— Eu disse para você que isso era uma possibilidade. Tudo o que a gente podia fazer era se livrar do vídeo no computador e no celular dele.

Luke fez mais que isso. Ele me disse que não tinha procurado nenhuma outra cópia, mas ele procurou. O vídeo que EJ me mandou mostra Luke vasculhando as gavetas da escrivaninha.

— Enfim — digo —, ele está fazendo exigências de novo. Está me chantageando. — Não consigo me obrigar a dizer a Luke o que ele quer. É humilhante. Deixo que ele pense que se trata só de dinheiro. — Isso nunca vai acabar.

Ele suspira.

— É. Eu... Eu não sei o que dizer. Acho que você não deve ceder.

— Esse vídeo acabaria comigo.

— *Esse cara* está acabando com você. Está te atormentando. Você não pode deixar isso acontecer.

Respiro fundo.

— Eu sei. Você tem razão. Ele vai me atormentar para sempre. Enquanto estiver vivo...

Deixo a última frase pairar no ar. Luke parece confuso.

— Adrienne... o que você quer dizer com isso?

— Acho que você sabe.

— Você quer dizer...? — Ele balança a cabeça. — Deixe ele publicar o vídeo se quiser. E lide com as consequências.

— E aceitar que ele destrua a minha vida?

— Não... Quer dizer, não acho que o vídeo vá destruir a sua vida. — Ele se mexe na cadeira. — Você pode dar a volta por cima.

— Não. Não tem como.

Ele faz cara feia.

— Não sei o que dizer. Você não tem escolha. Vai fazer o quê?

— Preciso te dizer mais uma coisa. — Ajeito a postura, sabendo que chegou a hora da verdade. — Ele tem mais um vídeo.

Os cílios longos dele se agitam.

— Mais um...?

— Um vídeo seu.

— *Meu?*

— O vídeo mostra você entrando na casa dele e mexendo no computador. — Falo rápido. Quero acabar logo com isso. — E mexendo na gaveta da escrivaninha com um abridor de cartas.

Luke vai ficando pálido aos poucos.

— Meu Deus...

— Sinto muito, Luke.

— *Sente muito?* — A cor que havia desaparecido do rosto dele agora ressurge nas bochechas. — Eu *falei* que não queria fazer isso. Eu *falei* que não era certo fazer isso. Eu disse que a gente podia se dar mal. Não disse?

— Disse — respondo em voz baixa.

Ele apoia a cabeça nas mãos e massageia as têmporas.

— Inacreditável. Isso é inacreditável.

— Eu sei. Desculpa. — Desloco a cadeira para o lado da mesa para ficar mais perto dele. — Esse cara é uma pessoa terrível. Odeio o que ele está fazendo com a gente.

Luke resmunga.

Baixo o tom de voz.

— Se a gente se livrar dele...

Observo a expressão de Luke. Será que ele vai aceitar? No experimento de Milgram, mais da metade das cobaias deu o choque elétrico de quatrocentos e cinquenta volts, uma carga que teria sido fatal se fosse real. Elas não queriam aplicar o choque, mas aplicaram mesmo assim. Só porque alguém mandou.

Ele levanta a cabeça, que estava apoiada nas mãos.

— Não sei o que você quer dizer com isso.

— Acho que você sabe. — Faço uma longa pausa. — É nossa única opção, Luke.

— Não é. Não mesmo.

— Enquanto ele estiver vivo, ele vai usar isso contra a gente — digo. — Você não quer viver assim, quer? Só existe um jeito de impedir que ele acabe com a gente.

— Não. De jeito nenhum.

— Pense um pouco. O que mais a gente pode fazer?

Luke parece enjoado.

— Para, por favor.

— É a nossa única saída.

Ele bate as mãos na mesa com tanta força que todos os pratos tremem.

— Adrienne, eu não vou matar ninguém. Tá bom?

Eu me encolho na cadeira. Estou namorando Luke há quatro meses e ele nunca tinha levantado a voz desse jeito antes. Acho que nunca o vi tão abalado, mas ele tem o direito de estar.

Ele arrasta a cadeira para trás. O rosto dele está bem vermelho e tem uma veia pulsando na têmpora. Ele nem olha para mim.

— Preciso sair daqui.

— Luke...

Tento alcançá-lo, mas ele se desvencilha de mim com força. A casa inteira treme quando ele bate a porta. Corro atrás dele e ouço o motor do carro. Abro a porta e vejo os faróis traseiros desaparecerem ao longe.

É isso. Ele poderia me perdoar por ter pedido que invadisse o computador de EJ, mas não vai me perdoar por isso. Vi na forma como ele me olhou: eu fui longe demais. Não sei se vou voltar a vê-lo. E a culpa é toda minha.

Eu o perdi. O primeiro cara que amei, e consegui estragar tudo.

Fecho a porta e me encosto nela. Deixo as lágrimas escorrerem pelo rosto, amaldiçoando o momento em que coloquei os olhos em EJ. Eu deveria ter dito não para a mãe dele. Eu sabia que EJ era um problema. E sabia disso desde o primeiro instante.

Destruí meu relacionamento com Luke, mas não vou deixar que ele seja vítima desse monstro. Vou resolver esse problema. E vou resolver sozinha.

CAPÍTULO 42

DIAS ATUAIS

TRICIA

Um mentiroso mais hábil teria sido capaz de dizer que não. Mas não é o caso desse homem. Percebo pelas rugas profundas e pela cor que desaparece por completo do rosto dele. Acertei em cheio. Esse homem é a pessoa que ouvi na fita. A pessoa que queria beijar Adrienne Hale.

— Você é o namorado? — Ethan agita a faca na mão. — Foi você que matou a psiquiatra?

O homem — Luke — sacode a cabeça.

— Não, eu... Quer dizer, sim, Adrienne era minha namorada. Mas não fui eu que a matei. Eu a *amava*. Eu jamais...

Ethan estreita os olhos.

— Então me diz o que você está fazendo aqui.

Ele esfrega as mãos no jeans.

— Eu já disse. Não tenho onde dormir e a casa estava vazia.

— Por que você não tem onde dormir?

— Porque a minha vida acabou depois que os jornais me chamaram de assassino. — Ele ergue os olhos, que eu não tinha percebido como estavam vermelhos. — Eles sujaram o meu nome. A troco de *nada*. Não fui eu que matei Adrienne. Mas fui demitido e não consegui mais emprego nenhum. Minha família também não quis me ajudar. Até eles acreditaram que eu... — A voz dele fica embargada. — Estou desempregado e sem dinheiro. Essa é a minha história.

Ethan olha fixamente para o sujeito, retorcendo os lábios.

— Não acredito em você.

Luke abaixa os braços.

— Você não acredita em mim? O que você acha que eu...

— *Mãos para o alto.*

Luke para de falar no meio da frase. Há algo na voz de Ethan que faz Luke levantar as mãos rápido mais uma vez.

— Tá bom. Foi mal. Mas estou falando a verdade.

— Ou talvez... — Uma veia pulsa na têmpora de Ethan. — Talvez você tenha vindo aqui ontem à noite com um objetivo. Quando descobriu que a casa estava à venda, sabia que tinha que se livrar do corpo de Adrienne Hale antes que alguém o encontrasse.

Luke fica de queixo caído.

— O quê? Não. Eu não fazia ideia de que...

— E quando a gente saiu de casa — continua Ethan — você achou que podia se livrar do corpo antes que a gente voltasse.

Luke parece morto de preocupação.

— Não. Não é isso... Olha só, eu nem sabia que o corpo estava aqui.

— Até parece.

— Eu não sabia! — Luke começa a abaixar as mãos, mas, diante da expressão no rosto de Ethan, ele as levanta de novo. — Eu não fazia ideia. Mas, quando ouvi os gritos, pensei... Eu tinha que ver. Adrienne... Ela simplesmente desapareceu. Era para a gente ter se encontrado naquela noite. Eu não... Ela não teria ido embora sem mais nem menos. Não era do feitio dela. — Ele olha para o chão, angustiado. — Adrienne era o amor da minha vida. E eu nunca descobri o que aconteceu com ela.

Meus olhos ficam marejados. Ele está dizendo a verdade... Ou isso, ou o talento de atuação dele melhorou significativamente nos últimos dez minutos. Mas o rosto do meu marido permanece impassível.

— Coisa nenhuma. Não acredito em uma palavra do que você está dizendo.

— Ethan — digo. — Eu acredito nele.

— Sério? — A voz dele é puro desdém. Esse é um lado do meu marido que vi poucas vezes e não gosto muito dele. — Vamos supor que a gente acredite nas mentiras que ele está contando. E depois? Vamos deixar o cara vagar pela casa e acreditar que ele é legal e que não vai matar a gente durante a noite?

Ele tem razão. Acho que Luke é inofensivo. Mas será que estou disposta a apostar a vida nesse palpite?

Não. Não estou.

— O que a gente vai fazer? — pergunto.

Os olhos de Ethan analisam o homem que está diante de nós.

— Vamos prender ele.

Luke tropeça para trás com essa revelação e o olhar dele é de pânico. Eu me pergunto se está pensando em fugir. Acho que não conseguiria. Ethan tem uma faca e, mesmo se não tivesse, ele poderia vencer Luke numa briga. Meu marido malha. Os braços dele são como armas que despontam das mangas daquela camiseta dos Yankees.

— Vi um rolo de silver tape no consultório — digo ao me lembrar disso. — Quer que eu pegue? — Não quero que Ethan mexa na gaveta e encontre as fitas cassete.

— Quero. — Ethan aponta a faca para Luke. — Deita no sofá. *Agora*.

Um arrepio percorre a minha espinha ao ver como meu marido está controlando a situação. Nunca imaginei como Ethan reagiria a uma situação tensa como essa. Estou impressionada.

Luke percebe que Ethan não está de brincadeira. Ele cambaleia até o sofá e se deita de costas. Pego o rolo de silver tape na gaveta e começo a prender as pernas dele. Enrolo a fita em volta dos tornozelos, logo acima dos velhos Nikes que foram brancos um dia e agora têm um tom de cinza lamacento

— Estica os braços — diz Ethan para Luke.

Os olhos de Luke se enchem de pavor.

— Por favor, não faz isso.

— *Estica os braços.* — Ethan acena para mim. — Tricia, prende bem para ele não se soltar.

Eu me agacho ao lado de Luke para prender as mãos dele com a fita. Dou uma olhada no rosto dele e, por uma fração de segundo, nossos olhos se encontram. O movimento de cabeça dele é quase imperceptível. *Por favor, não faz isso.*

Desvio o olhar. Não tenho escolha. Ethan tem razão, não podemos deixar Luke vagando pela casa enquanto estivermos presos aqui.

Vou ficar mais tranquila se Luke ficar preso no sofá. Não vai haver mais nenhum acidente misterioso pela casa. Não vou precisar me preocupar com a possibilidade de alguém descer do sótão para matar a gente.

— O que vocês vão fazer agora? — pergunta Luke. Apesar de estar deitado, ele parece bastante desconfortável, exatamente como ficaria alguém se tivesse os pulsos e os tornozelos presos com silver tape. Ele se contorce, tentando ajustar a posição, mas é difícil.

— Não te interessa — retruca Ethan. — Vem, Tricia. Vamos sair daqui.

Saio do consultório com Ethan, e ele fecha a porta. É só quando a porta está fechada que ele relaxa o braço e larga a faca na estante mais próxima. Toda a tensão parece se esvair do seu corpo de uma só vez.

— A gente tem que ir embora daqui — diz ele. — Tipo, hoje à noite. Não quero esperar até amanhã de manhã. Não quero ter que dormir com esse cara na casa.

— Eu também não. — A ideia de ter um homem preso contra a vontade no quarto abaixo do nosso é perturbadora demais. Eu jamais conseguiria dormir. — Mas o que vamos fazer?

— Vou pedir ajuda.

Sinto um frio na barriga.

— Ethan, não...

— Escuta o que eu vou dizer. — Ele ergue um dedo. — É mais ou menos um quilômetro até a estrada principal. Posso ir andando até lá e pedir ajuda para quem passar. Ou, na verdade, talvez eu consiga usar o celular. Talvez eu nem precise ir até a estrada, se o meu telefone pegar antes.

Olho desconfiada por uma janela. Tem muita neve lá fora. Além disso, escureceu bastante na última hora. Escuro como breu. Não há postes de luz, nem casas próximas, nem qualquer tipo de iluminação externa. E se ele se perder?

E se ele morrer de frio?

Agarro o braço de Ethan, cravando as unhas na pele dele.

— Por favor, não vai.

— Eu vou ficar bem — garante ele com uma confiança que não tenho. — Meu casaco é quente e minhas botas são boas. Não vou levar mais de meia hora para chegar à estrada principal.

— E você vai me deixar aqui? — Sinto um nó na garganta. — Com *ele*?

— Ele não consegue se mexer. Por enquanto.

Balanço a cabeça, mas já vejo nos olhos de Ethan quão determinado ele está. Não tenho como convencê-lo do contrário.

— Volto dentro de uma hora... Duas, no máximo — diz ele. — Prometo.

Coloco a palma da mão na minha barriga. Ainda está reta, sem sinal do bebê. Nos próximos meses, ela vai crescer cada vez mais com a vida que criamos se desenvolvendo dentro de mim. Por mais empolgada que eu esteja com essa jornada, não quero percorrê-la sozinha. Não consigo imaginar a vida sem Ethan.

— Por favor, tome cuidado — murmuro.

— Não se preocupe — diz ele. — Volto em uma hora.

Ele se inclina para me beijar e, quando sinto seu hálito quente, faço uma oração silenciosa. Por favor, que essa não seja a última vez que a gente se vê. Vou me culpar para sempre se alguma coisa acontecer com ele.

— Não entre no consultório em hipótese alguma. — A voz de Ethan é severa. — Não importa o que aconteça. Tá bom, Tricia?

— Tá bom — concordo.

— Ele está preso. Se você não tirar a fita dos pulsos e dos tornozelos dele, não tem perigo.

— Eu sei.

Um lampejo de incerteza passa pelo rosto de Ethan, mas depois ele balança a cabeça.

— Então tá, te vejo daqui a pouco.

Ele faz menção de andar, mas fica parado por um instante. Alguma coisa chamou a atenção dele. Alguma coisa perto da escada.

Viro a cabeça, acompanhando o olhar dele. É quando percebo o que chamou a atenção. A estante de livros perto da escada. A que escondia a sala secreta.

Que agora está entreaberta.

CAPÍTULO 43

Penso em fazer alguma coisa para distrair Ethan, mas os olhos dele estão focados na sala secreta como um raio laser.

— O que é *isso*? — diz ele.

— Eu... Eu não sei. Deve ser só um armário.

Mas ele não me ouve. Ethan vai até a estante, enquanto meu coração quase sai pela boca. Como pude ser idiota de deixar a sala aberta? Achei que tinha fechado a porta na última vez em que entrei para pegar algumas fitas, mas notei que a trava nem sempre fecha direito. Ela deve ter ficado aberta sem eu perceber.

Sem hesitar, Ethan abre a porta. Pelo menos eu apaguei a luz e ele leva cerca de cinco segundos até encontrar a cordinha da lâmpada. Quando por fim acende a luz da sala, ele respira fundo.

— Que negócio é esse?

Fico parada na entrada da sala, retorcendo as mãos. Quero fingir que não sei nada sobre as fitas, mas ele vai perceber que estou mentindo.

Ethan pega uma das fitas na prateleira. Ele examina o que está escrito na lombada.

— Ela gravou todas as consultas com pacientes...

— Pois é... — digo.

— Deve ter milhares de fitas. — Os olhos dele percorrem as prateleiras cheias de fitas. — Quando você descobriu esse lugar?

Sinto como se minhas bochechas estivessem pegando fogo.

— Hum...

— Tricia...

— Ontem. Descobri ontem.

— E você não me contou?

É óbvio que não.

— Você parecia envolvido com o trabalho. Achei que não ia dar bola.

— Tricia, você está me enrolando. — Um vermelho vivo se insinua na altura do pescoço dele. — Você ouviu essas fitas?

— Não — respondo rápido.

Ele ergue as sobrancelhas.

— Que tal me contar a verdade?

— Talvez uma ou duas...

— *Não mente.* — Agora, a voz é incisiva. Não chega a ser um grito, mas está no limite. Há um brilho nos olhos dele que me faz dar um passo para trás. — Você ouviu essas fitas?

— Não ouvi muitas. Acho que umas cinco ou seis.

Ainda estou mentindo. Ouvi muito mais. Se Ethan fosse ao consultório da Dra. Hale e olhasse a gaveta, encontraria muito mais que seis fitas. Estou torcendo para ele não fazer isso.

— Não ouça mais fita nenhuma — diz ele numa voz que não se parece com a do homem com quem me casei. — Promete para mim.

— Prometo — digo, arfando.

Ele fica ali parado por um instante, analisando o meu rosto. Tento não me encolher diante do olhar dele. É mais um lembrete de que só conheço esse homem há pouco mais de um ano. Há tanta coisa que ainda não sei, apesar de ter me comprometido a viver com ele e de carregar seu bebê dentro de mim. Ele não quer compartilhar o passado comigo e, sempre que falo sobre isso, ele se fecha.

Sou a esposa dele. Ele deveria se sentir à vontade para me contar qualquer coisa. É desesperador ele sentir que tem coisas que não pode me contar. Isso precisa mudar. Talvez não nesse minuto, mas precisamos colocar as cartas na mesa. *Logo*. Se vamos constituir uma família, não podemos guardar segredos.

Por fim, Ethan tira os olhos de mim. Ele se vira e fecha a porta do cômodo secreto. Ouço o clique da trava. Quando volta a olhar para mim, a cor do rosto dele voltou ao normal.

— Vou procurar ajuda — diz ele. — Não vou demorar, tá bom?

Faço que sim mesmo não querendo que ele saia, mas sei que não temos escolha.

Ele agarra o meu braço forte o suficiente para doer, mas não o bastante para deixar hematomas.

— Não entra mais naquele cômodo.

— Não vou entrar...

— Estou falando sério. — O aperto no meu braço fica mais forte. — São informações privadas dos pacientes. A gente pode se dar mal por mexer nessas fitas. O certo seria entregar tudo para a polícia.

— É, com certeza. — Mas algo no olhar dele me diz que esse não é o motivo pelo qual não quer que eu ouça as fitas. Ele não está sendo totalmente honesto comigo.

Ele passa a língua nos lábios.

— Mas como você conseguiu abrir a sala?

— O *iluminado*. Eu queria ler o livro, mas ele destrancou a porta quando tentei tirar da estante.

Ele reflete sobre isso por um segundo, depois acena que sim com a cabeça. Tira o gorro preto do bolso do casaco e o coloca sobre os cabelos dourados. Então calça as botas pretas e atravessa a sala de estar a caminho da porta. Ele me dá uma última olhada antes de sair.

O som da porta batendo ecoa pela enorme sala de estar. Por um minuto inteiro, depois que ele se foi, fico ali parada, tentando pensar no que fazer em seguida.

Ethan sabe da sala secreta com as fitas cassete. Não sei se ele vai conseguir cumprir a promessa de falar com a polícia, mas, se isso acontecer, tenho que guardar todas as fitas que tirei da sala. Não quero ser acusada de manipulação de provas.

Só tem um problema.

Para guardar as fitas, vou ter que entrar no consultório da Dra. Adrienne.

CAPÍTULO 44

Não é nada de mais. Só preciso entrar no consultório, pegar as fitas na gaveta, guardá-las no bolso do casaco e sair.

Nem preciso falar com Luke. Não preciso interagir com ele. Ele está preso e não tem como me machucar.

Odeio a ideia de fazer isso enquanto Ethan não está por perto. E não é como se ele estivesse no andar de cima ou algo assim. Ele não está em casa. Não consigo falar com ele por telefone. Se Luke tentar me atacar, estamos apenas eu e ele dentro de casa.

Mas ele não vai me atacar. Usei muita fita. Ele deve estar exatamente do jeito que o deixei. Deitado no sofá, indefeso. Sem dúvida nenhuma.

E não posso esperar Ethan voltar. E se ele voltar com a polícia? Tenho a sensação de que isso não vai acontecer, mas, caso aconteça, vou estar ferrada.

Eu me aproximo do consultório. Encosto a orelha na porta, tentando ouvir qualquer som ameaçador. Não ouço nada. Mas isso não significa nada.

Ethan deixou a faca numa estante. Penso em levá-la, mas acho melhor não. Luke está preso. Vou ficar bem.

Coloco a mão na maçaneta, covarde demais para girá-la. Conto até três, respiro fundo e giro a maçaneta. Em seguida, empurro a porta para abri-la.

A sala está praticamente como a deixamos. O alçapão continua fechado. O sofá continua torto do outro lado. E Luke continua no sofá, com os pulsos e os tornozelos presos com silver tape. A única diferença é que ele conseguiu se sentar.

Isso me deixa inquieta. Se ele consegue se sentar, também consegue se levantar. E depois? Ethan fez bem em procurar ajuda. Não me sinto confortável para passar a noite com esse homem sob o mesmo teto.

Luke levanta a cabeça assim que entro na sala. Ele me encara com aqueles olhos injetados e olheiras profundas.

— Só preciso pegar uma coisa — murmuro. Não sei bem por que senti necessidade de lhe dar uma explicação.

— Não vou atrapalhar — diz ele.

Dou um grunhido em resposta.

A configuração da sala é estranha. Do jeito que está o sofá, preciso passar por Luke para chegar até a mesa. À medida que me aproximo, ele não tira os olhos de mim.

— Seu nome é Tricia, certo? — diz ele.

Não faço contato visual nem respondo à pergunta.

— Olha, Tricia. — Ele pigarreia. — Meus dedos estão começando a formigar. Será que você poderia deixar a fita um pouco mais frouxa?

Eu bufo.

— Você deve achar que eu sou a pessoa mais burra do mundo.

Apesar de tudo, Luke dá uma risadinha.

— Quem não arrisca...

Olho de relance para ele e um canto do lábio está virado para cima num sorriso. Ele não é tão bonito quanto o meu marido, mas consigo imaginar como ficaria bonito se fizesse a barba e cortasse o cabelo... e tomasse um banho demorado. Por um segundo, vislumbro o Luke que estava na fita que ouvi. Aquele pelo qual a Dra. Adrienne Hale se apaixonou.

Se ela não tivesse se apaixonado, tudo poderia ser diferente.

Passo por ele para chegar à mesa. Abro a gaveta onde escondi as fitas e elas continuam lá. Quero guardá-las no bolso do casaco, mas Luke está me olhando fixamente, quase sem piscar. Ele não desvia o olhar.

— Quer falar alguma coisa? — Eu o encaro.

— Quero, sim.

Cruzo os braços.

— Não vou tirar a fita. Não adianta pedir. Você vai ficar sentado aí até explicar para a polícia como é que o corpo de Adrienne Hale veio parar debaixo do consultório dela.

— É sobre isso que quero falar. — Luke se recosta no sofá. — Eu acho... Quer dizer, tenho certeza de que aquele corpo não é de Adrienne.

Fico paralisada.

— Quê?

— É isso mesmo que você ouviu.

Ele não sabe do que está falando. E quer me assustar. Ele sabe que estamos só nós dois na casa e está tentando me manipular. É isso. Eu deveria ignorá-lo.

— No começo, pensei que fosse ela — disse Luke. — Quer dizer, quem mais poderia ser? Eu estava com receio de olhar, porque... eu não ia suportar. Não estou nem aí para o que o jornal disse de mim: eu *amava* Adrienne. Eu queria me casar com ela, mas...

— Por que você acha que não é ela?

Não tem como saber. Não dá nem para dizer que aquele corpo ali era de um homem ou de uma mulher, muito menos saber quem era.

— Por causa da roupa. — Ele faz uma careta. — Quer dizer, pelo que sobrou dela... Acho que a maior parte do tecido se decompôs. Mas dá para ver que a pessoa estava de calça jeans.

E Adrienne nunca usava calça jeans. Ela odiava. Ela não seria capaz de... Você sabe. Por isso acho difícil que aquele seja o corpo dela.

Engulo em seco.

— Talvez as outras roupas estivessem para lavar e ela decidiu usar um jeans.

— Ela *nem tinha* calça jeans. — Luke balança a cabeça. — Também não reconheci a camisa. Não é ela. Aposto que não.

Nós dois desviamos o olhar para o contorno retangular no chão. Ele está certo sobre a calça jeans. Dei uma olhada em várias gavetas e parece mesmo que ela não tinha nenhuma.

— Mas você sabe quem é?

Luke hesita.

— Sei. Acho que sei.

Um calafrio percorre a minha espinha. Não me importo que Luke veja o que estou fazendo, só preciso sair daqui. Abro a gaveta e começo a enfiar as fitas nos bolsos. Ele está me vendo fazer isso, mas não fala nada.

— Tricia, eu não matei Adrienne — diz ele calmamente. — Eu jamais faria uma coisa dessas.

Fecho a gaveta com força.

— Diga isso para a polícia, não para mim.

Passo por ele com os bolsos carregados das fitas que roubei do cômodo secreto. Ainda tenho tempo antes de Ethan voltar, mas não quero me arriscar. Quando ele voltar, quero que o cômodo esteja exatamente do jeito que o encontrei.

Já me acostumei com o procedimento. Puxo o exemplar de *O iluminado* e ouço um clique. Abro a porta e puxo a cordinha para acender a luz.

Uma a uma, coloco as fitas nas prateleiras. Tenho várias de EJ e preciso organizá-las na ordem em que as encontrei. Tenho outras aleatórias e tomo o cuidado de colocá-las no lugar certo também. No fim, resta apenas uma fita no meu bolso.

Enfio a mão no bolso e sinto o objeto retangular dentro dele. Aperto a caixinha com tanta força que ela quebra na minha mão.

Vou deixar esse cômodo exatamente como o encontrei. Com todas as fitas no lugar em que estavam quando entrei aqui pela primeira vez.

Todas as fitas, exceto uma.

CAPÍTULO 45

TRANSCRIÇÃO DE ÁUDIO

Esta é a sessão de número 185 com PL, uma mulher de 29 anos com transtorno de estresse pós-traumático desenvolvido após sobreviver a um episódio extremamente traumático.

PL: Doutora, queria contar que estou de mudança.
DH: Ah, é? Para onde você vai?
PL: Arranjei um emprego em Manhattan.
DH: Uau. Não sabia que você estava procurando.
PL: Como diz a minha mãe, oportunidade não dá em árvore, mas você pode plantar umas sementes.
DH: Sua mãe tem uns ditados ótimos.
PL: Ela tem mesmo! Enfim, estou procurando apartamento e espero encontrar alguma coisa decente.
DH: Isso é ótimo. Meus parabéns.
PL: Muito obrigada. Eu queria te contar porque não vai dar para continuar com as nossas sessões.
DH: Claro. Eu entendo. É uma mudança significativa para você.
PL: É mesmo. E eu não teria conseguido sem a sua ajuda. A senhora foi incrível, doutora.
DH: Fico feliz de ter ajudado.
PL: Ajudou muito. Eu mal conseguia sair de casa quando a gente se conheceu e agora estou me mudando para Manhattan. Finalmente, sinto que superei o que aconteceu.
DH: Sim. Isso é saudável.
PL: E quem sabe um dia não conseguem prender o filho da mãe que matou o meu noivo e as minhas amigas.

DH: Humm. Acho pouco provável.
PL: Acho que a senhora tem razão. Quer dizer, depois de todo esse tempo, seria pedir demais...
DH: Não. Não é por causa disso que acho pouco provável que prendam o assassino.
PL: Ah, não? Por quê, então?
DH: Não vão prender o assassino porque ele não existe.
PL: O quê?
DH: Não tem como prender um homem que não existe.
PL: *Como é que é?*
DH: Foi isso mesmo que você ouviu.
PL: Eu... O que a senhora quer dizer com isso, doutora?
DH: Acho que você sabe o que quero dizer.
PL: Não sei mesmo.
DH: Quero dizer que você inventou tudo. Nunca existiu um assassino. Você matou o seu noivo e as suas amigas e inventou um agressor que não existe.
PL: Mas eu fui *esfaqueada*!
DH: Não exatamente. Você machucou a si mesma para que a história parecesse plausível. Ninguém acreditaria que um homem surgiu do nada para esfaquear todo mundo menos você, então você não teve escolha.
PL: Mas... que absurdo. Como é que a senhora pode pensar isso de mim?
DH: Porque foi você. Consigo ver de longe quando alguém mente para mim.
PL: E por que eu faria uma coisa dessas?
DH: Essa parte eu ainda não descobri. Desconfio que Cody estava te traindo com Alexis e você decidiu dar uma lição nos dois. E Megan foi uma fatalidade. Digo isso porque ela morreu muito mais rápido que os outros dois.
PL: Eu...
DH: Acertei, não é mesmo?
PL: Mas isso... Quer dizer, faz *três anos* que venho aqui. E a senhora me incluiu no seu livro.

DH: A história é boa. Quase irresistível. Eu diria que não tem como inventar uma história dessas, mas óbvio que tem.

PL: Que absurdo.

DH: Não me olhe assim. Não sou a única pessoa que suspeita de você. O detetive Gardner também acha que foi você, mas ele não conseguiu provar. Ele não tem acesso aos seus pensamentos como eu tenho. Ele não passou os últimos três anos acumulando as pequenas contradições do seu relato.

PL: Isso é ridículo. Eu vou embora.

DH: É melhor mesmo que você vá. Quero um pouco de privacidade para falar com o detetive por telefone.

PL: Calma. Espera aí.

DH: Você não estava de saída?

PL: Tá bom. *Tá bom.*

DH: Então você admite?

PL: O que a senhora quer, doutora?

DH: Estou com um probleminha. E preciso da sua ajuda.

PL: Que tipo de problema?

DH: Tem uma pessoa me importunando. Queria dar um jeito nessa situação, mas não consigo fazer isso sozinha.

PL: E o que a senhora quer que *eu* faça?

DH: Ah, Patricia. Acho que você sabe o que eu quero.

CAPÍTULO 46

DIAS ATUAIS

(PA)TRICIA

Não sou uma assassina.

Tá bom, tecnicamente, eu sou. Mas, quando imagino alguém sendo um assassino, penso em algo diferente. Imagino alguém malvado que anda por aí matando pessoas boas sem motivo nenhum.

Eu matei o meu noivo, Cody. Mas ele não era uma pessoa boa.

A gente ia se casar dali a dois meses. Dois meses! Os convites já tinham sido enviados. O Instagram estava cheio de fotos minhas exibindo o meu maravilhoso anel de diamante. Eu tinha deixado a nossa lista de casamento em meia dúzia de lugares e alguns presentes já tinham chegado.

Foi quando descobri que Cody estava dormindo com a minha melhor amiga, Alexis.

Sabe qual é a sensação de ser traída desse jeito? O amor da minha vida e a minha melhor amiga. Mandando ver como se fossem coelhos. Bem debaixo do meu nariz, porque eles achavam que eu era muito besta para descobrir o que estava acontecendo. E eu não teria descoberto se não fosse pela mensagem que Alexis mandou para Cody enquanto ele estava no banheiro. Pois é, eles eram descuidados nesse nível.

Eu sabia a senha do celular dele e usei na noite seguinte, enquanto ele dormia. Descobri que Alexis e Cody estavam juntos desde pouco depois do noivado, que a coisa era *séria*. Ele estava planejando romper o noivado para ficar com ela, mas estava preocupado com a minha reação.

"Ela é meio desequilibrada", disse Cody numa mensagem para Alexis.

Isso foi injusto. Eu era estável. Qualquer pessoa teria surtado se descobrisse que o futuro marido estava pensando em terminar o noivado para ficar com sua melhor amiga a dois meses do casamento. Não consigo imaginar nada mais humilhante que isso. Eu teria que ligar para todos os meus convidados e explicar que o casamento tinha sido cancelado e, é claro, muitos deles perguntariam o que aconteceu, e eu teria que mentir e dizer que não éramos a pessoa certa um para o outro. Mas é claro que a fofoca ia rolar solta on-line.

Portanto, ninguém poderia me culpar pelo que fiz. Para ser bem sincera, qualquer pessoa numa situação parecida com a minha deve *desejar* fazer o que eu fiz.

Alexis deve ter achado graça quando falei do chalé que eu e Cody alugamos e que tinha outros dois quartos disponíveis. "Por que você e Megan não vêm com a gente?", sugeri.

Precisei convidar Megan, embora tecnicamente ela não tivesse feito nada errado. Teria sido suspeito se eu convidasse só Alexis. Mas, para falar a verdade, nunca gostei muito de Megan. Ela era uma daquelas pessoas que colocam você para baixo sempre que surge a oportunidade. O mundo é um lugar melhor sem ela. Pode acreditar.

Levei uma garrafa de tequila, alguns limões e sal. Levei também um saquinho de maconha. Fiz questão de que ficassem bem bêbados. Caso contrário, não conseguiria matar todo mundo. Afinal de contas, eram três contra uma.

Escolhi uma noite que eu sabia que seria chuvosa. Estava preocupada com o fato de ninguém acreditar na minha história se não encontrasse as pegadas de uma quinta pessoa. Mas, com a chuva, o terreno ao redor do chalé virava lama.

Tive que matar um de cada vez. Primeiro, cuidei de Megan, na varanda, porque não queria prolongar a situação. Disse que precisava conversar com ela lá fora e, assim que chegamos ao bosque, tirei a faca da jaqueta e cortei o pescoço dela.

Cody foi o seguinte, na cama onde estávamos dormindo. Houve um momento, depois de esfaqueá-lo três vezes, pouco antes de ele perder a consciência, em que sussurrei no ouvido dele: "Isso é por você ter me traído." Eu queria que ele soubesse o motivo e que esse fosse o último pensamento antes de morrer.

Depois foi Alexis. Eu estava com mais raiva dela. Ela era minha melhor amiga desde que a gente tinha 5 *anos*. Como pôde fazer isso comigo? Ela morreu lentamente, sangrando no chão, enquanto implorava por ajuda.

Fiquei por último. Ninguém acreditaria na minha história se eu passasse ilesa, então li sobre onde inserir a faca para evitar ferimentos graves. Quando apareci na delegacia, encharcada, chorando e falando de um assassino, eu estava coberta de sangue, mas a maior parte dele não era meu.

Representei muito bem o meu papel. Para ser sincera, minha atuação merecia um Oscar. Meus pais e minha irmã jamais duvidaram que a gente tinha sido vítima de um psicopata na floresta. Só aquele detetive terrível achou que eu poderia estar mentindo, mas ele não tinha como provar. Para todo o resto, eu era a vítima.

Não, eu era uma *heroína*. Porque sobrevivi.

Foi a minha mãe que insistiu para eu fazer terapia com a Dra. Adrienne. "A Dra. Adrienne é ótima." E a minha mãe dizia que nada é mais importante que a saúde mental.

Então concordei. E foi divertido. Embora eu não tenha sido vítima de um psicopata na floresta, ainda fiquei traumatizada com toda a experiência. Quer dizer, matar o namorado e a melhor amiga mexe com a cabeça da pessoa, mas não é como se eles tivessem me deixado muita escolha. Porém, a Dra. Adrienne sabia exatamente o que dizer. E, àquela altura, eu estava até gostando do jogo, daquele fingimento.

Eu não fazia ideia de que ela havia percebido que era tudo uma farsa.

Então, imagine como me senti quando ela disse que tinha sacado tudo. Ela mencionou a gravação das nossas sessões no início da terapia e acho que até assinei uma espécie de termo de consentimento. Não me pareceu nada de mais. Porém, quando ela revelou o que sabia, me lembrei de todas as sessões, revisando mentalmente os deslizes.

Eu precisava fazer o que ela estava me pedindo. Não tinha escolha.

CAPÍTULO 47

ANTES

ADRIENNE

É mais de meia-noite quando o Audi encosta em frente à minha casa.

É o mesmo modelo que minha ex-agente Paige dirigia, mas esse Audi pertence a Patricia. Tenho certeza de que o carro foi presente dos pais dela, que estão mimando a filha de um jeito absurdo desde que ela escapou daquele chalé toda encharcada de água e coberta de sangue. Da minha janela, observo Patricia descer do carro, usando um vestido vermelho justo e curto que mal cobre a calcinha. Ela bate a porta do carro com mais força do que precisava. Desinstalei a câmera que monitorava a porta de casa para não registrar quem entra e sai daqui hoje à noite.

Percebi que Patricia estava mentindo para mim desde a primeira consulta. Isso não quer dizer que ela não sabe mentir. Porque ela sabe. E muito bem. Mas eu sei muito bem perceber os sinais de que alguém está mentindo. Assim como EJ, Patricia tem um cacoete. Toda vez que vai mentir, ela cruza a perna direita sobre a esquerda.

Desconfio de que o detetive envolvido no caso também soubesse que ela estava mentindo. Mas uma coisa é saber que alguém está mentindo e outra é provar. O detetive Gardner não conseguiu provar que Patricia matou o noivo e as duas amigas. Por isso, ela se safou. Como se não bastasse, foi elogiada por ser a vítima que conseguiu escapar.

Mas Patricia Lawton não é uma vítima. Quando descobriu que o noivo estava dormindo com a melhor amiga, ela não deixou barato. Nos últimos três anos, eu a diagnostiquei informalmente com transtorno de personalidade antissocial, baseada em sua falta de empatia por outras pessoas, seu comportamento agressivo e criminoso e seu histórico de artimanhas e mentiras. Como muitas outras pessoas com esse tipo de transtorno, Patricia é charmosa e atraente, com inteligência acima da média. Sem essas qualidades, talvez ela não tivesse conseguido se safar.

Ao longo dos anos, surgiram várias pistas sobre o diagnóstico. Quando a avó dela morreu de infarto no ano passado, Patricia chorou lágrimas muito convincentes durante a sessão, mas não mencionou que tinha sido a responsável por ajudar a avó com os remédios para o coração. Só descobri isso porque liguei para a Sra. Lawton a fim de prestar minhas condolências. Ela também não mencionou o patrimônio considerável que herdou. Quando perguntei isso a Patricia na sessão seguinte, ela cruzou a perna direita sobre a esquerda e me disse que se sentia muito mal por ter confundido os medicamentos da avó.

A Sra. Lawton sempre foi uma rica fonte de informações sobre a história conturbada da filha. Coleguinhas que apareciam com machucados misteriosos. Animais de estimação que morriam de repente. "A Tricia, coitadinha, é tão azarada."

Em algum nível, tenho certeza de que a Sra. Lawton sabe como a filha é. Ela não é uma mulher ignorante. Mas a negação é um poderoso mecanismo de defesa. Eu percebia o alívio na voz dela enquanto me contava as histórias: ela estava, finalmente, desabafando e passando a responsabilidade para mim.

E eu sabia muito bem o que fazer com essas informações.

Quando abro a porta para cumprimentar Patricia, ela não parece feliz. Está puxando a barra curta da saia e me olha fixamente sob a luz do alpendre.

— Ele está no carro.

— Ainda desmaiado?

— Ã-hã, mas está acordando.

— Teve alguma dificuldade?

— Não. Foi tranquilo.

Apesar de estar irritada comigo, acredito que, em algum nível, Patricia gostou do desafio que lhe dei. Ela se arrumou, dirigiu até o cassino e se sentou ao lado de EJ na mesa de pôquer. Assim como na fantasia de EJ, ela não se apresentou. Em seguida, o atraiu até o carro dela com a promessa de terminarem a noite juntos. Expliquei exatamente o que tinha de dizer.

Durante a viagem de carro, ele deve ter ficado cada vez mais sonolento com o que Patricia havia colocado na bebida no cassino, até finalmente perder a consciência. Está cada vez mais fácil dopar EJ. A essa altura, ele deveria tomar mais cuidado.

— Você fez o check-out dele no hotel? — pergunto.

— Fiz. Por telefone. — Ela olha para as unhas, que estão pintadas de vermelho-sangue. — E levei o Porsche para um estacionamento que aceita mensalista. Esse mês está pago.

EJ não tem amigos nem emprego. Os pais dele morreram. Vai levar semanas, talvez meses, para alguém perceber que ele desapareceu.

Acompanho Patricia até o Audi. Vejo a sombra escura de um homem que ocupa o banco de trás. É ele. Ela conseguiu. Ela conseguiu mesmo. Ela fez o que Luke não podia — ou não queria — fazer.

— Prendi as mãos dele com silver tape — diz ela. — Também prendi as pernas, mas com um pouco mais de elasticidade para que ele pudesse andar. Colei um pedaço na boca, mas não dá para ver, porque ele está com o saco na cabeça.

Preciso admitir que ela tem coragem. Ela dirigiu de Connecticut até aqui com um homem preso no banco de trás. Sim, estava no meio da noite. Mas, se fosse parada pela polícia, seria o fim.

— Faz uns vinte minutos que prendi os braços e as pernas dele — diz ela, como se estivesse lendo meus pensamentos. — Ele começou a se mexer e não quis arriscar.

— E o celular dele?

Patricia tira o telefone da bolsa e o entrega para mim. Olho para a tela preta.

— Desligou?

— Desliguei. Mas ouvi dizer que dá para rastrear um telefone desligado se ele tiver bateria. Então cuidado.

Vou tomar cuidado. Minha intenção é destruir esse celular até não sobrar mais nada.

Quando chegamos perto do carro, vejo o saco de papel na cabeça de EJ. O papel enruga um pouco quando ele se mexe no banco. Não dá para saber se está acordado, porque ele foi imobilizado. Mas espero que esteja acordado para ver o que vai acontecer.

Patricia abre a porta traseira. Agora consigo ver as mãos presas com silver tape. Ela dá um chute na panturrilha de EJ usando o sapato de salto alto, com força suficiente para deixar um hematoma.

— Levanta! — grita ela.

Ele ergue a cabeça, mas não consegue sair do carro sem ajuda. Patricia dá outro chute e ele geme, mas ainda não se mexe.

Puxo as pernas de EJ para fora do carro. Ele ainda não consegue se levantar sem a ajuda de nós duas. Ruídos abafados vêm de dentro do saco de papel. A camiseta cinza-claro tem manchas de suor nas axilas.

Nós o levamos até o meu consultório. Como os tornozelos dele estão meio presos, ele tem pouco equilíbrio e precisa andar com passos curtos e arrastados. Quando entramos no consultório, Patricia para. Ela olha ao redor.

— Você mudou alguma coisa aqui?

— Não — digo.

Patricia inclina a cabeça para o lado. Ela tem certeza de que tem algo diferente, mas não sabe dizer o quê. Eu sei o quê. Mudei o sofá de lugar. Mas ela não precisa saber disso. É melhor que não saiba.

Uma vez dentro do consultório, tento sentar EJ no sofá, mas, com os braços e os tornozelos presos e o saco de papel na cabeça, ele erra o assento. Cai no chão com força. Patricia franze a testa.

— Quer que eu te ajude a levantar o cara? — pergunta ela.

Balanço a cabeça. É mais fácil se ele estiver no chão.

— Está tudo certo. Pode ir embora agora.

Ela estreita os olhos.

— O que você vai fazer?

— Não se preocupe com isso.

Patricia bate um dos saltos no piso de madeira. Se estivesse pouco mais de meio metro para a esquerda, teria percebido um barulho diferente e descoberto meu segredo.

— Eu me preocupo um pouco. Afinal, fui eu que trouxe o cara até aqui.

— Não se preocupe — digo. — Deixa comigo.

— Eu posso te ajudar. Como diz a minha mãe, se as pessoas se ajudassem mais, ninguém ia precisar de sorte.

Aposto que ela gostaria de ajudar.

— Não precisa. Está tudo sob controle.

Um lampejo de curiosidade surge em seu belo rosto.

— O que você vai fazer com ele?

— Pode ter certeza de que ele vai desaparecer.

Por um segundo, ela faz careta, mas depois levanta as mãos.

— Tá bom, doutora. A senhora que sabe.

Patricia joga os cabelos loiros por cima dos ombros e sai do consultório. Ao sair, ela olha para o retrato que me deu, que está pendurado acima da lareira. E me olha com desdém.

— Não acredito que você pendurou esse retrato gigante na sala de estar. — Ela zomba de mim. — Você é mais arrogante do que eu pensava.

— Gostei do quadro — digo, simpática. Posso me dar ao luxo de ser simpática no momento, quando a fonte de todos os meus problemas está no chão do meu consultório.

Acompanho Patricia até a porta e a tranco depois que ela sai. Patricia esteve na minha casa muitas vezes nos últimos três anos, mas essa será a última. Não vou pedir mais nenhum favor a essa garota. Ela parece fofa, mas, na verdade, é perigosa.

E, agora que Patricia foi embora, posso concluir o serviço.

Quando volto ao consultório, EJ ainda está no chão. Ele acordou e está se contorcendo para tirar a silver tape, mas Patricia o prendeu muito bem. Eu me aproximo e fico de pé diante do corpo que se contorce. Por fim, arranco o saco de papel da cabeça dele.

A adrenalina corta o efeito de qualquer que seja o medicamento que Patricia deu para ele. Os olhos de EJ estão arregalados e sua camiseta está encharcada de suor, apesar de estar um pouco frio aqui dentro. Ele move os lábios sob a fita adesiva, mas não emite nenhum som inteligível. Observo como uma mancha escura se espalha na virilha.

Eu me agacho ao lado dele.

— Tudo bem aí?

Ele emite um som abafado por trás da fita adesiva.

Olho nos olhos acinzentados dele e não consigo reprimir um sorriso.

— Pensei na sua oferta. E você tem razão. Eu *gostaria* que nós dois passássemos um tempo juntos. — Sorrio. — *Vai* ser divertido para mim.

Os olhos dele estão quase saltando das órbitas. Eu me pergunto se Luke iria gostar disso tanto quanto eu estou gostando, caso ele estivesse aqui. Se estivesse do meu lado agora, qual seria a reação dele?

Fecho os olhos por um instante. Imagino o rosto de Luke, olhando para EJ, deitado no chão, indefeso. Mesmo na minha imaginação, Luke não está sorrindo. Ele não aceitaria fazer uma coisa dessas. Não tem estômago.

— Você sabia que um cara terminou comigo por sua causa? — digo para EJ. Luke não terminou oficialmente comigo, mas já faz uma semana que não atende o telefone e não responde a nenhuma das minhas mensagens. Não é preciso ter mestrado e doutorado para sacar o que está acontecendo.

Ele não quer mais nada comigo. Ao que parece, pedir que ele cometesse um assassinato não foi uma boa ideia. Mas eu já deveria saber disso. Gente como eu está fadada a ficar sozinha.

— Ele era um cara incrível — digo para EJ, apesar de nem saber mais se estou mesmo falando com ele. — Luke era inteligente e fofo e não se importava com os meus defeitos. Não é que Luke não se importava, ele até *gostava* dos meus defeitos. Me amava com todas as minhas imperfeições. — Respiro fundo, lutando contra as lágrimas. Não vou lhe dar a satisfação de me ver chorar. — Eu gostava mesmo dele. Eu o *amava*. E por sua causa ele me deixou. Porque você é um idiota egoísta que decidiu acabar com a minha vida.

EJ está tentando dizer alguma coisa. Pode estar pedindo desculpa. Mas pode também estar me mandando para o inferno. É difícil saber com a fita cobrindo a boca.

Sinceramente, não me interessa o que ele está dizendo. Não faz diferença.

Endireito as costas. Recuo o pé direito e EJ se encolhe, esperando um chute na barriga. Mas, no último segundo, desisto de chutar.

Em vez disso, vou até o canto da sala onde ficava o sofá de couro. Mudei o sofá de lugar hoje de manhã. Uma coisa que me encantou nessa casa quando a comprei foi o compartimento secreto debaixo dessa sala. A corretora de imóveis falou dele com um sorriso orgulhoso. "Dá para esconder objetos de valor."

Ao longo dos anos, guardei algumas coisas nesse compartimento, mas tirei tudo hoje de manhã. Eu precisava de espaço.

Há um ganchinho quase imperceptível numa das tábuas do piso. Uso os dedos para abrir o alçapão, revelando o compartimento. É grande o suficiente para esconder um corpo.

A corretora de imóveis também me disse isso, mas ela estava brincando. E deu risada.

Será que comprei a casa sabendo que usaria o espaço para esconder um corpo? Não sei. Em algum nível, devo ter pensado nisso.

Os olhos de EJ se arregalam. Ele sabe o que está prestes a acontecer e não há nada que possa fazer para me impedir. Dou um sorriso.

— Na verdade — digo —, não vamos ficar muito tempo juntos. Porque você vai passar bastante tempo sozinho.

Preciso de três tentativas para derrubar EJ no compartimento. Ele não para de se contorcer e de chutar, mas Patricia o prendeu bem firme. Ele não consegue se soltar. Assim que cai no compartimento, vejo como seu pânico aumenta. EJ não achou que eu fosse capaz de fazer isso.

Ele começa a gritar, mas a silver tape abafa o som. Espero um instante e depois fecho o alçapão que dá acesso ao compartimento. Mal dá para perceber que tem alguma coisa ali. Exceto pelos sons abafados que atravessam as tábuas do chão.

Isso não vai funcionar.

Minha intenção era largar EJ ali e deixar que a natureza fizesse o trabalho. Mas isso é muito arriscado. Ele faz barulho demais. Então, pego o que sobrou da fita adesiva que Patricia me deu e começo a vedar as bordas do alçapão para cortar a circulação de ar.

Sento no sofá e fico ouvindo. Os sons abafados estão ficando mais sutis. Não se parecem mais com gritos. Talvez sejam gemidos. Ou um choro. Os sons ficam cada vez mais baixos. Até que param.

— Tchau, Edward — digo.

CAPÍTULO 48

DIAS ATUAIS

TRICIA

Eu não sabia se a Dra. Adrienne ia mesmo matar Edward Jamison. Quando alguém obriga você a dopar um cara, depois prender os pulsos e os tornozelos e colocar um saco na cabeça, dá para saber que as intenções da pessoa *não* são boas. Mas pensei que... talvez ela só quisesse dar um susto no sujeito.

Adquiri o hábito de pesquisar o nome dele na internet. Jamison tinha um perfil no Facebook e todo dia eu procurava alguma atualização, mas nunca encontrei nada. A notícia do desaparecimento saiu mais de um mês depois. E foi assim que eu soube.

Ela o matou.

Não fiquei totalmente surpresa ao descobrir que a Dra. Adrienne Hale era capaz de matar alguém. Havia alguma coisa nela, alguma coisa naqueles olhos verdes intensos. É como se ela fosse capaz de matar uma pessoa usando só o poder da mente.

O mais irônico é que procurei a Dra. Adrienne reclamando de problemas para dormir, mas o meu sono piorou muito depois do que ela me obrigou a fazer. Sim, eu já tinha matado outras pessoas, mas do meu jeito. Eu não fazia ideia do que ela havia feito com Edward Jamison e isso me deixou transtornada. Eu nem sequer sabia onde estava o corpo.

Ela já havia me enganado uma vez. Eu não confiava na Dra. Adrienne Hale. Eu passava as noites em claro, obcecada por ela.

Até o dia em que não aguentei mais.

CAPÍTULO 49

ANTES

ADRIENNE

Hoje, não tive dificuldade para encontrar vaga no estacionamento da clínica.

Isso é bom porque estou com a agenda lotada. Não é um dia em que costumo atender na clínica, mas tenho pacientes até quase sete da noite. Estou fora há mais de um mês, em uma turnê para promover *A anatomia do medo*, que chegou ao oitavo lugar na lista de best-sellers do *New York Times*. Ninguém sabe que o relato da mulher esfaqueada em uma cabana no meio da floresta é mentira.

Já se passaram quase quatro meses desde que EJ, também conhecido como Edward Jamison, desapareceu da minha vida. Ou melhor, eu deveria dizer que ele se tornou uma parte indissociável da minha vida. Mais tarde naquele mesmo dia, tirei a fita adesiva do chão, destruí o celular dele e coloquei o sofá de volta no lugar, mas, nos dias seguintes, o mau cheiro que vinha do compartimento se tornou insuportável. Tive que fechar a sala e cancelar todos os meus pacientes. Passei dois meses sem entrar no consultório.

Bastava chegar perto da porta do meu antigo consultório para o cheiro revirar meu estômago. Mas, quando voltei para casa após a turnê do livro, fiquei aliviada ao descobrir que o cheiro tinha diminuído significativamente, embora ainda desse para sentir.

Por fim, entrei na internet para comprar um spray vendido para "neutralizar quimicamente os odores de um cadáver". Abri todas as janelas, borrifei um tanto do produto químico neutralizador e, para minha surpresa e imenso alívio, funcionou: o cheiro desapareceu. Ninguém jamais diria que havia um cadáver ali embaixo.

Presumi que, em algum momento, a polícia viria me fazer perguntas sobre o desaparecimento de EJ. Eu tinha até uma história pronta. Houve momentos durante a minha turnê em que eu estava autografando livros e tinha certeza de que a polícia iria aparecer, me algemar e me levar embora. Mas isso nunca aconteceu. Ninguém me perguntou nada. E agora, quatro meses depois, estou começando a achar que talvez nunca perguntem. Afinal de contas, não havia registros financeiros que indicassem que ele frequentava meu consultório. A única pessoa que sabia que EJ vinha me ver era a mãe dele, e ela está morta.

Eu me safei. Matei um homem, que está escondido debaixo da minha casa, e ninguém sabe de nada. Quer dizer, Patricia deve saber que o matei, mas não sabe onde o corpo está.

Patricia. Até agora, ela não tem sido um problema. Mas me preocupa o fato de ela saber o que fiz, de compartilharmos esse segredo. Ela poderia usar isso contra mim? Não sei. O segredo dela é tão ruim quanto o meu, talvez pior. De qualquer forma, não posso ficar obcecada. Agora, preciso colocar em dia os pacientes que não pude atender durante a turnê do livro e ainda tenho muitas sessões de autógrafo e aparições na televisão nas próximas semanas.

Quando entro na clínica, Gloria está sentada na recepção, cantarolando para si mesma, como faz com frequência. Quando me vê, seu rosto se ilumina.

— Doutora, tenho uma surpresa para a senhora.

— Ah, é? — Deve ser alguma coisa de comer. Os pacientes adoram trazer doces para mim. Mas eu raramente como. Na maioria das vezes, são doces caseiros ou chocolates baratos. Não me importa quantos comentários Gloria faça sobre a necessidade de eu ganhar peso, não vou comer nada que venha de um paciente psiquiátrico.

— Está lá no arquivo — diz ela. E dá uma piscadinha para mim. — Vai lá ver.

Sigo as instruções enigmáticas de Gloria e vou para a sala do arquivo. Chuto que são rosquinhas. Os pacientes adoram trazer esse tipo de coisa. Não tomei café da manhã, então acho que vou comer uma ou duas. Viver perigosamente, só dessa vez.

Mas, quando entro na sala, descubro o motivo da empolgação de Gloria. Não são rosquinhas.

É Luke.

Fico olhando para ele por um instante, com o coração disparado. Não o vejo há quase cinco meses, desde aquele dia em que ele saiu da minha casa depois que pedi... Bom, sabemos o que pedi. Eu tinha esquecido como ele é bonito. Ele está de barba feita, com um corte recente no cabelo castanho-escuro, de camisa passada e gravata marrom. E está usando o mesmo pós-barba da primeira vez que ficamos juntos.

Luke me olha por cima do computador ao ouvir meus passos na sala. Ele suspira quando me vê.

— Adrienne...

— Oi. — Coloco uma mecha de cabelo atrás da orelha. — Eu... Eu não esperava encontrar você aqui.

— Só vim fazer uma atualização de software. — Ele tosse e protege a boca com a mão. — Você costuma vir nas terças, então imaginei que na quinta você não estaria aqui...

— Estou trabalhando um dia a mais. — Odeio como a gente soa formal nessa conversa, como se fôssemos estranhos e não duas pessoas que planejavam morar juntas, como se ele não tivesse sido o primeiro homem por quem me apaixonei. — Estou tentando recuperar o atraso depois da turnê do livro.

— Entendi. — Ele balança a cabeça. — Vi que você lançou o livro. Parabéns.

— Obrigada. Você não... Você leu?

Ele hesita por um segundo.

— Li, sim. É muito bom. Melhor até que o anterior.

— Sério?

— Sério.

— Que bom. — Dou um sorriso forçado. — Obrigada.

— De nada.

Nós dois nos encaramos por um instante, o ar entre nós está pesado com tudo o que aconteceu na última vez que nos vimos, quando ele saiu da minha casa.

Por fim, ele diz:

— Estou com saudade.

Sinto um nó na garganta.

— Jura?

— Juro. — Ele se inclina sobre a mesa. — Você não faz ideia do quanto...

Tento engolir um bolo na garganta.

— Eu resolvi aquela... situação. Paguei para me livrar dela.

Estou mentindo, é claro. E me pergunto se Luke percebe. Talvez ele tenha decidido não se importar.

— Eu não deveria ter ido embora daquele jeito. — Ele ajusta os óculos no nariz. — Sei que você não quis dizer para a gente... Eu deveria ter ajudado você a lidar com a situação. Mas fiquei assustado. Me desculpa.

— Está desculpado. — Pigarreio. — Eu... também estou com saudade. *Você não faz ideia do quanto.*

Os ombros dele relaxam.

— Fico muito feliz de ouvir isso. Para falar a verdade, não consegui parar de pensar em você nos últimos meses. E olha que tentei, tentei mesmo. Mas não adianta. Não consigo nem dormir à noite, porque fico me revirando, pensando em como estraguei tudo com a mulher mais incrível que já conheci.

Arqueio uma sobrancelha.

— Posso te dar uma receita de zolpidem.

Ele se aproxima e segura minha mão em suas mãos grandes. Senti falta disso.

— Ou você poderia jantar comigo hoje à noite.

Abro um sorriso.

— Vou trabalhar até tarde na clínica hoje.

— Posso esperar. — Ele se inclina para perto de mim. — Além disso, preciso confessar uma coisa. Não fui totalmente sincero com você.

Sinto um frio na barriga. Será que ele sabe o que fiz com EJ?

— Não foi?

Ele sorri.

— A verdade é que eu sabia que você vinha trabalhar hoje. Gloria me contou. Perguntei para ela antes de planejar a minha agenda.

Esta é a confissão de Luke: ele estava tentando me ver. Que alívio. Agarro a gola da camisa dele e o puxo para perto, depois pressiono os lábios nos dele. Pelo jeito como ele retribui o beijo, sei que está sentindo minha falta tanto quanto eu sinto a dele.

Ele nunca vai saber o que fiz. Vou deixar as coisas assim.

Eu e Luke vamos nos encontrar hoje, às nove da noite. Tentei terminar o mais rápido possível na clínica, deixando para trás uma papelada para preencher. É provável que eu tenha de voltar amanhã, mas Gloria foi muito gentil. Ela sabia que eu tinha combinado de sair com Luke e estava quase me expulsando da clínica.

Luke vai me buscar em casa para irmos a um restaurante. Por mais que eu queira recebê-lo em casa, não vou permitir que ele entre enquanto aquele corpo estiver escondido lá. Embora o cheiro pareça ter diminuído, juro que ainda consigo detectar um leve odor de morte, em especial no meu consultório. Não posso correr o risco de tê-lo em casa. Se ele souber o que fiz, nunca vai me perdoar.

Em algum momento, terei de me livrar do corpo. Isso me apavora. É como quando eu era criança e esmagava um inseto grande com um livro pesado. Eu sabia que, em algum momento, precisaria erguer o livro e limpar o inseto esmagado. Mas sempre tive pavor dessas coisas.

Talvez eu não seja perfeita, mas também não sou psicopata. Eu não queria matar EJ. Ele me deixou sem escolha.

Dirijo pela estrada escura até minha casa, de olho no relógio. Tenho uma hora para tomar banho e trocar de roupa. Vou inventar uma desculpa para Luke não entrar. Pode ser porque faz pouco tempo que pintei as paredes. Tenho certeza de que ele vai acreditar em qualquer desculpa que eu inventar. Posso ser boa em detectar mentiras, mas ele não é.

E, em algum momento, vou me livrar do corpo. Talvez espere mais alguns meses. Até lá, ninguém mais estará procurando por ele.

Ao me aproximar de casa, vejo um Audi estacionado em frente. O carro da minha ex-agente Paige. Será que ela veio pedir que eu a aceite de volta? Se for isso, ela está perdendo tempo. É tarde demais.

Mas então vejo a sombra de alguém encostado no carro, alguém que não vejo há quatro meses e que esperava nunca mais ver. Alguém com pernas longas e torneadas e cabelos loiros sedosos que brilham à luz da lua. É Patricia Lawton. Esqueci que ela dirigia o mesmo modelo de carro que a minha ex-agente.

Estaciono ao lado do Audi e desligo o motor. Coloco as chaves na bolsa e saio do carro. Não sei o que Patricia quer, mas não tenho tempo a perder. Preciso me arrumar para encontrar Luke.

— Oi, doutora — diz ela. — Há quanto tempo, não é mesmo?

— Pois é...

Quando ela sorri, os dentes dela quase brilham à luz da lua.

— A gente pode conversar um pouquinho?

Encaro bem o meu relógio.

— Estou com um pouco de pressa.

— Vai ser rápido.

Faço que sim com a cabeça.

— Podemos conversar aqui mesmo. Você tem um minuto.

— É que eu... — ela rói a unha do polegar, que já está toda roída — ... estou nervosa com o que a gente fez. E se alguém descobrir o que aconteceu?

— Isso não vai acontecer. Já faz meses. Não tem ninguém preocupado com ele.

— Talvez fiquem. Se encontrarem o corpo.

— Não vão encontrar.

— Você não tem como saber. Estava pensando nisso... — Os lábios dela se contorcem. — O cassino tinha câmeras de segurança. Se descobrirem quando ele desapareceu, podem ir atrás das imagens e ver que eu estava conversando com ele na mesma noite. Vão ver que saímos juntos do cassino. Ou talvez tivessem uma câmera na garagem.

Talvez ela tenha razão. Mais um motivo para eu me preocupar com Patricia. Preciso fazer alguma coisa a respeito disso. Mas não agora.

— Acho pouco provável.

— Só queria saber uma coisa... — Ela fixa os olhos em mim. — O que você fez com o corpo?

— O quê? — Quase engasgo. — Patricia, eu não quero falar sobre isso. Confie em mim. Está tudo bem.

— Quero saber o que você fez com o corpo. Preciso saber. Por favor, me conta.

Resmungo, contrariada.

— Seu minuto acabou. Tenho de ir.

— Está em algum lugar da sua casa?

Hesitei um pouco, e os olhos dela se arregalaram.

— Você escondeu o corpo em casa? — diz ela, surpresa. — Meu Deus! Onde?

— Não quero falar sobre isso.

— Mas, doutora...

— Olha só. — Perco mais um minuto de conversa com ela. É o máximo que vou fazer, não tenho interesse em ser babá dessa garota. — As únicas pessoas que sabem o que aconteceu somos eu e você. Tudo que a gente precisa fazer é guardar segredo.

Patricia me encara sem piscar nem uma vez.

— Como diz a minha mãe, duas pessoas só conseguem guardar um segredo se uma delas está morta.

Em seguida, seus dedos apertam meu braço. Um frio súbito toma conta de mim e percebo que cometi um erro terrível. Jamais deveria ter envolvido Patricia nessa história. Eu sabia muito bem como ela era perigosa.

E agora vou pagar caro.

Por favor, Luke, me perdoe...

CAPÍTULO 50

DIAS ATUAIS

TRICIA

Adrienne Hale não foi a primeira pessoa que matei. Longe disso.

A primeira foi uma garota chamada Whitney Young. Ela me atormentava quando eu tinha 16 anos, bem como adolescentes fazem. Espalhou boatos sobre mim na escola e roubou minha melhor amiga. Ela até convenceu um garoto bonito chamado Victor (que mais tarde descobri ser o namorado de Whitney) a me convidar para sair e depois levar todo mundo para a cafeteria onde deveríamos nos encontrar para que pudessem rir da minha humilhação quando ele me deu um fora. O engraçado é que foi Victor que levou a culpa quando o corpo de Whitney apareceu boiando num rio. Mas vamos combinar que os dois mereceram.

Depois, matei Cody e Alexis. Matar Megan foi um infortúnio, mas eu não tinha como evitar. E depois minha avó, claro. Mas ela era tão velha que não dá para saber se o remédio para o coração teria salvado a vida dela... se eu tivesse dado o remédio.

Mesmo com toda a afetação, Adrienne morreu fácil. Não tão fácil quanto minha avó, é claro, mas devo dizer até *Whitney* resistiu mais que a doutora — aquela garota era dura na queda.

Enterrei o corpo de Adrienne perto de uma estrada deserta, a mais ou menos duas horas daqui, num lugar onde ela jamais vai ser encontrada. Eu era mais esperta que ela. Não guardaria um cadáver *na minha própria casa,* pelo amor de Deus. Debaixo do piso de madeira. Como alguém pode ser tão idiota? Não é preciso ter mestrado e doutorado para saber como isso é perigoso.

Após dar um jeito em Adrienne, eu sabia que tinha que encontrar o corpo de Jamison e me livrar dele. Só que ainda não sabia onde o corpo estava escondido. Eu pretendia procurar pela casa logo depois de me livrar de Adrienne. Até peguei as chaves da casa dela. Mas não deu tempo naquela noite, porque Adrienne tinha um encontro marcado e, na manhã seguinte, a casa estava cheia de policiais.

Eu dava como certo que a polícia ia encontrar o cadáver de Jamison. Mas nunca foi encontrado.

Porém, não fazia diferença. O mais importante era que ninguém viesse atrás de mim. Naquela época, eu já estava morando em Manhattan. A polícia nem sequer me interrogou.

Depois de resolver o problema com a Dra. Adrienne, segui com a vida. Eu gostava da vida na cidade grande e do meu novo emprego. Conheci Ethan, que não sabia nada sobre o meu passado, e nos casamos. Eu estava feliz.

Foi por acaso que notei que a antiga casa da Dra. Adrienne tinha sido colocada à venda. Perguntei a Judy sobre a casa quando vi o anúncio no site dela e ela disse que o imóvel estava passando por uma limpeza e que logo estaria pronto para visitação. Senti um arrepio na espinha só de pensar que Judy estava virando a casa de cabeça para baixo. Depois, pensei na quantidade de gente que ia entrar e sair daquela casa antes de ela ser vendida. Considerei as chances de alguém encontrar o cadáver de Jamison, onde quer que a Dra. Adrienne o tivesse escondido.

Não sei por quanto tempo os cassinos guardam as imagens captadas por câmeras de segurança, mas eu estava convencida de que encontrariam uma forma de me conectar a Jamison. Eu não queria correr o risco de dar à luz na cadeia.

Foi quando me dei conta do que precisava fazer. Eu tinha que vasculhar a casa e me livrar do corpo. Antes que alguém mais pudesse encontrá-lo. Então, escolhi uma noite de nevasca para ir até lá, torcendo para que Judy desistisse de viajar por causa do mau tempo, sabendo que teria dois dias inteiros para revirar a casa.

Quando encontrei o cômodo secreto, achei que tinha tirado a sorte grande. Mas não. Porém, encontrei algo ainda mais importante. Se alguém ouvisse a gravação da Dra. Adrienne me chantageando, seria o meu fim. Iam me considerar responsável pelo assassinato dela e de Jamison. Ninguém, além de mim, pode ouvir essa fita.

E agora sei onde ela escondeu o corpo. Mas, infelizmente, acho que não consigo carregá-lo. Uma coisa foi jogar Adrienne Hale no porta-malas do meu carro logo após matá-la, mas não consigo nem chegar perto desse cadáver em decomposição. Quando vomitei, não estava fingindo. Passei mal de verdade.

E, agora, Luke Strauss surgiu do nada. O namorado, que eu não sabia que estava morando na casa. Sou a única que tem certeza de que não foi ele que matou a Dra. Adrienne. Ele devia amá-la de verdade.

Ele sabe do cadáver. E sabe que não se trata do corpo de Adrienne Hale. Luke é um cara esperto.

Tenho que planejar meu próximo passo com muito cuidado.

CAPÍTULO 51

Já faz mais de uma hora, e Ethan ainda não voltou.

Estou ficando preocupada. A temperatura caiu muito na última hora e a neve está se transformando em gelo. E se ele se machucou? E se ele estiver caído na neve sem poder pedir ajuda?

A culpa seria toda minha. Afinal de contas, fui eu que trouxe a gente para cá. E sequer fiz o que pretendia fazer. O corpo de Jamison continua escondido no compartimento.

O pior é que não tenho sinal de celular nem como pedir ajuda. Eu já sabia que o sinal aqui era péssimo e estava contando com isso. Se Ethan pudesse fazer uma ligação, ele teria falado com Judy e descoberto que não tínhamos um compromisso para a noite passada. Ou ele teria pedido um limpa-neve e eu não conseguiria procurar o corpo.

Agora, o que parecia ser uma vantagem virou um problema. Não sei o que aconteceu com Ethan. E não há nada que eu possa fazer. Estou desamparada. Planejei tudo perfeitamente naquele chalé e na noite em que matei Adrienne. Como é que pude ser tão desleixada dessa vez? Deve ser o cérebro afetado pelos hormônios da gravidez.

Ando pela cozinha, lutando contra a náusea. Não sei por que chamam isso de enjoo matinal se ele incomoda o tempo todo. O que vou fazer com relação a Ethan? E se ele nunca mais voltar?

Talvez eu precise de Luke para me ajudar nessa situação. Mas não confio nele. Ele não matou a Dra. Adrienne, mas o fato de se importar com ela o torna perigoso. Além disso, é esperto. Se descobrir o que eu fiz...

Quando estou prestes a perder a cabeça, ouço uma batida à porta. Não sei se é Ethan ou se é a polícia me dizendo que houve um acidente horrível, mas, de qualquer forma, é alguém. É melhor do que ficar presa aqui sem saber o que está acontecendo.

Quase desmaio de alívio quando vejo Ethan parado na porta, com o gorro preto cobrindo os cabelos dourados. Dou um abraço nele, que ri e me abraça também. Mas não estou rindo.

— Eu estava tão preocupada! — Enterro o rosto no casaco escuro dele, que está um pouco úmido. — Você demorou.

— Desculpa, Tricia. — Os braços dele parecem quentes e reconfortantes ao me envolver. — Demorei mais do que imaginava. Era difícil andar na neve.

— E o que aconteceu?

Ele tira o celular do bolso.

— Consegui sinal pouco antes de chegar à estrada principal. Encontrei o número de uma empresa local de limpa-neve. Eles vão vir amanhã de manhã.

— De manhã?! — exclamo.

— Pois é... — Ele suspira. — Mas a nevasca afetou bastante a cidade. Até a estrada principal estava terrível. Acho que não seria seguro sair com o carro hoje.

Ele tem razão. Mas odeio a ideia de dormir aqui com um homem preso no andar de baixo.

— Mas sabe o que é mais estranho? — diz ele.

— O quê?

Ele tira o gorro e seu cabelo está bagunçado do jeito mais sexy possível. Apesar de tudo, sinto um frêmito dentro de mim.

— A agenda da empresa de limpa-neve estava lotada quando falei com eles. Mas olha só: eles já tinham um horário reservado para vir aqui amanhã de manhã.

— Que estranho...

Estou mentindo. Fui eu que liguei e reservei o limpa-neve para domingo de manhã. Fiz isso antes de sairmos de casa, sabendo que ficaríamos presos aqui. Eu tinha certeza de que, nesse intervalo, conseguiria encontrar o corpo e me livrar dele. Infelizmente, isso não aconteceu conforme o planejado.

Ethan franze a testa.

— Você acha que foi Judy que pediu?

Pouco provável, considerando que Judy nem sabe que estamos aqui. A chave extra que Ethan "descobriu" embaixo do vaso de planta era de Adrienne.

— É provável.

— De qualquer forma, alguém já pagou para eles virem aqui.

Sim, paguei. Em dinheiro.

Começo a roer a unha do polegar, mas paro em seguida. Como diz a minha mãe, roer as unhas é um hábito horrível.

— Você ligou para a polícia?

Ele balança a cabeça e suspiro aliviada.

— Pensei em ligar amanhã de manhã.

Ethan não faz ideia de que sua esposa é responsável pelo cadáver escondido no consultório.

Tudo indica que não vamos sair daqui hoje à noite, mas pelo menos poderemos ir embora amanhã bem cedo. Felizmente, destruí a pior fita cassete de todas.

Quanto ao cadáver, ainda não sei bem o que fazer. Mas acho que vou encontrar uma solução. Sempre encontro.

CAPÍTULO 52

No jantar, comemos frios de novo, levemente aquecidos no micro-ondas. Não foi a melhor coisa que já comi, mas vamos embora amanhã de manhã. De noite, vamos comer em algum lugar legal. Precisamos comemorar a família que seremos em breve.

Depois de comer, estávamos prestes a subir a escada quando ouvimos gritos vindos do consultório da Dra. Adrienne. É Luke, que continua preso lá dentro, embora a gente não tenha ido ver como ele está.

— Oi! — diz ele com a voz rouca. — Tem alguém aí?

Olhamos um para o outro. Ethan coloca a mão nas minhas costas e me conduz para longe dali.

— Oi! — grita Luke mais uma vez. — Estou com sede! Posso tomar um pouco de água?

Paro a poucos metros da porta.

— A gente podia dar um pouco de água para ele.

O maxilar de Ethan se tensiona.

— Tricia, ele não vai morrer. Ele vai sair amanhã de manhã e consegue aguentar até lá.

— Ã-hã, mas... a gente podia pelo menos levar um copo de água. Para ele não ficar com sede.

— Você é muito boazinha.

Quase dou risada da ironia da declaração dele. Fico feliz que pense assim.

— Só acho que seria uma boa ideia dar um pouco de água para o cara. A gente pode segurar o copo para ele. Não precisa nem desamarrar.

— Você acha uma boa ideia? — Ele aponta com o polegar para a porta. — A gente não sabe o que está rolando lá dentro. E se ele estiver com os braços soltos esperando para atacar assim que a gente abrir a porta?

Não acho que isso seja verdade. Em primeiro lugar, a porta não está trancada. Se ele tivesse se soltado, poderia simplesmente sair da sala. Ele não precisa que a gente abra a porta. Acho que ele continua preso.

— Por favor! — grita Luke. — Um pouco de água! Por favor!

Torço as mãos. Isso está me deixando desconfortável. Posso ter matado algumas pessoas, mas não torturei ninguém. Quer dizer, talvez um pouco. Mas todas fizeram por merecer. Não acho que Luke mereça ser torturado.

— Preciso mijar! — acrescenta Luke.

Agora Ethan ri da minha cara.

— Quer ajudar o cara com isso também?

Acho que não.

Ethan chega perto da porta do consultório. Ele aproxima a boca da fresta e diz:

— Nada de água para você. E pode mijar na calça.

Essa resposta dá início a uma série de palavrões que me deixa feliz por termos decidido não entrar no consultório. A pressão da mão de Ethan nas minhas costas aumenta e deixo que ele me leve para longe da porta, em direção à escada.

— Não caia no papo desse cara — diz Ethan. — Ele não é uma pessoa boa. Ele matou a namorada. Matou uma das pessoas mais próximas que ele tinha. Como é que pode?

Ethan não faz ideia de que o assassino da Dra. Adrienne Hale não é Luke. E ele também não sabe que o corpo debaixo do piso de madeira não é da Dra. Adrienne.

— Esse cara é mau — acrescenta Ethan para enfatizar. — Ele não merece água.

— Ã-hã — murmuro.

— Você é muito boazinha — repete ele.

Subimos a escada até o andar de cima. Mais uma noite dormindo no quarto de Adrienne Hale. Embora ela tenha me chantageado e me ameaçado, eu me sinto culpada. Eu me sinto culpada por dormir na cama dela. Se existe alguém capaz de voltar como um fantasma furioso, esse alguém é a Dra. Adrienne.

Quando entro no quarto principal, tiro o lindo suéter branco de caxemira. Xingo baixinho quando noto numa das mangas uma manchinha amarela de mostarda de quando colocamos nos sanduíches. Levo o suéter para o banheiro e coloco o tecido debaixo da água quente, esfregando para tirar a mancha.

Mas a mancha não sai. Ela acabou penetrando no tecido. O suéter branco de caxemira imaculado está arruinado.

— Tricia? — Ethan enfia a cabeça dentro do banheiro. — O que você está fazendo?

— Tem uma mancha no suéter. Estou tentando limpar.

— Por que se incomodar com isso? Não é como se ela fosse usar o suéter de novo.

É, ele está certo. Mas continuo esfregando a mancha, torcendo para que saia. Depois de um minuto, Ethan entra no banheiro para me fazer companhia. Ele vem por trás e passa os braços pela minha cintura. Ele abaixa a cabeça e beija o meu pescoço. Uma vez, duas vezes... e então seus lábios ficam por ali.

— Ethan... — murmuro.

— Qual é, Tricia! Com tudo o que acabou de acontecer, a gente precisa se distrair um pouco.

Bom.

É verdade.

CAPÍTULO 53

Acordo às duas da manhã e estou sozinha no quarto.

Por um segundo, fico completamente perdida. Sem saber onde estava. Esqueci que estava na casa de Adrienne Hale e não na minha. Que vim aqui para me livrar do corpo de Edward Jamison e que não só não consegui fazer isso como também acabei com um homem preso num dos cômodos da casa.

Que bagunça. Preciso muito de ajuda.

Corro os olhos pelo quarto tentando me adaptar à escuridão. Ethan não está na cama e não o vejo em nenhum outro lugar do quarto. Também não está no banheiro. Para onde ele foi?

Talvez não tenha conseguido dormir. Talvez tenha se levantado durante a noite e decidido trabalhar no computador. Faz sentido.

Mas não acho que ele esteja no computador.

Coloco o roupão vermelho da Dra. Adrienne. Depois, pego os chinelos felpudos dela. É incrível como de repente ficou fácil usar as coisas dela. Ainda bem que as roupas me servem, embora ela fosse mais magra que eu. A mulher era só pele e osso, mas tinha certa beleza austera.

Quando saio para o corredor, está escuro, mas os meus olhos já se acostumaram e deixo as luzes apagadas. Ouço um barulho vindo do andar de baixo, mas não parece nada ruim. Não é como se Luke tivesse se soltado e atacado o meu marido.

Desço a escada com o máximo de silêncio possível. Quando chego ao último degrau, Ethan está agachado em frente à lareira. Sozinho. Ele está mexendo em alguma coisa e levo um instante para perceber que está tentando acender um fósforo.

O retrato de Adrienne Hale ainda está no chão ao lado da lareira, com os olhos verdes voltados para a parede. O retrato foi ideia da minha mãe. Eu achei ridículo: quem iria querer um retrato gigantesco de si mesmo? Mas a Dra. Adrienne adorou. Na mesma hora, ela o pendurou acima da lareira. É claro. Ela era cheia de si.

Espero nunca mais ter que olhar para esse quadro.

Há um clarão de fogo e, em seguida, a lareira inteira se acende. Ethan fica de pé e limpa as mãos no jeans. Pela postura dele, sei que está satisfeito com o trabalho que fez. Fico me perguntando há quanto tempo estava tentando acender o fogo.

Fico escondida, observando. E vejo tudo. Vejo Ethan pegar um objeto da mesa de centro e jogá-lo no fogo. Depois outro. E mais outro.

Quando termina, ele fica em frente à lareira, observando, esperando que queimem.

— Ethan — digo.

Ele se afasta da lareira, piscando os olhos furiosamente. E abre a boca ao me ver.

— Tricia — diz.

Dou a volta no sofá para me aproximar dele.

— O que você está fazendo?

— Eu...

Ele lança um olhar ansioso para a lareira. Os objetos que jogou no fogo ainda não terminaram de queimar e consigo ver o que são. Mas nem preciso. Porque sei o que ele está queimando.

São fitas cassete. Dezenas delas. Todas com as iniciais GW.

GW foi paciente da Dra. Adrienne por vários anos. Tinha delírios paranoicos e achava que as pessoas queriam matá-la, inclusive o próprio filho.

GW. Gail Wiley.

A mãe de Ethan.

— Eu... — Gotas de suor surgem na testa de Ethan enquanto ele tenta inventar uma mentira. — Eu acho que algumas dessas fitas...

Ele não sabe que eu sei, que eu sempre soube. Encontrei Gail algumas vezes nessa casa quando estava saindo da minha consulta e ela estava chegando para ser atendida. Além de paranoica, ela era linguaruda. E me contou tudo sobre como achava que pessoas próximas estavam querendo matá-la, inclusive o filho, Ethan. "A Dra. Adrienne diz que sou paranoica, mas ele está com problemas financeiros, ele poderia usar a indenização do seguro. E ele me odeia. Sei que odeia."

Dei risada da história toda, ainda mais quando vi o belo Ethan levando Gail para uma de suas consultas. Ninguém com aquela aparência poderia ser uma pessoa ruim. E que gentil da parte dele trazer a mãe para as sessões de terapia. É claro que ele não sabia o que a mãe falava com a terapeuta e *certamente* não sabia que as sessões eram gravadas.

Pouco depois do desaparecimento da Dra. Adrienne, minha mãe, que frequentava os mesmos círculos sociais da mãe de Ethan, me contou a fofoca sobre a morte prematura de Gail. Ela caiu de um lance de escadas e quebrou o pescoço depois de beber demais. Deixando para o filho, Ethan, um seguro que cobria com tranquilidade as despesas da primeira startup fracassada dele.

Preciso admitir que fiquei um pouquinho obcecada por Ethan depois disso. Em primeiro lugar, ele era lindo. Em segundo, algo me dizia que éramos parecidos. Ele ia atrás do que queria. Mesmo que isso implicasse fazer algo que outras pessoas diriam ser impensável.

Tá bom, eu estava mais do que um pouquinho obcecada. Digamos que nosso encontro casual não foi exatamente coincidência. Até porque ele foi planejado por mim nos mínimos detalhes.

Mas Ethan não se aproximou de mim do jeito que eu queria. Depois que nos casamos, achei que ele me contaria tudo. Achei que ele me amaria e confiaria em mim o suficiente para me contar a verdade. Mas ele não contou.

Foi por isso que o trouxe nessa viagem. Eu poderia ter vindo sozinha, teria sido mais fácil. Eu poderia vasculhar a casa à vontade. Mas eu queria que Ethan viesse comigo. Ele não se lembrava da casa até ver o retrato da Dra. Adrienne na parede. Mas agora ele sabe que não dá mais para guardar o segredo.

— O que você está fazendo? — pergunto mais uma vez. Ele abre a boca, mas, antes que possa dizer qualquer coisa, acrescento: — Não minta para mim.

— Eu jamais mentiria para você, Tricia — diz ele, gaguejando.

Olho bem para ele.

Os ombros dele relaxam.

— Você ouviu as fitas da minha mãe, não ouviu?

— Ouvi. Mas não todas.

— Meu Deus. — Ele corre a mão pelos cabelos dourados. — Sei o que ela disse nessas fitas. Mas eu não...

— *Não minta para mim.*

Ele fica sem se mexer por um instante Os únicos sons na sala são o crepitar do fogo e a respiração de Ethan.

— Tá bom — diz ele. — Eu matei a minha mãe.

CAPÍTULO 54

Agora que disse a verdade, ele parece mais calmo. Não está mais suando. Ethan voltou a ser meu marido confiante.

— Você não faz ideia de como ela era — diz ele com a voz carregada de amargura. — Ela era louca. Meu pai se deu bem, porque morreu quando eu era criança. Minha mãe sempre foi ansiosa demais, achava que era perseguida e acusava todo mundo. E me acusava também.

Ele faz uma pausa e olha com desdém para o fogo.

— Ela também era alcoólatra. Toda vez que bebia, me acusava de roubar dinheiro e eu me sentia mal. Dizia que eu era ruim. Uma criança ruim que não servia para nada.

— Sinto muito — murmuro.

— Para ser sincero, cheguei a *roubar* algumas vezes. Como ela ia me acusar de qualquer jeito, não fazia diferença.

Esse é outro lado do meu marido. Um que ele nunca me deixa ver. Fico um pouco comovida.

— E o que aconteceu?

— Eu precisava de dinheiro. — Ethan olha para as próprias mãos. — Ela nunca me deu dinheiro. Nunca me deu *nada*, porque não confiava em ninguém. Mas tinha o seguro. E quer saber? Acho que eu não teria feito o que fiz se ela não estivesse bêbada naquela noite. Ela não parava de gritar comigo, falando que eu era um péssimo filho, e não aguentei. Empurrei a minha mãe na escada.

Ethan ergue os olhos devagar.

— Eu tinha estacionado nos fundos. Saí de lá e só chamei a polícia um dia depois. Disse para eles que não conseguia falar com ela e que estava preocupado. A essa altura, minha mãe já tinha morrido havia muito tempo.

Agora que me contou a história toda, Ethan desaba no sofá e enterra o rosto nas mãos. Sento do lado dele e coloco a mão em suas costas. Os ombros dele tremem.

— Você deve estar me odiando agora — murmura ele. — E com razão.

— Não — digo.

Ele olha para mim. Os olhos marejados.

— Eu te amo muito, Tricia. Eu não sabia que era capaz de fazer uma coisa dessas. Passei a infância toda odiando aquela mulher e não imaginei que seria capaz de amar uma pessoa. Até conhecer você. Você é minha alma gêmea.

— Mas por que você não me contou a verdade?

— Eu não tinha como te contar! Você teria me abandonado.

— Isso não é verdade. — Seguro a mão dele. — A verdade é que...

— Tricia?

— Eu já sabia.

Ethan parece confuso. Preciso contar tudo para ele. Sinto medo, mas não tenho escolha. Se existe um momento certo para contar tudo, esse momento é agora.

Começo do início. Falo de Cody e Alexis. Explico como me tornei paciente da Dra. Adrienne. E como ela me chantageou e me forçou a fazer o que ela queria. Revelo a identidade do corpo debaixo do piso de madeira. Por fim, conto o verdadeiro destino da Dra. Adrienne Hale e o meu objetivo ao vir aqui neste fim de semana.

Ethan ouve a história toda, o rosto dele é uma máscara sem emoção. Em algum momento, ele larga a minha mão. E não me interrompe nenhuma vez. Ele me deixa contar tudo e, a certa altura, sinto medo de ter ido longe demais. Sim, ele matou a própria mãe. Mas eu matei seis pessoas e fui cúmplice da morte de uma sétima. Se alguém quisesse fazer uma comparação, poderia dizer que os meus pecados são piores.

Quando termino de falar, Ethan fica imóvel por um tempo, olhando para a lareira. Deixo que ele reflita sobre o que acabei de dizer. Ethan merece alguns minutos para pensar em tudo. Em silêncio, cruzo os dedos das mãos e dos pés. Ele vai entender. Sei que vai.

Ou não?

— Nossa — diz ele por fim, sem tirar os olhos do fogo.

No que está pensando? Será que ele vai me entregar para a polícia? Sei que me arrisquei demais contando tudo. Mas fiz isso porque pensei que ele me amava muito. E porque estou grávida do nosso primeiro filho. Ele não me entregaria para a polícia. Jamais. Tenho quase certeza disso.

Mas não tenho certeza absoluta.

— No que você está pensando? — pergunto.

— Eu... — Os olhos dele refletem o fogo da lareira. — Eu acho...

Eu o avaliei mal. Cometi um erro terrível. Achei que Ethan entenderia, mas me enganei. Ele não é capaz de entender. Ninguém é.

— Ethan? — sussurro.

Com os olhos azuis, ele deixa de encarar o fogo para olhar diretamente para mim.

— Eu acho que aquele cara, Luke, vai causar problema. Ele sabe demais.

Meu coração acelera.

— Isso. *Isso.* Eu estava pensando a mesma coisa.

— E, além disso... — desta vez, é ele que segura minha mão — ... estou feliz por estar aqui para te ajudar. Podemos resolver esse problema do jeito certo. Juntos.

Aperto a mão grande e quente dele.

— Você sempre sabe exatamente o que fazer.

Nós nos levantamos ao mesmo tempo. Ethan vai até a estante de livros e pega a faca de trinchar que tinha deixado lá. Ele segura o cabo com a mão direita. O rosto dele tem um brilho estranho à luz do fogo crepitante. Sempre quis ter uma lareira, mas não é o tipo de coisa que se pode ter em Manhattan. E essa é uma bela lareira.

— Sabe — digo, pensativa —, estou começando a gostar dessa casa. Acho que consigo me ver morando aqui.

— Sério mesmo? — O rosto de Ethan se ilumina. — Tricia, eu estava torcendo para você dizer isso. Porque me sinto da mesma forma. — Ele levanta as sobrancelhas. — Você vem?

— Vou. Só um segundo.

Pego o meu casaco de lã, pendurado na beirada do sofá. Procuro nos bolsos e os meus dedos encontram a fita cassete que ficou comigo. Tiro a fita do bolso, olho para as minhas iniciais na lateral da caixinha. Agora, sou uma pessoa diferente da garota na fita. Mas, em outros aspectos, não mudei nada.

Fecho os dedos em volta da fita cassete. Vou até a lareira e as minhas bochechas sentem o calor que irradia do pequeno espaço. Jogo a fita no fogo e ela começa a se desintegrar lentamente, assim como as outras. Por um instante, fico ali olhando a fita queimar.

Depois, acompanho meu marido.

EPÍLOGO

DOIS ANOS DEPOIS

TRICIA

Delilah, minha filha, adora o jardim nos fundos de casa.

Ela fez 1 ano há alguns meses e está naquela fase adorável de criança gordinha que anda com os braços estendidos para o lado, prestes a cair a qualquer momento. Eu a observo da cadeira de balanço na frente de casa quando acontece exatamente isso: ela cai de joelhos na grama macia e se levanta sem perder o ritmo.

Ela tem uma missão importante a cumprir: a de me trazer uma margarida que encontrou crescendo na grama. Ela percorre o restante do caminho até mim e apoia uma mãozinha no meu joelho.

— *Ma-ma* — diz ela. — Ó.

— Obrigada. — Aceito a margarida um pouquinho amassada. — É uma flor, querida.

— *For* — repete ela.

— Isso.

Ela sorri para mim. Talvez eu seja um pouco suspeita para falar, mas acho que ela é a criança mais bonita que já existiu. Ela se parece muito com o pai. Ethan e eu temos cabelo loiro, mas o meu é artificial e o dele é natural. Ela tem os cachos loiros do pai, embora os dele sejam muito curtos para enrolar, e os olhos azuis. É uma imagem fiel de Ethan quando era bebê, nas fotos que ele enfim me mostrou depois que compramos a casa.

Minha filha também se alegra muito com as pequenas coisas. Comprei uma boneca no aniversário de 1 ano dela e seu rostinho se iluminou com um sorriso radiante. Isso fez com que eu me lembrasse da minha coleção de bonecas de quando era criança. Eu tinha pelo menos uma dúzia. E guardava outra coleção numa gaveta do quarto das cabeças tosquiadas das bonecas de que eu não gostava tanto.

— *For!* — grita Delilah, depois volta para o jardim, ansiosa para colher mais flores e entregá-las para mim.

Pego o chá gelado na mesa de vidro ao lado da cadeira de balanço. Ficamos com alguns móveis que Adrienne Hale deixou para trás. Continuamos com a cama, mas compramos um colchão novo. Ficamos com o sofá depois de fazer uma boa limpeza nele. E também com a mesa de centro. Tirei o retrato da parede e guardei no sótão. Não consegui me convencer a destruir o quadro.

Infelizmente, a Dra. Adrienne não tinha móveis para o quintal. Tivemos que comprar tudo novo. Mas encontramos algumas peças lindas. Todo mundo que vem à nossa casa admira o nosso quintal.

Ninguém faz ideia de como foi uma barganha.

Sinto uma mão no ombro. Ethan está do meu lado. Sorrio para ele, que arregala os olhos retribuindo o sorriso. Meu marido é um daqueles homens que ficam mais bonitos conforme envelhecem. Dá para perceber.

— Ela está se comportando?

— Ela sempre se comporta — respondo.

É verdade. Vivemos uma vida dos sonhos. Nossa filha é um anjinho. Ethan pode trabalhar em casa quase todo dia e evitar o deslocamento até a cidade. Para conseguir isso tudo, a gente só precisou eliminar algumas pessoas.

Logo após nosso fim de semana em casa, liguei para Judy e disse a ela que estávamos muito interessados na propriedade, que ainda não estava oficialmente à venda. Fiz pressão para Judy nos mostrar o imóvel antes que ela abrisse para visitação e fizemos uma oferta na hora. Não tentamos pechinchar. Pagamos o preço anunciado e nem um centavo a mais.

No fim das contas, tínhamos um motivo para não querer que as pessoas ficassem entrando e saindo da casa. Tínhamos um motivo para impedir que Judy descobrisse qualquer um dos compartimentos secretos e transformasse a casa numa cena de crime mais uma vez. E tínhamos um motivo especial para manter Judy longe do jardim.

E agora ela é nossa. A casa dos nossos sonhos. Não sei como cogitei não morar aqui.

— Como está o feijãozinho? — pergunta Ethan.

Por instinto, coloco a mão direita sobre a barriga. Há algumas semanas, descobri que Delilah vai ter um irmãozinho ou uma irmãzinha. Estamos muito felizes com isso. Afinal de contas, como disse Ethan, temos mais quatro quartos para ocupar. Era um desperdício a Dra. Adrienne morar aqui sozinha. Vamos fazer bom uso da casa.

— O feijãozinho está bem — respondo.

Ele sorri para mim.

— Fico feliz de saber.

Delilah encontrou outra flor para mim. Mas, na pressa, ela acaba caindo num lugar pior dessa vez e não consegue se levantar tão fácil. Ela se senta na grama, com as pernas gordinhas esticadas, choramingando até o rosto ficar vermelho.

— Ai, não! — grito com todo o meu instinto maternal. — Vou te ajudar.

— Não. — Ethan segura o meu ombro. — Descansa, mamãe. Eu cuido dela.

Sorrio e tomo outro gole do meu chá gelado enquanto meu marido vai confortar nossa filha no jardim. Ele é tão bom com ela. É carinhoso, paciente e a faz rir. Embora, para ser sincera, não seja difícil fazer uma criança de 1 ano rir. É só, sei lá, derrubar comida no chão.

Dito e feito, depois de um minutinho, Ethan deixa Delilah feliz e sorridente. Ele a coloca nos ombros e os dois saem passeando pelo jardim, enquanto ela dá risadinhas de alegria.

Observo os mocassins de Ethan pisoteando o trecho de grama que começou a crescer de novo há cerca de oito meses. Durante um ano, observamos aquele trecho com ansiedade. A grama do restante do jardim era tão exuberante e verde, mas nada crescia ali.

Pesquisei o assunto. Expliquei para Ethan que um cadáver, ao ser enterrado, afeta o crescimento das plantas por mais ou menos um ano, mas depois elas voltam a crescer melhor do que antes. E não é como se alguém fosse olhar para aquele pedaço de terra onde nada crescia e deduzir que o corpo de Luke Strauss tinha sido enterrado ali.

Cavar o buraco foi mais difícil do que matá-lo. Ethan cuidou de tudo — ele nunca foi tão sexy. Luke resistiu, mas não tanto quanto eu esperava. Vi o olhar resignado segundos antes de Ethan cortar o pescoço dele. E, agora que está morto, Luke reencontrou sua querida Adrienne, se você acredita nessas coisas.

Felizmente, dois anos depois, a grama voltou a crescer onde o enterramos. O corpo dele vai servir de fertilizante por muitos anos. Assim como o corpo de Edward Jamison, enterrado a poucos metros de distância.

Ethan acena para mim do jardim. Eu amo tanto o meu marido. Nunca pensei que seria capaz de amar de novo após o que Cody fez comigo. Mas aqui estou eu. Casada com um homem maravilhoso. E nós dois compartilhamos um segredo que vai nos unir pelo resto da vida. Vamos levar esse segredo para o túmulo.

Pelo menos eu vou.

Às vezes, fico pensando em Ethan. Ele fica nervoso quando as pessoas passeiam pelo jardim. Ele estava tão ansioso com a grama que cheguei a pensar que Ethan poderia dar com a língua nos dentes. Se alguém começasse a fazer perguntas, não sei como ele reagiria.

Espero que isso nunca aconteça. Mas, se acontecer, estou preparada para lidar com a situação.

Como diz a minha mãe, duas pessoas só conseguem guardar um segredo se uma delas está morta.

AGRADECIMENTOS

Quando estava terminando o último rascunho deste livro, pensei em copiar os agradecimentos que fiz em manuscritos anteriores porque, vamos combinar, eu sempre agradeço às mesmas pessoas. Infelizmente, não consegui encontrar nenhum agradecimento genérico. Tinha um em que eu falava sobre como meu marido tentou me convencer a escrever sobre bezerros siameses, outro em que eu dizia que meu pai era um serial killer (ou talvez não, a dúvida persiste) e um terceiro em que eu confessava vários assassinatos que nunca foram solucionados, bem como os locais onde eu tinha enterrado os corpos.

(Ah, não. Acho que apaguei esse último. Enfim.)

Será que outros escritores também ficam obcecados com os agradecimentos? Não? Só eu? E o mais estranho é que os agradecimentos acabam ficando só com um parágrafo.

Dito isso..

Obrigada, mãe, por ler e reler este livro. Obrigada, Jen, pela crítica minuciosa como sempre e, de maneira mais geral, obrigada a todas que fazem parte do Poderoso Grupo das Escritoras que Arrasam (acabei de inventar esse nome, mas acho que elas vão gostar), incluindo Beth e Maura. Obrigada, Kate, pelas ótimas sugestões. Obrigada, Nelle, pela crítica atenciosa. Obrigada, Avery, pelos comentários e pela sugestão de capa. Obrigada, Pam, pelas dicas de capa e também por sua mentoria incrível. Obrigada, Val, por seus olhos de lince.

E obrigada, pai, que, pela primeira vez, leu um livro que escrevi antes da publicação, para que pudesse fazer comentários sob a perspectiva de um médico psiquiatra que incluem: "Manolos *não* são botas!". (Sim, podem ser. Você só entende de psiquiatria, papai.)

Este livro foi composto na tipografia Beerling LT Std
em corpo 11,5/15,35, e impresso em
papel off-white no Sistema Cameron da
Divisão Gráfica da Distribuidora Record.